HYPÉRION
OU L'ERMITE DE GRÈCE

La littérature allemande
dans la même collection

BÜCHNER, *La Mort de Danton. Léonce et Léna. Woyzeck. Lenz.*

FONTANE, *Cécile.*

GOETHE, *Les Affinités électives. – Écrits sur l'art. – Faust I et II. – Les Souffrances du jeune Werther.*

GRIMM, *Contes* (2 tomes).

HOFFMANN, *Contes fantastiques* (3 tomes). – *Princesse Brambilla.*

HOFMANNSTAHL, *Électre. Le Chevalier à la rose. Ariane à Naxos* (édition bilingue).

KAFKA, *Amerika. – Le Château. – Dans la colonie pénitentiaire et autres nouvelles. – La Métamorphose. Description d'un combat. – Le Procès. – Un jeûneur et autres nouvelles.*

KLEIST, *La Marquise d'O. – Michel Kohlhaas. – Le Prince de Hombourg.*

LESSING, *Nathan le Sage* (édition bilingue).

MEYRINK, *Le Golem. – La Nuit de Walpurgis.*

NOVALIS, *Henri d'Ofterdingen.*

RILKE, *Les Cahiers de Malte Laurids Brigge. – Les Élégies de Duino. Les Sonnets à Orphée* (édition bilingue). – *Lettres à un jeune poète et autres lettres.*

TRAKL, *Poèmes I* (édition bilingue). – *Poèmes II* (édition bilingue).

WAGNER, *La Tétralogie* (édition bilingue, 4 tomes).

HÖLDERLIN

HYPÉRION
OU L'ERMITE DE GRÈCE

Traduction, présentation, notes, annexes, chronologie et bibliographie

par

Jean-Pierre LEFEBVRE

Ouvrage traduit avec le concours du Centre national du livre

GF Flammarion

ISBN : 978-2-0807-1166-3

PRÉSENTATION

Dans les catalogues de librairie contemporains, *Hypérion* est le titre d'un roman de science-fiction. Le site Internet d'un distributeur de l'ouvrage affiche la mise en bouche que voici :

> *Hypérion* est si rebutant au début que l'on a du mal à s'y mettre, mais une fois dedans, c'est du pur bonheur… une histoire rondement menée avec un suspense étonnant… on comprend tout au fur et à mesure de la lecture… le premier tome est lent, mais cela est nécessaire pour l'apothéose épique du deuxième tome… à lire absolument… il y a là un chef-d'œuvre majeur du même niveau que *Dune* à son époque.

L'annonce s'achève par la proposition d'acheter à prix préférentiel la suite du roman : *La Chute d'Hypérion*, par Dan Simmons.

Il faut naviguer plus longuement sur la Toile pour découvrir enfin une référence à un autre *Hypérion*, et pour apprendre qu'avant d'être le nom d'un satellite de la planète Saturne (en forme de cacahuète) exploité par la science-fiction et diverses enseignes commerciales, Hypérion est le nom d'un Titan de la mythologie grecque, donné à un personnage de roman par le poète allemand Friedrich Hölderlin, dans un livre paru en deux volumes à Tübingen, chez Cotta, entre 1797 et 1799. Information parfois précédée d'une référence au poème homonyme de Keats, voire à celui de l'écrivain roumain Eminescu, l'un et l'autre nettement postérieurs.

Sic transit gloria nominum…

Il existe, il est vrai, une relation lointaine et paradoxale entre le roman de Dan Simmons et celui de Hölderlin. Non seulement parce que c'est Hölderlin qui a relancé dans la culture occidentale la référence à cette figure peu connue du fonds mythologique grec. Mais aussi parce que la fiction très personnelle de cette œuvre de jeunesse est développée au service de la connaissance d'une planète intéressante, bien qu'elle n'ait ni la forme ni la texture glacée d'une cacahuète cosmique : l'à jamais inexplorable cœur galactique de l'être humain, plus insondable que les pseudo-planètes de la grande banlieue du Soleil…

Le nom même du personnage principal du roman de Hölderlin – comme on le verra plus en détail – satellise ce cœur autour de notre monde, de notre nature, de notre histoire, imprime au roman la dynamique gravitationnelle d'une pensée politique née dans la tourmente révolutionnaire qui agita l'Europe à la fin du XVIIIe siècle et demeure contradictoirement attirée par la réalité contemporaine. L'*Hypérion* de Hölderlin est écrit pendant la décennie dite « révolutionnaire » qui va de 1789 (également année de la découverte du corps céleste éponyme par Herschel) à 1799 (l'année du 18 brumaire de Napoléon Bonaparte). C'est sa date, sa « situation ».

Il se présente à nous sous les espèces aujourd'hui obsolètes d'un roman par lettres à la manière de Rousseau, et provoquera sans doute chez bien des lecteurs, dès les premières pages, une manière d'ennui qui est la faiblesse ordinaire et sans doute l'esprit du temps présent : l'impatiente attente que *le film* commence sans tarder…

Il n'empêche. Ce petit roman céleste, qui fut traité comme une cacahuète par ses contemporains, est devenu au fil des ans une sorte d'astre errant, un trisyllabique [1] bruit de fond durable dans la vie culturelle universelle. Il a inspiré des musiciens contemporains (Maderna), certains comédiens le connaissent par cœur (Heinz Bennent, par exemple). Il est *l'œuvre de jeunesse* d'un auteur mythique : un mythe surdéterminé par la fascination qu'a exercée et continue d'exercer, achevée ou non, l'œuvre ultérieure de Hölderlin – les élégies, les hymnes, les odes, les fragments de la tragédie d'Empédocle et même les poèmes dits « de la folie ».

Synopsis

On peut résumer l'argument narratif du roman et démontrer par là même qu'une histoire virtuellement intéressante, et quasi contemporaine, y est racontée au lecteur des années 1790.

Nous sommes à la fin de l'année 1770, année de la naissance, ou quasi, de Hölderlin, Hegel, Napoléon, Beethoven, Chateaubriand, Humboldt. Hypérion est un jeune Grec qui vient de séjourner en Allemagne et se retire en Grèce, d'où il écrit des lettres à son ami, un Allemand curieusement nommé Bellarmin. À ce correspondant dont jamais on ne lit la moindre réponse, il raconte sa vie, son histoire passée : l'enfance, la jeunesse, les expériences antérieures au voyage en Allemagne, les personnes rencontrées, la participation à la guerre de libération de la Grèce moderne qui vient de commencer. Très souvent, il ajoute au récit du passé des descriptions de ses états d'âme, ainsi que certains développements sur sa situation présente – mais il y a peu à dire à ce sujet dans un résumé…

Il raconte ainsi à Bellarmin ses vertes années dans la belle nature de l'île de Tina, au milieu de la mer Égée,

1. Que les germanophones prononcent, en expirant l'initiale, « hupérionne », avec un accent dominant sur le *é* et un sous-accent sur la finale *onne*, la diphtongue étant légèrement décomposée (en sorte qu'ils disent entendre quatre syllabes…).

la rencontre avec son bon maître Adamas, une sorte de pédagogue voyageur qui lui enseigne les sciences de la nature, la mythologie, la philosophie, et qui le gagne aux vertus de l'antique peuple grec, mais qui surtout lui fait accomplir un premier grand périple dans la totalité de l'univers grec. Puis le roman nous emmène à Smyrne, où le père d'Hypérion envoie son fils apprendre les arts maritimes et guerriers, ainsi que les langues, mœurs et constitutions des peuples cultivés. Dans cette ville il découvre une société rebutante, mais fait la connaissance, décisive pour le cours de sa vie, d'un homme un peu plus âgé et beaucoup plus expérimenté que lui, un Grec natif d'Asie Mineure, nommé Alabanda, agitateur idéaliste et passionné qui lui confie ses plans de lutte pour la libération de la Grèce du joug turc. Les deux hommes deviennent amis, malgré quelques désaccords de nature « idéologique ». Mais lorsque Hypérion découvre les liens d'Alabanda avec les membres d'une inquiétante société secrète, dont on apprendra vers la fin du roman qu'elle s'appelle Ligue de Némésis, il se fâche avec cet ami intransigeant et farouche. Les deux hommes se séparent.

Alabanda poursuit ses activités, cependant qu'Hypérion quitte l'Asie Mineure, passe l'hiver dans son île natale, et se rend au printemps – à l'ouest cette fois – dans l'île de Calaurée [1] (aujourd'hui Poros), chez son ami Notara, au sud d'Athènes. Là, il fait la connaissance d'un « être divin », une très jeune fille nommée Diotime, essentiellement proche de la nature, qui incarne pour lui toutes les qualités de la Grèce antique, la sagesse, la beauté, et dont la parole sait mettre en évidence le mal profond dont il souffre : l'abîme qui sépare l'idéal de la réalité. Et c'est Diotime qui l'initie, au terme d'un bref séjour à Athènes, à sa véritable mission : devenir l'éducateur de son peuple. Faute

1. Kalaurea, aujourd'hui Poros, est traduit en français par « Calaurie ». Pour éviter toute confusion, à l'oral, avec « calorie », nous avons francisé le mot grec en « Calaurée ».

d'une telle éducation, en effet, les révolutions échouent et se retournent en leur tragique contraire. Les événements de 1770 en Grèce annoncent ainsi ceux qui se produiront en France en 1794. Cette mission implique cependant qu'il s'éloigne de Diotime et parte dans le monde parfaire la formation de son esprit.

Ici s'achève la première partie du roman.

La deuxième partie commence au retour d'Athènes : Hypérion reçoit une lettre d'Alabanda lui annonçant qu'après la déclaration de guerre des Russes aux Turcs, l'heure de la libération de la Grèce a sonné. Alabanda invite son ami à rejoindre les combattants de cette cause. Avec l'accord de Diotime, et après des adieux très solennels et émouvants qui donnent lieu à une sorte de cérémonie, Hypérion rejoint Alabanda dans le Péloponnèse. Les événements sont alors rapportés dans une correspondance adressée à Diotime, qu'Hypérion recopie pour Bellarmin. Les retrouvailles avec Alabanda sont très passionnées, d'autant que ce dernier lui confie s'être séparé de ses anciens comparses. Les deux hommes fondent une armée de libération formée de montagnards hellènes qu'ils instruisent au maniement des armes et aux idéaux politiques de la cité antique. Mais en dépit de cette initiation vertueuse, lors de la prise de Mistra (à l'ouest de l'antique Sparte) l'armée de libération se comporte en bande de pillards qui bientôt se débandent. Hypérion, légèrement blessé, et désespéré, met cap à l'est et s'engage dans la flotte russe, avec l'intention de mourir au combat. Malgré leur courage, les Russes sont battus. Hypérion est gravement blessé cette fois, à la bataille de Tchesmé (5 juillet 1770), et ne doit la vie qu'à un hasard heureux. Alabanda le recueille, l'entoure de tous ses soins, et, tandis que l'état d'Hypérion s'améliore, lui raconte sa propre vie. Il lui confie ne pas être complètement affranchi de la Ligue de Némésis, et avoue qu'il ne saurait rester en compagnie du couple qu'Hypérion est censé former un jour avec Diotime. Il part en Asie Mineure, où l'attend, semble-t-il, un châtiment fatal de la part des gens de son « parti ».

Hypérion, guéri du projet de mourir au combat, espère retrouver Diotime et lui a proposé dans une lettre de partir avec elle en France, dans les Alpes ou les Pyrénées. Mais peu après le départ d'Alabanda, il reçoit d'elle des lettres de renoncement à ce projet trop tardivement conçu et annoncé. Elle y désigne le seul royaume vraiment libre et inaccessible à la mort : celui de l'esprit. Hypérion, cependant, ne désespère toujours pas de la revoir et s'apprête à prendre la mer pour Calaurée, quand il reçoit de Notara la nouvelle de la mort de Diotime. Il quitte alors la Grèce, gagne la Sicile, où il monte au sommet de l'Etna, sur les pas du grand Empédocle, puis rejoint l'Allemagne, où il est déçu par la superficialité, la gravité stérile, l'esprit de querelle obtus et froid, la barbarie invétérée des Allemands. Seule l'amitié de Bellarmin et la merveilleuse beauté de la nature dans le printemps allemand lui inspirent de nouveau un peu de bonheur, dans le souvenir de Diotime. L'unique espoir qui subsiste s'est construit autour de la leçon de tous ces voyages et de toutes ces expériences : les dissonances du monde sont comme les querelles des amants, grosses de la paix et de la réunion de ce qui a été séparé. L'épistolier narrateur est ainsi revenu à son point de départ (à la veille de la première lettre), mais il est aussi parvenu à son point d'arrivée. En écrivant ces lettres il a parcouru un chemin d'écriture et de pensée : il n'est plus celui qui prenait la plume pour écrire la première lettre. Comme dans la dialectique hégélienne, le retour au point de départ n'est qu'une apparence formelle.

Autrement dit, tous les ingrédients d'un roman d'aventure et d'amour sont présents : un arrière-plan historique quasi contemporain, des personnages héroïques, des aventures diverses, la guerre, un certain exotisme, une histoire d'amitié virile, une histoire d'amour. Mais presque tous ces éléments sont traités de manière systématiquement elliptique au bénéfice de la parole introspective qui les environne et qu'on peut appeler l'élément « hypérionique », issu d'une longue genèse.

Une genèse cannibale

Cet élément aussi intime qu'omniprésent, associé à la magie d'une prose étonnamment musicale, constitue l'un des charmes particuliers qu'opère le roman, *a fortiori* depuis que la gloire posthume de l'auteur nous a fait connaître une partie de sa genèse. Hölderlin a tant inscrit de lui-même ici que le roman ne l'a plus jamais lâché. Pour dire les choses dans l'esprit du travail analytique pionnier de Jean Laplanche [1] : il est sa première affection et un vaste symptôme.

Dans l'histoire de la littérature, *Hypérion* représente de manière éminente la catégorie des œuvres qui s'installent dans l'existence des auteurs et l'occupent indéfiniment – qui ne sont jamais dépassées, mais au contraire développées par la suite des événements. Hölderlin a ainsi passé plus de cinquante ans, de 1792 à 1843, dans la substance mentale et sonore de ce livre. La fin même du roman annonce une continuation qui n'est jamais venue, mais qui fut sans doute un projet plusieurs fois repris, jusque dans les années dites « de la folie ». La raison de cette longue durée tient à sa substance vive, qu'on peut appeler pathologie de la lucidité.

Si le roman décrit la genèse d'une décision – se retirer du monde dans une existence d'exilé intérieur, « d'ermite en Grèce [2] » –, force est de constater que cette décision longuement mûrie, fondée dans le

1. Jean Laplanche, *Hölderlin et la question du père*, Paris, PUF, 1961.

2. Comme le dit, avec plus de précision et de connotations paradoxales, le sous-titre allemand, *Der Ermit in Grieschenland* (généralement traduit par « l'ermite de Grèce »).

roman en liberté et en raison, devint effective dans l'existence propre de l'auteur avec la modalité inverse d'une contrainte et d'une maladie affectant l'exacte seconde moitié de sa vie. C'est à la genèse de ce spectaculaire et tragique paradoxe que s'est attaché Jean Laplanche dans sa thèse de médecine [1] : il y analyse comme un unique ensemble symptomatique continu la série des versions antérieures et le roman proprement dit, y décrypte la genèse d'une psychose qui « éclatera » en 1803-1806, et diagnostique une douloureuse stratégie de gestion de la schizophrénie, dans laquelle la souffrance elle-même – y compris celle de l'écriture – semble nécessaire au progrès de ce que le prologue appelle « la résolution des dissonances ».

Mais le grand atelier romanesque des années 1790 est également le lieu d'une mutation du langage poétique proprement dit vers ce qui demeure la forme et la substance des productions les plus fortes de Hölderlin : celles des grands hymnes et des élégies des années 1799-1803, c'est-à-dire d'œuvres d'art mondialement connues aujourd'hui [2] dont l'horizon transcende le lyrisme personnel et la tradition mythique, pour embrasser l'histoire de l'humanité.

Les sept années de la genèse d'*Hypérion* sont ainsi en elles-mêmes une sorte de monument anthropologique étonnant qu'il importe de visiter brièvement…

Le 14 janvier 1841, Christoph Theodor Schwab, qui devait être cinq ans plus tard le premier éditeur d'un volume d'*Œuvres* de Hölderlin, rend visite au poète dans sa « tour [3] ». Assez tôt dans l'algorithme de la

1. *Hölderlin et la question du* père, *op. cit.*

2. Parmi celles-ci : *Pain et Vin*, *Le Rhin*, *Patmos*, *Fête de la paix*, *Mnémosyne*, *Andenken* (dont la traduction, sous le titre « En souvenir de… », figure en annexe de ce volume, p. 264), etc. Voir *Anthologie bilingue de la poésie allemande*, éd. Jean-Pierre Lefebvre, Gallimard, « Bibliothèque de la Pléiade », 1993, p. 473 *sq*.

3. La « tour » Hölderlin est en fait une grande maison en bordure du Neckar, où le menuisier Zimmer logeait des pensionnaires. Hölderlin y vécut au premier étage de 1807 jusqu'à sa mort en 1843.

visite – ce qui est en soi une indication intéressante – Schwab lui demande s'il avait commencé à écrire *Hypérion* pendant ses années d'études. À cela, après avoir bredouillé quelques mots sans queue ni tête, Hölderlin répond par l'affirmative… Puis Schwab lui parle de Hegel, et d'un nommé Bilfinger qui aurait pu être une sorte de modèle pour la figure d'Alabanda. La conversation revient ainsi sur *Hypérion*. Le roman, d'ailleurs, est sur la table, dans sa deuxième édition (celle de 1822). Schwab le feuillette et prie Hölderlin de lui en lire quelques passages. Celui-ci pose alors sur son visiteur un regard « émouvant », puis brusquement brise là, et passe à autre chose. La semaine suivante, même scénario. Même stratégie du visiteur intéressé : Schwab finit par feuilleter le roman. Hölderlin s'approche alors et lui dit avec un fort accent souabe : « Regarde pas trop là-dedans, c'est cannibale… [1] ! »

Deux ans avant la mort de Hölderlin, l'adjectif disait enfin tout.

Ce petit roman tiré à trois cent soixante exemplaires l'a mangé, a mangé son existence, envahi sa parole, sa mémoire. Pendant les derniers mois de sa vie, cinquante ans après l'avoir commencé, il passait encore des heures à le réciter à haute voix en martelant le plancher de sa chambre, *comme un long poème appris dans l'enfance.*

Ce long poème en prose, il l'avait commencé à deux pas de la tour, au Stift, cette espèce d'école normale supérieure protestante censée former les ministres et fonctionnaires de la religion luthérienne, que certains quittaient pour tenter l'aventure profane.

Commencé par des rencontres…

En avril 1792, pendant les vacances de Pâques, rendant visite à son ami Neuffer à Stuttgart, Hölderlin,

1. Dans Christoph Theodor Schwab, *Tagebuch*, cité dans Michael Knaupp éd., *Hyperion. Erläuterungen und Dokumente*, Stuttgart, Reclam, 1997, p. 289. Toutes les citations de témoignages biographiques qui suivent sont extraites de ce même (et fort utile) recueil.

vingt-deux ans tout juste, encore étudiant, aurait selon la légende rencontré une jeune femme dont on ne sait rien, mais dont il tomba amoureux, *eine holde Gestalt* [1], une « gracieuse personne », qui est peut-être la première figure de Diotime. Il y rencontre aussi la mère de son ami Neuffer, une Grecque émigrée, puis, peu après, un marchand grec originaire de Constantinople, nommé Panagiot Wergo. Peter Härtling, qui a écrit le roman du roman, a magnifiquement imaginé la rencontre avec la mère de Neuffer [2]. Les discussions tournent autour de la Grèce contemporaine et des événements de 1770, prodromes de la libération qui interviendra soixante ans plus tard. À la suite de cette rencontre, Hölderlin remanie un *Hymne à la liberté*, et dans cette deuxième version apparaît pour la première fois le nom d'Hypérion. Ce sont les seules origines connues d'un projet qui s'exprime à la même époque dans un manuscrit aujourd'hui intitulé par ses premiers mots : « … je sommeillais mon Kallias… ». Beaucoup d'éléments du futur roman y sont déjà présents. Kallias, le destinataire de la lettre, ne s'appelle pas encore Bellarmin, et il semble qu'il soit grec. Diotime, de même, n'existe pas encore sous ce nom, mais irradie déjà de sa manière d'être ce début de roman épistolaire, où l'on trouve également, en marge, une référence littérale à *La Nouvelle Héloïse*.

1792, c'est aussi, à l'automne, l'an I de la République : Hölderlin lit Platon. En novembre, un autre de ses amis, Rudolf Magenau, écrit à Neuffer que Hölderlin travaille « à un second Donamar [3], à un Hypérion qui semble promettre beaucoup [4] ». Et l'été

---

1. On note dans toute l'œuvre de Hölderlin une prédilection pour l'adjectif *hold*, qui consonne avec son propre nom, et désigne un mélange de grâce personnelle, de qualité générale, de générosité envers autrui qu'aucun adjectif français ne parvient vraiment à traduire.

2. Dans sa biographie romancée de Hölderlin : *Hölderlin*, Paris, Seuil, 1980.

3. Roman de Friedrich Bouterwerk.

4. Cité dans Michael Knaupp éd., *Hyperion. Erläuterungen und Dokumente*, *op. cit.*, p. 242.

suivant c'est Hölderlin lui-même qui écrit à Neuffer qu'il travaille à une « petite œuvre » dont il espère – argument « pratique » quasi économique – qu'elle touchera le public féminin :

> Il m'est bientôt apparu que mes hymnes ne me vaudront que rarement la faveur du sexe, où les cœurs sont quand même plus beaux, et ceci m'a conforté dans mon projet de roman grec. Demande donc à l'une de tes amies qu'elle juge le fragment que j'envoie aujourd'hui à Stäudlin, et qu'elle me dise si mon Hypérion pourrait prendre une petite place parmi les héros qui nous intéressent quand même un peu plus que tous les chevaliers riches en paroles et en aventures... [1].

Dans la même lettre, il déclare « vivre et faire sa toile [*leben und weben*] dans cet Hypérion », sans se départir pour autant d'une certaine lucidité pratique. Il y désigne notamment un partage problématique entre la dimension subjective qu'il estime inévitable et les requêtes objectives (« rationnelles et psychologiques ») du genre romanesque. Confidences réalistes qui s'achèvent par la citation d'une expression souvent utilisée par la critique pour caractériser le roman : « Ce que tu dis si bien de la *terra incognita* dans le domaine de la poésie convient tout à fait et précisément pour un roman », à quoi il ajoute en guise d'envoi une boutade qui peut se lire rétrospectivement comme l'aveu d'un pari dangereux : « si mon Hypérion tout entier n'arrive pas à être trois fois mieux que ce fragment, je jetterai tout ça au feu impitoyablement ».

Hölderlin a vingt-trois ans. Son ami et aîné Stäudlin (qui le vouvoie...) accuse réception du fragment et commente, à peu près, en ces termes : la langue est très belle... n'oubliez surtout pas d'intégrer ça et là des références cachées à l'esprit du temps. Autant dire : d'en faire un livre de politique.

1. Lettre du 21-23 juillet, citée dans *ibid.*, p. 244.

Une autre femme, un autre lieu, un autre temps déjà, et peut-être d'autres rencontres président aux destinées de la deuxième phase de création.

En décembre 1793, Hölderlin quitte le Stift de Tübingen, après l'examen de sortie censé lui ouvrir la voie ordinaire des séminaristes, la carrière de pasteur. Mais il a décidé de suivre ce qu'il appelle la trajectoire excentrique (notion qui a beaucoup fait jaser l'exégèse, mais qui ne perd jamais son sens ordinaire) : comme d'autres qui se sont fait un nom, il prend un poste de précepteur, dans l'espoir de carrières civiles ultérieures (professeur de grec par exemple, de même que Hegel et Schelling deviendront professeurs de philosophie). Son premier poste est à Waltershausen, chez la baronne Charlotte von Kalb, une amie de Schiller et des belles-lettres. Hölderlin a des difficultés avec le jeune fils (qui se masturbe...), mais connaît dans ce lieu retiré une année de travail importante, de formation philosophique continue et d'écriture. À la fin de l'année 1794 – entre-temps il est passé de Waltershausen à Iéna, où il suit les cours de Fichte, dont il campe dans ses lettres un portrait héroïque –, il remet à Schiller, qui le publie dans la revue *Thalia* en janvier 1795, un début de roman, aujourd'hui connu sous le titre *Fragment d'Hypérion*. Parallèlement à cette production, il étudie la *Critique du jugement* de Kant et la *Doctrine de la science* de Fichte. Mais dès que le manuscrit du *Fragment* est sous presse, il s'engage dans un long cycle de remaniements : le premier est une version en vers (255 pentamètres avec anacrouse, dits iambiques), peut-être écrite à l'occasion d'un séjour à Weimar. Une sorte d'urgence euphorique semble dominer chez lui le début de l'année 1795. Hölderlin s'est installé à Iéna avec un jeune ami, Isaac von Sinclair [1], sans doute l'un des modèles de l'aventurier Alabanda. Il abandonne rapidement le projet de version « métrique », et au printemps travaille à sa reconversion en un texte de prose, divisé désormais en

1. Voir *infra*, p. 49.

chapitres, connu sous le titre *Jeunesse d'Hypérion*. Transformation sans doute due au fait que des négociations avaient commencé en mars avec l'éditeur Cotta, par l'intermédiaire de Schiller, en vue de la publication d'un roman. Hölderlin, toujours sommé de se justifier, avait écrit à sa mère (le 16 janvier 1795) qu'il comptait gagner quelque argent, qu'outre les revenus du roman auquel il travaillait, il songeait à écrire des articles dans la revue *Die Horen*. Ceux-ci, de fait, étaient particulièrement bien payés pour l'époque. En juin 1795, dans une autre lettre à sa mère, il lui annonce que bientôt il ne lui sera plus à charge...

Le 20 mars 1795, Cotta avait en effet accepté la proposition de Schiller, et Hölderlin en déduisit aussitôt des perspectives socio-économiques qui dégageaient son horizon, toujours menacé par l'obligation d'accepter une cure de pasteur. Le 28 avril, il écrit à Neuffer :

> Pour le premier petit volume de mon roman, Cotta à Tübingen m'a payé cent florins, je n'ai pas eu envie de réclamer plus pour ne pas m'exposer au reproche de faire le juif [1]. C'est Schiller qui m'a procuré l'éditeur. Ne sois pas scandalisé [*Scandalisire dich nicht*] par cet opuscule ! Je le termine parce que je l'ai commencé et parce que c'est mieux que rien du tout, me consolant par l'espoir de sauver mon crédit bientôt avec quelque chose d'autre [2].

À la fin du mois de mai pourtant (on a observé que c'était une saison où il fallait toujours qu'il parte et rentre au pays...), Hölderlin quittait brusquement Iéna et rentrait chez sa mère à Nürtingen, où il se remit au travail et rédigea un nouveau manuscrit connu sous le titre *Avant-dernière version*, qui reprenait la forme épistolaire des premières ébauches, et dont il

1. *Um mich keinem Jüdeln ausszusetzen* : l'expression, à la fin du XVIIIe siècle, est quasi synonyme de « marchander » – en réalité, Cotta avait uniquement versé onze florins d'acompte...

2. Lettre du 28 avril 1795, citée dans Michael Knaupp éd., *Hyperion. Erläuterungen und Dokumente*, *op. cit.*, p. 253-254.

envoya la première partie à l'éditeur à la fin de 1795. Celui-ci lui fit savoir au printemps suivant (en mai sans doute) que le texte était trop long et qu'il fallait faire des coupures… Ce manuscrit est perdu. On sait qu'il comptait deux cents pages.

Mais en mai 1796, Hölderlin ne rentra pas au pays…

Un événement décisif avait modifié la donne. En janvier 1796, il avait été engagé comme précepteur à Francfort dans la famille Gontard, des descendants de huguenots. L'histoire est célèbre. Cent fois racontée, c'est l'un des mythes de la littérature allemande. Le cinéma s'en est emparé à plusieurs reprises : Hölderlin tombe amoureux de Susette, la mère de son élève (le petit Henry Gontard), et celle-ci répond à cet amour. Un nom de code amoureux voit le jour, qui est déjà celui de la principale figure féminine du roman : Diotime. L'ouvrage en est, au sens propre, encouragé. Pendant toute l'année 1796, Hölderlin remanie ses manuscrits. Il subsiste de ce travail des *Ébauches de version définitive*, ainsi nommées parce que ce sont les derniers brouillons écrits avant l'œuvre publiée [1], dont ils sont de fait très proches.

À la fin de 1796, *Hypérion* était annoncé « pour la Foire de Pâques de 1797 ». Et le 17 avril suivant, Hölderlin recevait dix exemplaires des trois cent soixante du tirage, puis, fin septembre, quatre-vingt-un florins, soit le solde de la somme annoncée (après déduction du prix d'un *Plutarque* commandé parallèlement chez Cotta). Le roman fit l'objet d'une annonce dans les *Europäische Annalen* éditées par E.L. Posselt à Tübingen :

> *Hypérion ou l'Ermite en Grèce*, par Hölderlin, 1er volume, format in-8°, 10 groschen ou 45 kreuzer.

Mais *Hypérion* tombait dans un terrible silence. La rumeur du monde était pleine de ce qu'il pouvait y avoir de neuf sur la guerre. Ce 17 avril, c'était entre autres le début de la campagne de l'armée de Sambre-

1. Dont on ne possède pas la copie « au net ».

et-Meuse et la victoire de Championnet sur les Autrichiens (avec lesquels un armistice était pourtant signé depuis le 7), à Altenkirchen. Le lendemain, en France, les élections partielles aux Conseils signaient une première fin de la Révolution : deux cent cinq des deux cent dix-sept conventionnels sortants étaient battus, remplacés par des royalistes...

Même parmi les familiers de l'auteur, autant que l'on sache, les réactions furent rares. En juin, l'ami Magenau, qui n'avait apparemment rien lu encore, écrivait à l'ami Neuffer : pourvu que ça ne soit pas trop kantien. L'écho inexistant fit regretter à Hölderlin de n'avoir pas insisté pour que l'ouvrage parût dans sa version complète en un seul volume. Seul l'écrivain Heinse, ami de Hölderlin, réagit, à l'automne, dans une lettre à Sömmering avec une certaine sympathie « pour le sens de la beauté de la nature », mais il émettait des réserves quant à la composition : « Pour ce qui est de la composition de la vraisemblance poétique c'est encore un ourson mal léché. Bref, nous serons par oral d'accord en gros dans notre jugement [1]. »

Enfin, en septembre 1798, un an et demi après la parution du tome premier, Hölderlin dut quitter brusquement la maison Gontard suite à un éclat avec le maître de maison, qui ne supportait plus la situation ni les ragots francfortois qu'elle engendrait. Il se rendit à Bad Homburg chez Sinclair, et s'attela à la tragédie d'Empédocle, qu'il ne devait jamais terminer, malgré trois versions successives. On ignore quand fut remise à l'éditeur la copie au net de la deuxième partie d'*Hypérion*. Elle parut un an plus tard, en octobre 1799, quelques semaines avant le coup d'État du 18 brumaire... Et c'est seulement alors que Susette Gontard – Hölderlin la rencontrait encore en secret et correspondait avec elle – reçut un exemplaire personnel du premier tome, qu'elle n'avait pas pu acheter à Francfort, en même temps que le tome second, avec la

1. Cité dans Michael Knaupp éd., *Hyperion. Erläuterungen und Dokumente*, *op. cit.*, p. 260-261.

célèbre dédicace « À qui d'autre que toi ». Elle avait au demeurant fait preuve d'une certaine cruauté en évoquant à demi-mot dans une lettre du 19 mars 1799 le caractère peu « romanesque » à ses yeux de l'ouvrage :

> […] la lecture ne va pas trop bien en ce moment ; pour réfléchir un peu sérieusement, il faut selon moi un état psychique parfaitement calme, un être à la fois insoucieux et posé. Il me faut plutôt du sommeil en ce moment, et pour me bercer, mieux vaut un roman raconté de manière intéressante que les plus beaux écrits de notre époque. (En lisant en diagonale, il me vient à l'esprit que tu appelles aussi ton cher Hippérion [*sic*] un roman, je me dis qu'il s'agit là plutôt d'un beau poème) [1].

Par la suite, autant que l'on sache, Susette Gontard n'aurait plus jamais parlé à Hölderlin de ce roman, pas même de la célèbre dédicace. Il est vrai que beaucoup de documents ont disparu, à l'exception précisément du roman – qui fait mourir Diotime…

Fin 1799 paraissait aussi, avec deux ans de décalage, la première recension « indépendante » du tome premier dans le tome XL de la *Neue allgemeine deutsche Bibliothek* : l'auteur trouvait le livre inégal, chaotique, et espérait que le deuxième tome résoudrait les disparités, bref serait meilleur.

Une recension plus favorable mais tout aussi tardive du premier tome parut dans la *Oberdeutsche, allgemeine Litteraturzeitung* [*sic*] de 1799 à Salzburg (12e année, 2e semestre, livraison CXXVII, 25.10., colonne 808 *sq*). L'auteur était sans doute Ludwig Zeerleder, un ami de la famille Gontard, amoureux malheureux de Susette, à qui il avait fait lire le *Fragment d'Hypérion* avant l'arrivée de Hölderlin chez les Gontard…

Le seul apôtre sincère et immédiat du roman fut Casimir Ulrich Böhlendorff, un républicain, ami de Sinclair. Quelques années plus tard, c'est à lui que Hölderlin devait écrire ses deux plus fascinantes

1. *Ibid.*, p. 264-265.

lettres, les dernières ou presque avant l'enfermement dans le silence.

Pour Hölderlin, la page *Hypérion* semblait tournée. Depuis août 1797, son esprit était occupé par la tragédie d'Empédocle, il était retourné au langage poétique.

Après 1800, parurent enfin quelques comptes rendus assez favorables : de Karl Philipp Conz, qui voyait là un grand poème lyrique, de Franz Horn, qui classait Hölderlin parmi les grands de l'époque, aux côtés de Jean Paul, Tieck et Jacobi, enfin de Joseph Görres, qui insistait, dans un article de la revue *Aurora, eine Zeitschrift aus dem südlichen Deutschland*, sur le caractère un peu métaphysique mais néanmoins admirable des héros du roman.

Le bilan « objectif » était donc décevant : trois cent soixante exemplaires, quelques échos. En mai 1800, Hölderlin fit à Susette Gontard des adieux définitifs. Peu après il reprit le chemin du préceptorat, après un séjour à Stuttgart. D'abord en Suisse, près du lac de Constance, puis en France, à Bordeaux, d'où il revint à l'été 1802. Ses amis attendaient le tome III… Mais le livre *Hypérion* était enterré : enseveli dans l'esprit malade de l'auteur. En n'écrivant pas la suite annoncée par les derniers mots du roman, Hölderlin donnait le sentiment d'avoir abandonné cette œuvre de jeunesse qui n'avait que trop tardé à se réaliser.

Or, et c'est un mystère qui se confond avec celui de sa maladie, il demeurait dans le même temps captif de cette trop longue genèse : sans doute en raison de l'investissement affectif personnel du personnage principal, trop proche de lui pour disparaître. À cause aussi de la personnalité réelle des deux figures majeures qui rencontrent, entourent et pénètrent le narrateur, Alabanda et Diotime, trop proches des êtres les plus décisifs de son existence. Sans doute encore en raison de la problématique historico-politique non éteinte qui animait le roman et se développait dans la réalité.

Parce que c'était lui, et parce que c'était la Grèce, sa culture intime.

Enfin, parce que la prose rythmée d'*Hypérion* était devenue la règle de son souffle, et tramait désormais toutes ses tentatives d'écriture.

*Sources d'*Hypérion

Cette « œuvre idiosyncrasique », que certains trouvèrent trop métaphysique et subjective à leur goût, ce « roman transcendantal » (Jochen Schmidt), est cependant enraciné dans une actualité historique, et largement écrit à l'aide de documents qui se présentaient comme des témoignages sur la réalité contemporaine. Les sources de cet éther sont parfaitement terrestres et bien connues. Depuis qu'on se penche sur Hölderlin (en gros, depuis le début du XXe siècle), la critique, qui avait noté une précision plus grande des évocations de la Grèce dans les poèmes de Hölderlin à partir de 1792, après avoir mentionné quelques ressemblances classiques avec le *Werther* de Goethe ou le *Télémaque* de Fénelon, signale comme source première le récit de voyage de Richard Chandler, dont Hölderlin connaissait la traduction en allemand : *Travels in Asia Minor and Greece or An Account of a Tour, Made at the Expence of the Society of Dilettanti*, paru à Oxford en 1775-1776, avec une abondante partie illustrée. La traduction allemande, parue à Leipzig, datait de 1777.

Hölderlin a également utilisé la traduction allemande (par H.A.O. Reichard) du tome I de l'ouvrage de Marie Gabriel Florent Auguste de Choiseul-Gouffier, *Voyage pittoresque de la Grèce* (avec des gravures et des cartes). La traduction allemande – qui ne reproduisait chichement qu'une seule carte en petit format et que très peu d'illustrations – opérait au demeurant une censure par rapport à l'original, censure qui intéresse directement le roman, puisqu'elle a abusé Hölderlin : elle dénonce – sans doute sous l'influence de l'autorité de l'époque, la grande Encyclopédie de Zedler – le comportement indigne des Grecs pendant la guerre russo-turque de 1770.

Il connaissait aussi, mais ne les possédait pas, les quatre coûteux volumes richement illustrés des Anglais James Stuart et Nicolas Revett, *The Antiquities of Athens*, parus à Londres en 1762 et réédités en 1787-1789 [1].

Il disposait sans doute également de la traduction (Berlin, 1793) du livre de Jean-Jacques Barthélemy, *Le Voyage du jeune Anacharsis en Grèce*, paru en 1788 à Paris avec un volumineux appareil iconographique (plus de trente cartes, plans, panoramas, etc.).

Quiconque eût écrit un roman grec à la même époque aurait sans aucun doute utilisé les mêmes documents. Mais il faut ajouter aux lectures leur conjoncture, le fait qu'elles faisaient indirectement référence, malgré leur tropisme antique, à l'histoire politique générale des années 1790 : la révolution américaine (affranchissement du joug anglais), la Révolution française (affranchissement du joug monarchique), l'histoire récente de la Corse (affranchissement de divers jougs successifs !) composaient une chambre d'écho très réelle à toutes les informations glanées dans les lectures.

Enfin, il y avait la source vive : la révolution grecque elle-même, le réveil national d'un pays sous domination ottomane depuis le XVe siècle, après des siècles d'invasions diverses, slaves notamment.

Le « retour à la Grèce » dans la culture européenne, et notamment dans la culture allemande à la fin du XVIIIe siècle [2], est contemporain, en effet, d'une accélération de la révolte contre le pouvoir ottoman qui cou-

---

1. Une reprographie de cet ouvrage a été réalisée à New York en 1968.

2. Voir en particulier l'ouvrage d'Élisabeth Décultot, *Johann Joachim Winckelmann. Enquête sur la genèse de l'histoire de l'art*, PUF, 2000. L'auteur insiste sur la dimension politique des travaux de Winckelmann et sur l'écho très favorable qu'ils rencontrèrent en France à l'époque révolutionnaire.

vait en Grèce depuis des décennies, malgré les concessions qu'il avait faites à certaines catégories de Grecs. Même les Grecs placés dans l'administration ottomane demeuraient prisonniers de leur quasi-assignation à résidence dans le quartier du Phanar à Constantinople. Seuls les armateurs et commerçants navigants avaient conquis une véritable liberté de manœuvre et s'étaient « occidentalisés ». Le peuple des campagnes demeurait isolé et soumis. La révolte était potentielle : elle fut déclenchée, comme il arrive souvent, par des interventions extérieures, liées à l'intérêt que les Russes portaient aux chrétiens orthodoxes, et inversement, au recours que ceux-ci voyaient dans cet intérêt. En 1770, la grande Catherine envoya un premier détachement dans le Péloponnèse. Par la suite, la Révolution française inspira plus directement les élites sociales, les intellectuels et les chefs révolutionnaires du maquis grec, tels Constantin Rhigas, dit Phéraios, ou Adamandios Coraï (ou Korais), qui l'un et l'autre insistaient comme Hölderlin sur l'unité de la révolte nationale moderne et du splendide passé culturel et politique de la Grèce antique.

Dans les années qui suivirent le premier affrontement direct, le pouvoir ottoman ne vint jamais à bout de cette évolution. Il envoya dans le Péloponnèse des troupes albanaises qui firent régner la terreur : en vain. La population de Grèce continentale continua de s'organiser en bandes armées. Les activités de la société secrète Philikè Hetaïra, d'abord déployées dans les principautés danubiennes, précipitèrent le mouvement. En mars 1821 le prince Alexandre Ypsilanti pénétra en Moldavie. Les troupes grecques qu'il commandait furent battues, mais permirent sans doute par leur intervention le déclenchement d'un soulèvement généralisé dans le Péloponnèse, prélude à dix ans de guerre civile et de révolution qui devaient aboutir, après une succession de victoires et d'échecs (l'intervention de Mehmet Ali commandant les forces égyptiennes en Crète et dans le Péloponnèse faillit tout remettre en question), et avec l'aide de la Grande-

Bretagne plus que des Russes, à l'indépendance nationale de la Grèce en 1832.

Dans la connaissance actualisée que Hölderlin pouvait avoir de cette histoire, il faut noter un moment « francfortois » significatif. C'est sans doute à Francfort, pendant la rédaction définitive du roman, que Hölderlin a pu entendre le plus directement parler du « héros » de la résistance grecque, Rhigas [1] (1758-1798). Lecteur passionné de Rousseau, celui-ci avait traduit en grec moderne des auteurs français et allemands (dont un manuel viennois de pratique militaire…) et publié des textes de sa plume censés contribuer, notamment par le rappel de la grandeur de la Grèce antique, à l'éveil de la conscience nationale. On lui doit aussi, outre une grande carte mêlant les anciens et les nouveaux toponymes, une charte de la Grèce qui proposait une sorte de constitution. Et surtout, il avait composé en 1795-1796 plusieurs chants de guerre (certains traduits par Byron), dont un hymne très répandu dans la communauté grecque de l'époque, *Thourios Hymnos*. Cette « *Marseillaise* grecque », déjà chantée par les jeunes étudiants en médecine contestataires de Vienne en 1796, fut éditée en 1797. La diaspora grecque de Francfort la connaissait aussi, à l'évidence.

L'année suivante, les choses prirent un autre tour. Elles sont rapportées par les journaux d'Europe, dont le *Moniteur universel* : huit Grecs de Vienne (dont Rhigas) accusés par les Turcs d'œuvrer contre la Porte furent arrêtés en divers lieux et extradés en terre ottomane (à Belgrade), où ils furent mis à mort le 24 juin 1798. Leurs cadavres furent ensuite jetés dans le Danube. Rhigas devient alors un héros de la cause grecque et de la référence politique à la Grèce antique. C'est le seul personnage historique dont l'histoire

1. Voir Apostolos Daskalakis, *Les Œuvres de Rhigas Velestinlis*, Paris, 1937. Voir aussi Kostas Th. Dimaras, « Dix années de culture grecque dans leur perspective historique (1791-1800) », *Balkan Studies*, 9, 1968, p. 319-334.

coïncide relativement avec celle d'Hypérion. Bonaparte y est associé, dès lors que l'armée d'Italie, commandée par le général Gentili, avait occupé les îles Ioniennes en juin 1797 : le patriarche de Corfou avait offert au général l'*Odyssée* d'Homère en guise de bienvenue… Il était même question d'un futur « département de la mer Égée ». Une prophétie quasi millénariste courait dans la diaspora et les provinces de l'Empire ottoman : celle d'un renversement de l'empire en 1799. L'information, publiée dans le *Moniteur* du 12 prairial, est datée… de Francfort. Ainsi se superposent dans l'actualité historique deux figures « hypérioniques » majeures : Rhigas et Bonaparte.

Ajoutons que l'un des comparses de Rhigas, Maurojeni, s'était trouvé à Francfort en novembre-décembre 1797, avant d'aller chercher un refuge plus sûr à Paris.

L'histoire réelle a donc entretenu en Europe une sympathie pour la Grèce qui pouvait sembler contredire le « tournant » romantique amorcé par Chateaubriand en 1802 dans sa critique des modèles antiques grecs et romains ; la dimension religieuse de cette sympathie, cependant, n'était pas sans points d'accord avec l'auteur du *Génie du christianisme*.

L'histoire grecque contemporaine d'Hypérion accompagne en réalité l'effacement du modèle esthético-politique de la cité grecque où s'est cristallisé l'idéal de la dernière génération des Lumières. Hölderlin, plutôt que dépasser à son tour ce moment et voguer vers des expériences culturelles nouvelles, s'est au contraire enfoncé dans le questionnement de cette époque fondatrice décisive de la culture occidentale, notamment en traduisant Sophocle et Pindare. Quand il s'extrait de cette fixation, il est trop tard : le chantier des grands hymnes hespériques modernes [1] com-

1. On note d'ailleurs un étonnant parallélisme entre cette évolution et les thèses de Chateaubriand dans le *Génie du christianisme*, paru en mars 1802.

mencé après 1803 s'est effondré sur lui-même. Il n'en reste que des fragments difficilement lisibles (*Kolomb*, par exemple). *Hypérion* avait anticipé cette évolution en déployant un univers moderne où la composante naturelle est dominante. Mais l'équation trop rigoureuse qui y identifie dans la lumière la nature grecque et le passé antique maintient le roman dans une distance paradoxale à l'égard de ce qui est donné pour son environnement historique.

Patronymes et toponymes

S'il n'invente aucun nom de lieu – en conservant seulement çà et là l'orthographe archaïque –, Hölderlin ne trouve pas les noms de ses personnages dans ses sources, à l'exception d'Alabanda, qui y apparaît comme nom d'un site d'Asie Mineure, et d'Adamas dont il savait peut-être que c'était aussi le nom du port de l'île de Milos.

Les patronymes (sont-ce d'ailleurs des patronymes au sens strict ?) ont des statuts de toponymes, ils ne sont pas immédiatement identifiables comme tels ou comme des prénoms modernes : comme chez Homère, un mot suffit – Hypérion, Tina, Athènes, Diotime, Alabanda, Smyrne, Salamine, Adamas, Bellarmin. Ce pourrait être l'index d'un atlas mondial. Les uns et les autres constituent une série unique, un ensemble homogène : les sites (fleuves, mers, îles, montagnes) et les cités sont des êtres vivants, animés, intelligents. C'était le cas dans la mythologie. Ça l'est aussi dans la philosophie de l'histoire qui se met en place. Le roman est intitulé à la manière de l'*Émile* de Rousseau : ce n'est pas *Émile ou de l'Éducation* mais *Hypérion ou l'Ermite en Grèce*. Comme chez Rousseau, le titre souligne la singularité d'un nom propre, d'un génie particulier dont la puissance subjective irradie de vérité l'histoire universelle rapportée (comment on devient ermite dans son propre pays après l'avoir aimé et avoir risqué sa vie pour faire vivre effectivement cet amour en le libérant, soit le schéma de vie de milliers d'intellectuels depuis plusieurs siècles…).

Si les noms de lieux sont au total peu nombreux, le dispositif du roman épistolaire confère aux noms des personnages une fonction quasi physique. L'*incipit* des lettres notamment, outre la cadence typographique régulée par les blancs, fait entendre au lecteur, comme à son insu, une sorte de basse continue à peine variée : Hypérion à Bellarmin, Hypérion à Diotime, Diotime à Hypérion [1].

Hypérion donne son titre au roman et le fait entendre plus que tous les autres par la procédure artificielle [2] des en-tête épistolaires. C'est un nom de mythologie : ni un prénom, ni un patronyme, mais une appellation simple, comme on dit Homère, Zeus, Diane, etc. Les autres personnages bénéficient du même traitement simplifié, cependant Hypérion, contrairement à eux, le détient à juste titre de la culture mythologique grecque : c'est le nom d'un Titan. C'est en outre un nom signifiant, que l'on a compris le plus souvent par la voie étymologique comme désignant « celui qui va au-dessus », et c'est ce sens qui intéresse principalement l'auteur, dès lors que son personnage n'a rien de titanesque. La bifurcation sémantique date elle-même des origines. Hypérion est le petit-fils du Chaos d'où surgit la Terre Gaia, avec son dessous infernal et ce dessus lumineux où elle installe son premier-né, le Ciel Ouranos. Gaia la Terre est une femme, Ouranos le Ciel est un homme. Ils sont unis

1. On note aussi une constante trisyllabique, à peine altérée par l'intervention d'Alabanda : la dernière voyelle, comme dans Diotima (mais *i* et *o*, en revanche, sont bien distingués dans l'articulation), est ici faiblement marquée. L'accentuation des différents noms propres a, au demeurant, fait l'objet de controverses individualisées, d'où il ressort que Hölderlin privilégiait l'accentuation grecque, mais l'essentiel est sans doute le système général de ces quatre appellations.

2. Dans la réalité, il devrait écrire chaque fois « mon cher Bellarmin… » et signer en fin de missive après une affectueuse formule d'adieu.

par Éros, qui est une force, un principe et un moteur universel, la pulsion des premiers accouplements monstrueux : seule la Mer, Pontos, est engendrée sans l'intervention d'Éros. À l'extérieur de cet univers règne infiniment la lumière des dieux, l'Éther, tandis qu'au-dessus de la Terre règne la lumière des mortels, le Jour, qui alterne avec celle qui l'a engendrée, la Nuit.

Hypérion, donc, est le fils « incestueux » du Ciel et de la Terre (d'une mère et d'un fils...). Lui-même épouse sa sœur Théia, avec qui il engendre le Soleil Hélios. Il est ainsi le Père de celui qui d'ordinaire, notamment chez Hölderlin, symbolise la paternité : le Soleil (qui cependant, en allemand, est féminin : *die Sonne*...). Mais avec cette même sœur il engendre d'autres enfants : Éos, l'Aurore, et Séléné, la Lune.

Il est en outre le frère d'Okéanos, de Chronos et de quelques autres garçons, mais aussi celui des Titanides de sexe féminin, dont Mnémosyne et Thétis, mère d'Achille, laquelle épouse Okéanos son frère – Hypérion est ainsi deux fois l'oncle d'Achille...

Il serait également le frère des Cyclopes – car ça copule sans arrêt aux origines, tant et si bien, au demeurant, que Gaia, lasse d'être continûment engrossée et de la cruauté de son époux envers ses enfants, demanda à son fils Chronos de châtrer son père Ouranos. De l'opération naquit subrepticement Aphrodite. Hypérion, frère de Chronos, est donc aussi l'oncle de Zeus, et par conséquent le grand-oncle, entre autres, d'Apollon...

Mais toute cette généalogie, parfaitement claire selon Hésiode et les connaisseurs du panthéon grec, a donné lieu à une confusion intéressante : celle du père et du fils. Étant entendu, en tordant un peu les mots, comme « celui qui passe par-dessus », Hypérion est identifié au Soleil. C'est déjà le cas chez Homère (*Iliade*, I, 9, 398). Rappelons que dans l'*Odyssée* se produit une simplification syncrétique entre les dieux et les Titans, et que c'est ce niveau simplifié que recueille la culture allemande de l'Antiquité.

L'important pour Hölderlin est la totalité symbolique de la mythologie et de l'histoire contemporaine. Hypérion est celui qui « transcende », sur tous les plans – mythologique, psychologique, politique, intellectuel –, et donc, selon une logique très chrétienne, il ne peut être qu'incarné, terrestre. Il n'est pas transcendantalement céleste. Dans l'œuvre poétique de Hölderlin, c'est la figure de Dionysos qui accompagnera ce sens terrestre de plus en plus systématiquement. On peut en définitive considérer le choix du nom d'Hypérion comme une manière d'antiphrase : celui qui est censé passer au-dessus, voire « être au-dessus de ça », comme on dit, est en fait celui qui plonge dans les profondeurs de la souffrance, de l'hypersensibilité aux causes extérieures, du retour à soi. Le patronyme ambivalent Hypérion (père et fils) est son antonyme, l'indication d'un état quantique.

Les autres personnages sont également nommés de façon signifiante et ambivalente.

Le nom de Diotime apparaît à un moment de la genèse du roman : il succède à celui de Mélitè dans le *Fragment*. On peut l'appareiller indirectement à la famille titanesque d'Hypérion : Diotime est une mortelle, mais elle est prêtresse d'Éros. Son nom a fait l'objet d'examens étymologiques contrastés qui la disent « honorée par Zeus », ou au contraire « honorant Zeus ». On la connaît surtout grâce à Platon qui convoque au *Banquet* cette « femme de Mantinée » (Mantis signifie le Devin…). C'est elle qui explique à Socrate ce qu'est l'Amour, son lien essentiel avec le désir du Beau et le désir d'Éternité (d'où la nécessité d'enfanter). Dans le roman, elle est sobre et sans besoin, et possède, quoique jeune, une grande sagesse, un mélange de charme naïf, de grâce et de noblesse naturelle. Elle symbolise la paix, le calme. Elle est sœur de la Nature, évolue dans les espaces médians entre le ciel et la terre, tout en étant fortement terrestre (et c'est cette ambivalence qui attire Hypérion). Elle est du côté de l'être, de l'identité à soi (c'est pourquoi Hypérion insiste à certains moments sur le fait qu'elle a changé, qu'elle n'est plus la même). Toutes ces qualités, y compris une dimension virtuellement maternelle à l'origine, expliquent sans doute que Hölderlin ait amoureusement donné ce nom – attribué au personnage dès la version intitulée *Jeunesse d'Hypérion* (soit en mars-mai 1795) – à Susette Gontard. Rappelons que l'écrivain hollandais Franciskus Hemsterhuis avait déjà appelé ainsi la princesse Gallitzin, et que Friedrich Schlegel avait commenté la chose [1]. Dans la longue élégie *Menons Klagen um Diotima* [2], c'est sans doute aux deux figures qu'il faut penser conjointement [3].

Alabanda [4] est un nom de lieu que Hölderlin trouve à la fois chez Chandler et Choiseul, ainsi que sur la carte : celui d'une ville de Carie, en Asie Mineure, sur le fleuve Marsyas (affluent du Méandre) à l'est de Milet, entre la Lydie et la Lycie. Le site est connu dans l'Antiquité non seulement pour avoir abrité un peuple de marins mercenaires et d'aventuriers, mais aussi pour la qualité des marbres de sa région (marbres noirs dits alabandiques). Hérodote, qui donne ce nom à un autre lieu en Phrygie, appelle ses habitants les

1. Dans son essai *Über die Diotima* [Sur Diotime].

2. Voir *Ménon pleurant Diotime*, trad. Philippe Jaccottet, dans Hölderlin, *Œuvres*, Gallimard, 1972, p. 795.

3. Nous avons francisé la traduction de ce nom en Diotime, comme l'ont fait depuis longtemps les traducteurs de Platon, contrairement à un usage probablement irréfléchi, réservé jusqu'à présent à Hölderlin, qui est de conserver la forme allemande. Hölderlin accentuait ce nom, comme en grec, sur l'avant-dernière syllabe (*ti*), le *-ma* qui suit étant faiblement accentué, voire quasiment muet. En français, et dans les langues romanes, les finales en *a* sont spontanément accentuées (dès lors que les finales inaccentuées se sont amuïes en *e* muet). Compte tenu de la fonction des sonorités dans la poésie propre à la prose de Hölderlin, et de la relation forte du personnage avec la tradition platonicienne, il nous a paru légitime d'écrire Diotime, de la même façon qu'un accent aigu ferme conventionnellement le *e* allemand de *Hyperion*.

4. Double trochée accentué comme Diotima sur la première et la troisième syllabe (soit une dominante en *a*).

Alabandeis (VII, 195). Le dictionnaire étymologique de Hederich (utilisé par Hölderlin) précise que la ville possédait un héros fondateur éponyme, fils de *Kar* (le cheval) et de *Banda* (la victoire). *Alabès* connote en grec le caractère insaisissable. Comme pure sonorité, le mot évoque également l'espagnol *a la banda*, qui dans l'expression *cerrarse a la banda* signifie « ne rien vouloir entendre ». Il se pourrait que Böhlendorff ait signalé à Hölderlin cette concomitance [1]. Enfin, il faut signaler qu'une œuvre de Wieland met en scène une figure mythique de sexe féminin nommée Alabanda [2].

Une certaine prudence s'impose cependant, puisque le personnage d'Alabanda semble s'être d'abord nommé Adamas [3] (étymologiquement rapproché du diamant ou de l'acier…). Ce nom n'est, en effet, donné au précepteur d'Hypérion que dans la dernière version du roman. Dans les versions antérieures, la figure du précepteur existe, mais n'est pas nommée. On trouve d'abord le nom Adamas chez Hésiode : il y désigne la matière mythique, particulièrement dure, le métal magique de la faucille dont Gaia se sert pour castrer Ouranos [4]. Par la suite, après un passage dans le bas-latin, le mot devait désigner le *diamant*. Platon et Théophraste lui adjoignent le paradigme de l'inflexibilité morale. Adamas apparaît également comme

---

1. Mais il se peut aussi, dès lors que la relation d'Alabanda avec Sinclair semble faire l'unanimité dans la critique, que le personnage soit ainsi nommé par le nom de la ville de ses ancêtres, comme c'était le cas de Sinclair (voir *infra*, p. 49).

2. Christoph Martin Wieland (1733-1813) : *Der goldene Spiegel*, Leipzig, Weidmanns Erben und Reich, 1772.

3. Il est vraisemblable que Hölderlin accentue la première et (plus faiblement) la troisième syllabe, comme c'est le cas chez Voß dans sa traduction cadencée d'Homère, et comme l'impose presque en allemand l'attaque glottale du *A* initial. Accentuation qui, de surcroît, suggère une très probable raison du choix de ce patronyme existant : Adam est le premier homme, le premier des hommes, natif d'un paradis auquel Adamas, son double, initie l'enfant Hypérion, mais en l'en faisant sortir.

4. Autrement dit, c'est l'éducation par le précepteur – rival du père éducateur – qui sert à « tuer le père »…

nom propre dans l'*Iliade* (XII, 140 ; XIII, 560, 759, 771) où il désigne un Troyen. Enfin c'est aujourd'hui le nom du port bien connu des navigateurs qui donne accès à l'île de Milos, au fond d'une des plus belles rades de la Méditerranée (et le premier item de l'index du guide des navigateurs en Grèce [1]...).

De même, Bellarmin est un nom connu, en particulier des théologiens protestants. Robert Bellarmin est un cardinal italien (1542-1621) célèbre pour ses *Disputationes de controversiis christianæ fidei* dirigées contre la Réforme, et pour ses débats avec Galilée. Dans la version définitive, il semble que ce discrétissime correspondant d'Hypérion soit un Allemand rencontré en Allemagne pendant le voyage final. Mais dans le *Fragment* de 1794, où il prend la relève du « Cher Kallias » de la toute première version, il se pourrait qu'il ait été de nationalité italienne (Hypérion lui dit : « ton Italie ») [2]...

---

1. Jacques Anglès, *Guide pratique de Grèce. Cyclades, Péloponnèse, îles Ioniennes, ports, mouillages, navigation*, Versailles, Éditions du Pen Duick, 1990, p. 65.

2. La tradition philologique s'appuie sur un titre de poème inachevé (*An Eduard*) combiné à une analyse étymologique pour le rapprocher de Sinclair. *Bello Arminio* peut en effet signifier, comme on l'explique, le « bel Allemand » (avec une référence à Hermann, *alias* Arminius, chef des Chérusques tombeurs des Romains de Varus dans le *Teutoburgerwald* lors de la célèbre *Hermannschlacht*), mais Sinclair est déjà servi, si l'on peut dire, avec Alabanda, et, par ailleurs, sa geste héroïque familiale en fait plutôt un Écossais. Il faudrait alors imaginer une double référence à Sinclair dans le roman : il serait l'homme à qui est racontée une histoire où il est question de lui sous une autre apparence.

J'ai suggéré, pour ma part, sans grands échos, que ce nom signifiant convenait davantage à Alexander von Humboldt, bel Allemand héroïque, fils d'une huguenotte nommée Colomb, ami de la Révolution française, etc., dont tout le monde chantait les louanges à Iéna et à Weimar en 1794-1795, et dont Hölderlin fréquenta tous les proches à cette époque. Cette attribution sauvage s'appuyait sur le « retour de Bellarmin » dans le poème *Andenken*, où un nommé Bellarmin est parti avec un ami chez les Indiens des Indes occidentales (en Amérique équinoxiale), poème écrit en 1803 à une époque où Humboldt se trouvait en Amérique et ne donnait pas de nouvelles : on le croyait prisonnier des Indiens... (Voir *infra*, p. 264.)

Quant à Notara, il se peut que Hölderlin l'ait directement emprunté au livre de Chandler, où Gorgonda Notara [1] est le nom d'un habitant de Corinthe.

Terres et mers : l'espace

D'autres noms propres apparaissent dans le roman : ceux de la mythologie et de l'histoire grecques. Mais leur distribution est pauvre en regard des patronymes examinés ci-dessus. La présence des dieux et héros grecs dans le roman est plus souvent allusive qu'explicite.

On n'en dira pas autant des toponymes, qui dessinent un vaste paysage imaginaire et distribuent des repères correspondant aux moments importants de la vie d'Hypérion, selon un axe est-ouest significatif à plusieurs titres : axe naturel du mouvement apparent du soleil pour les observateurs terrestres, il convoque Jonas, Ulysse, Paul le Converti et Colomb l'Amiral de la mer Océane, il s'inscrit dans la grande carte imaginaire de l'univers hölderlinien et sa géopolitique implicite, qui tel Dionysos, ou encore l'Esprit hégélien, va de l'est gréco-oriental à l'Hespérie (l'Allemagne, la France, etc.).

Le roman décrit cependant *trois* grands espaces importants.

Le premier est celui de l'île natale, Tina, au centre des Cyclades : point de départ et lieu des recentre-

1. On notera chez Notara, comme chez Alabanda et Adamas, une économie vocalique qui distingue les partenaires aux noms en *a*, des deux protagonistes majeurs Diotima (dont le *a*, répétons-le, est quasi muet) et surtout Hyperion, accentué certes principalement sur la deuxième syllabe, mais dans un ensemble qu'on pourrait dire à trois accents, dès lors que le *H* prononcé d'Hyperion produit une accentuation spontanée et que la finale consonantique est articulée. Chez tout autre écrivain ces considérations pourraient sembler bien secondaires : chez Hölderlin, qui réanime la métrique grecque dans les ressources de la langue allemande, elles s'appliquent à la substance même de l'écriture.

ments, qui ne sera pas le lieu du retour érémitique. Un jardin paradisiaque au milieu de l'archipel (dans tous les sens de ce terme). Au printemps 1768, Hypérion quitte cette île pour Smyrne, en Asie Mineure, mais y revient à l'automne (après l'échec de la rencontre avec Alabanda) : ce faisant il trace d'un double trait l'axe que les aventures ultérieures prolongeront et compliqueront à partir de Tina. On notera cependant que, lors du voyage pour Tchesmé (en juillet 1770), Hypérion doit passer au sud de Tina (et au nord de Délos). Il ne peut qu'apercevoir son île natale, mais il n'y fait pas escale, ne la nomme même pas (alors que ses parents y demeurent...). De la même façon, quand il part en Allemagne, *via* la Sicile, pendant l'hiver 1770, il passe à proximité de son île natale (puisqu'il passe par Paros), mais ne s'y arrête pas davantage.

Or avant d'être ainsi oublié, ce centre connaît une sorte d'expansion physique dans un deuxième espace naturel qui coïncide avec l'initiation culturelle d'Hypérion par Adamas. Certains lecteurs un peu rapides pourraient être abusés par les pages qui évoquent cette période, et penser que les lieux dont il est question ne sont visités qu'en esprit, à partir des récits ou des souvenirs propres d'Adamas. En réalité, *le jeune Hypérion parcourt une première fois effectivement la quasi-totalité de l'espace hellénique*, soit un vaste quadrilatère dont les coins seraient au nord-ouest le mont Olympe, au nord-est l'Hellespont, au sud-est Rhodes, à l'ouest tout le Péloponnèse. Cette très longue circumnavigation accompagnée d'excursions pédestres est décrite comme un parcours réalisé en une journée ! Elle s'achève dans l'île de Nio, au sud de Paros, près de la tombe supposée d'Homère. Adamas part alors vers l'Orient mystérieux. Hypérion rentre au pays. En termes dialectiques, on peut caractériser ce périple comme la négation simple de l'île natale, dont il est géographiquement la projection cardinale, la première explosion, dans le même temps qu'il permet la collecte de toute la culture concentrée dans le moindre village de Grèce. Il fonde la possibilité d'une parité avec le bourlingueur Alabanda qui, bien qu'il soit l'aîné d'Hypérion, n'a plus à lui faire découvrir cela...

Le troisième espace, en revanche, est celui que déploient explicitement les mouvements successifs du roman dans leur temps propre : il est structuré historiquement, contrairement au précédent, dans les trois années, soit douze saisons, qui commencent (à la fin de l'histoire) par le départ de Tina pour Smyrne au printemps 1768. À l'automne 1768, Hypérion revient à Tina, où il passe l'hiver, et d'où il repart au printemps 1769 pour Calaurée (en avril) ; il fait la brève « excursion » à Athènes, à l'automne 1769, avant de revenir à Calaurée pour l'hiver (à la fin du tome I). Au printemps suivant (1770, année et mois de la naissance de Hölderlin...), Hypérion rejoint Alabanda dans le Péloponnèse, où les événements durent jusqu'à l'été 1770, et d'où il gagne Tchesmé en Asie Mineure en juillet pour la bataille du même nom. D'où il repart, *via* Paros, pendant l'hiver 1770-1771, à destination de la Sicile, puis de l'Allemagne, où il passe le printemps 1771 avant de revenir en Grèce, à Corinthe, où il commence les lettres à Bellarmin, et d'où il part à l'été 1771 pour s'installer dans l'île de Salamine. Il est ainsi passé d'un lieu naturel sans aucune histoire ni réputation archéologique particulière (à l'exception d'un temple de Poséidon), à l'île la plus importante sur le plan symbolique dans l'histoire de la Grèce antique : il n'a pas quitté l'espace où continue la lutte de libération nationale. Salamine est l'île d'Ajax. Elle est située légèrement à l'ouest d'Athènes, dont elle est la plus proche.

Hypérion est donc parvenu au terme de ses aventures dans un espace qui associe l'insularité érémitique et la capitale politique symbolique de la Grèce moderne, alors que Calaurée – l'actuelle Poros –, que Plutarque appelait l'île des Fleurs (Anthedonia), était une modeste petite île du Péloponnèse. Il est venu au cœur de ce qui sera la Grèce de 1830, dont l'expansion va durer plus d'un siècle et couvrir par progressions et annexions successives la quasi-totalité de l'espace hypérionique : 1864, les îles Ioniennes ; 1881, la Thessalie ; 1913, la Crète ; 1919, Épire, Macédoine, Thrace occidentale, Lemnos, Lesbos, Chio, Samos ; 1946, Dodécanèse et Rhodes. Sans oublier les acquisitions temporaires de 1920-1923, avec la Thrace orientale et la côte d'Asie Mineure de Bergame à Smyrne.

Si l'on fait abstraction des épisodes guerriers du Péloponnèse, la plupart des déplacements sont maritimes, voire aériens ou abstraits, tant la mer proprement dite est faiblement présente pour elle-même dans cet espace essentiellement terrestre et végétal, dont on retrouve les principaux éléments dans le grand poème *Der Archipelagus* [1] (où figurent, sous leurs noms modernes cette fois, Tenos et Calaurie). L'espace maritime d'Hypérion n'est pas odysséen, malgré une majorité de déplacements sur l'axe est-ouest. C'est celui d'un vaste hortillonage : une projection amplifiée et éclatée du jardin paradisiaque de l'enfance (le jardin du père géré par la mère, disloqué par les bras de mer), dépourvue des artefacts élémentaires que sont dans cet univers moderne les milliers de ports construits par les hommes pour faciliter les embarquements, et pauvre en villes (à l'exception de l'enthousiasmante Athènes et de la décevante Smyrne).

Dix ans plus tard, au début d'une ébauche d'hymne intitulée *Kolomb* [2] (désignation bizarrement fournie dans une graphie mixte, franco-allemande), Hölderlin déclare que s'il pouvait « en sa langue native » de continental se permettre l'audace d'être un héros, il voudrait être un héros de la mer. Puis, dans la suite du fragment, il se rend en pensée à Gênes, la ville natale de Colomb, pour y interroger l'enfance du héros

1. [L'archipel].
2. [Colomb]. La désignation normale en allemand serait « Kolombus ». Voir annexes, p. 267.

moderne par excellence [1]. Il nomme aussi Lisbonne, autre grand port, et décrit la navigation, la vie des marins, leur mal-être, leur révolte contre le capitaine : en 1802 il est allé en France, dans une très grande ville portuaire, Bordeaux, il a vu des centaines de navires à l'ancre dans l'anse du « port de la Lune », a vécu l'hiver et le printemps 1802 près du vieux port (au 2 de la rue Saint-Rémi) dans un quartier (plutôt mal famé) de marins ; il a assisté au prodigieux spectacle des navires reprenant la mer vers les Indes occidentales après des années de blocus dues à la guerre contre l'Angleterre, a entendu les histoires de négociants inquiets des troubles qui avaient éclaté à Saint-Domingue. Une expérience concrète a eu lieu. Ce n'est certes pas celle de la mer proprement dite (puisque Bordeaux est loin de la mer), mais au moins celle d'un port – donc d'une ville – maritime, où l'océan vient respirer deux fois par jour le long des berges envasées, repoussant le fleuve vers l'amont, où les pluies d'hiver sentent l'iode et le sel, où les vents de suroît dominants charrient des odeurs insolites, sous d'immenses nuages qui ont doublé les navires de haute mer.

Il n'est pas devenu Ulysse. Hölderlin n'aime guère ce coureur des mers et rusé corsaire des cœurs, et lui préfère depuis toujours Achille et Ajax. Mais il a enfin quitté un port, décidé un départ vers autre chose que le vert paradis du jardin d'enfants maternel : vers un travail de poésie qui ne s'oppose pas à l'aventure maritime ou à l'amour, mais qui les déborde dialectiquement. Dans l'un de ses plus célèbres poèmes (*Andenken*) [2], publié de son vivant, il se souvient de ce port de partance, avec une mémoire qui, d'absurde façon en apparence, invoque le destinataire des lettres d'Hypérion. À certains égards, ce poème reprend le mouve-

1. Chateaubriand cite Colomb parmi les héros modernes, chrétiens, dont la poésie moderne devrait s'emparer plutôt que toujours chanter les dieux et héros de l'Antiquité.

2. [En souvenir de…] Voir annexes, p. 264.

ment général abstrait du roman (partir, faire des expériences, tenter de grandes choses, aimer, quitter l'être aimé et, pour finir, écrire) mais lui donne un contenu autobiographique explicite, une substance historique et politique plus concrète. Plus exactement, ce poème, son dernier achevé, signale par une référence directe à Bellarmin que l'expérience bordelaise a été vécue comme un écho de l'évolution accomplie dans les sept années passées à écrire et réécrire *Hypérion*. Rétrospectivement (la rétrospection et la prospection sont les deux mouvements qui structurent et animent et le poème et le roman), et considérée depuis les hautes collines de Lormont où l'on a vue sur tout le vaste horizon occidental, cette période révolue s'assimile à une série de tentatives de passage vers l'aventure elle-même occidentale de la vie adulte, une vie où Bellarmin et son compagnon sont « partis », ne sont plus là, où il faut se rendre à la source sur un autre mode que celui des vertes années, regarder sa vie en face, sans les prismes déformants des mythologies protectrices. C'est le sens obsédant des « mais » inconfortables répétés dans toutes les strophes : il faut partir vers du nouveau, commencer quelque chose. Au risque – c'est ce qui s'est produit – de l'échec, de l'échouage en un désolant asile. Au risque de retomber dans le clos d'un jardin, tel Colomb en son monastère, à deux pas du séminaire de sa jeunesse, au bord du même Neckar que celui qui borde les jardins de sa mère à Nürtingen. L'enjeu qui se dessine est de taille : c'est celui d'une poétique où la vérité de l'expérience individuelle d'un homme à un moment et dans un lieu précis fonde l'efficace du texte adressé à la communauté. À ce titre, il est significatif que ce poème sans équivalent dans toute l'œuvre de Hölderlin soit écrit dans l'écho du *grand départ* que constituait le roman.

Dans les « poèmes de la tour » qui nous sont parvenus (la plupart ont disparu), l'espace est de nouveau modifié. Il n'est plus question de jardin, ni de *bois sacré*, ni de Grèce. Dans l'ode *Wenn aus der Ferne* [1], qui fait parler Diotime depuis le pays des morts, les jardins sont du passé. Le marin n'a pas embarqué, il vit à l'ancre au bord de la mer des prés et des champs. Finie l'oscillation est-ouest. Il a vue sur le sud, regarde passer le soleil, la lune, les jours. Il passe les journées dans sa cabine, scrute l'horizon, salue depuis la rive-vigie les îles des montagnes de l'Alb qui moutonnent au loin par temps clair. La terre qu'il voit sous le soleil est vaste comme un horizon d'océan. Les nuages passent et repassent. Les saisons reviennent comme les marées. La nature est, comme la mer, jeu de lumière, passage sur des profondeurs. Il parle d'un Nouveau Monde ; il voit ce Nouveau Monde depuis son poste de pilotage : la maison sent le bois comme les chantiers navals de Lormont, en face de Bordeaux. Hölderlin-Scardanelli, qui se croit encore bibliothécaire, n'est plus que le pseudo-capitaine d'une péniche fantôme amarrée à un mur de jardin.

On l'a dépossédé de son grand cahier de poèmes après avoir constaté l'effet pathologique sur son état de la présence de cet objet, et ce faisant on l'a privé de sa flotte de grands voiliers-poèmes plus ou moins achevés, où il tentait enfin de nouveaux voyages. Parmi ceux-ci, sur cinq grandes pages constellées de signes, la caravelle esquissée d'un hymne lui aussi disposé dans un grand archipel aventureux, qui réactivait sans doute la cartographie intime d'Hypérion, son espace d'aventures : *Kolomb*.

L'aventure et les aventuriers

Au début du roman, le père d'Hypérion expédie son fils à Smyrne, à l'étranger, pour qu'il apprenne enfin, après sa longue enfance dans le jardin maternel, après le « voyage accompagné » dans l'univers grec, les trois arts de l'aventure humaine indépendante : ceux

1. [Si de là-bas, de loin…]

de la navigation, de la guerre, et des langues étrangères. La mère donne des conseils de « patience », mais c'est pour désigner par antiphrase le caractère « impatient » des projets (et de la nature) du père, de son idéal d'action.

C'est dans cet univers de découverte, d'initiation autonome, qu'Hypérion fait la rencontre décisive de l'aventurier par excellence qu'incarne Alabanda. Les circonstances de la rencontre sont elles-mêmes « aventuresques ». Deux cœurs frères destinés à se déchirer tragiquement se rencontrent dans un décor de western, à cheval, après une bagarre avec des brigands. Alabanda n'est plus un jeune homme, il a un beau visage viril de Romain et on l'imagine bronzé, musclé, déterminé, prêt à agir.

Les lecteurs contemporains d'*Hypérion* furent sans doute les premiers à considérer que la construction de ce personnage d'aventurier politico-militaire, une manière de Che Guevara avant la lettre, était largement déterminée par la figure d'un aventurier de la philosophie qui plus tard rejoindrait les rangs du premier nationalisme allemand moderne : Fichte, *alias* « le philosophe de l'action ». Dans la période de genèse d'*Hypérion*, c'est le Fichte héroïque d'Iéna, l'admirateur de la Révolution française, le futur héros de la querelle de l'athéisme qui tient le pupitre, occupe le devant de la scène, fait parler de lui dans la jeunesse étudiante. Hypérion dit d'Alabanda qu'il est un Titan, soit exactement le terme que Hölderlin utilise dans une lettre à Hegel pour parler de Fichte. Il évoque aussi sa tête de Romain, soit exactement les termes (très élogieux et comme fascinés) employés par le philosophe Alexis Philonenko, spécialiste de Fichte, pour décrire cet auteur en évoquant la sculpture de G. Schadow : « un masque de Romain, d'une grande beauté, le front haut, les lèvres plissées manifestent la volonté, la résolution, la tranquillité et la froideur d'un César [1] ». Plus généra-

1. *Histoire de la philosophie*, Gallimard, « Bibliothèque de la Pléiade », 1999, t. II, article « Fichte », p. 902.

lement, ce qu'on sait du comportement et du psychisme de Fichte, être inquiet et disparate, suicidaire par moments, corrobore l'hypothèse d'une forte parenté avec Alabanda. Si ce personnage, comme nous le verrons, doit également beaucoup à Isaac von Sinclair (qui était plus jeune que Hölderlin), il tient de toute façon son âge de Fichte, qui n'avait que trente-deux ans quand il arriva à Iéna en 1794, huit ans de plus que Hölderlin… Il lui doit aussi son profil « pratique », une sorte de rapport principiel à l'action, qui chez Fichte – débordant Kant sur sa gauche – est nécessaire à la connaissance du vrai, notamment en ce que l'action seule permet d'échapper au scepticisme et au dogmatisme [1]. Face à lui, Hypérion lui-même n'est pas fichtéen : il hésite à agir. Alabanda incarne la fermeté d'âme et de pensée, y compris dans ses positions philosophiques : à la fin du roman, peu avant de disparaître, il expose encore sans ambiguïté des positions fichtéennes qui impliquent notamment l'absence de dieu créateur et de loi naturelle supérieure.

Alabanda, bien que défini comme un être rationnel et audacieux, bien que déjà porteur d'un appel à la révolte nationale qui sera celui des *Discours à la nation allemande*, ne se réduit cependant pas à la référence fichtéenne. Au cœur de la controverse avec Hypérion, qui inaugure leur discorde et finalement emporte Alabanda vers un destin fatal, il y a certes encore la question de l'État – dont Fichte s'est activement occupé –, mais le pôle « révulsif » du personnage est surtout défini par son appartenance à un groupe d'activistes, chevaliers à la triste figure d'une cause révolutionnaire où l'on peut reconnaître la projection des événements de 1793-1794 en France, et qui s'apparente également au programme des sociétés secrètes allemandes de la fin du XVIIIe siècle. Rien de précis n'a été révélé par Hölderlin à ce sujet, mais on sait qu'il était parti-

1. Le roman doit peut-être aussi à Fichte, plus généralement, un recours fréquent à la notion de *travail* (*Arbeit*), que nous avons le plus souvent traduit par « tâche » en raison des contextes.

culièrement prudent dans ses échanges épistolaires avec des correspondants susceptibles d'être soupçonnés par la police des princes. Plus généralement, cette question entre dans la grande interrogation polémique sur les sympathies « jacobines » de Hölderlin, qui a donné lieu à beaucoup de simplifications et de spéculations idéologiquement intéressées quant à ses tendances révolutionnaires ou réformistes.

On considère habituellement que Hölderlin réagit assez tôt et négativement au grand discours « terroriste » de Robespierre du 5 février 1794 : « sans la terreur, la vertu est impuissante ». De fait, contrairement au jeune Sinclair, Hölderlin n'entre pas dans l'argumentation dialectique qui explique et pronostique que la terreur monarchique de l'Ancien Régime ne peut que périr dans la Terreur qu'elle a engendrée. Le projet politique de Hölderlin – qu'on a plus souvent rapproché des Girondins – demeure plus abstrait, on l'a même baptisé « piétisme sécularisé ». Il se met en place dans de longs débats avec Hegel sur le christianisme, et demeure assez proche, dans sa problématisation « esthétique », des positions de Schiller. Mais certains codes employés par les « anciens de Tübingen », les activités révolutionnaires avérées de plusieurs amis de Hölderlin, enfin une certaine obstination à demeurer dans la problématique politique donnent parfois à penser qu'ils avaient tous – et notamment Hölderlin – des positions plus radicales [1].

Il n'est donc en rien étonnant que quelques décennies après la parution du roman, en particulier après sa première réédition en 1822, *Hypérion* soit devenu à son corps défendant l'un des porte-parole des consciences critiques de l'Allemagne. L'année même de la mort de Hölderlin, c'est la virulente philippique anti-

1. On sait que Hölderlin a fréquenté les esprits les plus radicaux de cette génération. Oelsner, Wekherlin, Rebman, Archenholz, Campe, Forster, Huber, Cramer, Reichardt, von Halem, Reinhard, Georg Kerner, Adolf von Knigge, Cotta, Johann Gottfried Ebel : tous sont contaminés à des degrés divers par la sympathie pour la Révolution française.

allemande [1] de la fin du roman qui retentit en première page des *Annales franco-allemandes* aux côtés de textes plutôt néobabouvistes de Marx, d'Engels, de Ruge et de Heine… En 1843, le concept fichtéen d'action a achevé sa « mutation », est devenu « *praxis* ». Les sociétés européennes ont connu des révoltes sociales.

Mais dans les années 1790, la lutte est le fait des avant-gardes éclairées, et le cadre général des positions radicales demeure idéologique. C'est celui du conflit de l'*Aufklärung* et de l'*Anti-Aufklärung*, du progrès des Lumières et du maintien de la pénombre : la pratique du grand nombre ne peut que suivre ce progrès, en aucun cas le précéder.

La grande question que les événements de France réactualisent en permanence pendant toutes ces années est, dès lors, celle de la préparation des hommes aux changements nécessaires dans la réalité sociale et politique. La réponse ne va pas de soi. Kant avait répondu qu'il n'était pas nécessaire de « mûrir pour la liberté » : on ne saurait attendre que tous les hommes soient « éclairés » pour la leur accorder, il faut au contraire qu'ils soient libres pour devenir raisonnables. Si le projet schillerien d'une éducation esthétique du genre humain peut sembler inefficace politiquement, Hölderlin déplace le problème : pour lui, le Beau n'est que le nom d'une réalité politique qui réalise le principe d'unité. Pour que le règne du Beau existe sur la terre, il faut œuvrer à la libération des hommes. Il n'y a pas de despotisme éclairé. Le mot d'ordre « mort aux tyrans » gravé sur les tables d'étude est à l'ordre du jour, y compris pour ceux dont l'idéal est surtout de connaissance. Quand Hölderlin arrive à Iéna, il rencontre des membres d'une société qui se nomme Ligue des hommes libres (*Bund der freien Männer*), parmi lesquels la sympathie pour la Révolution française demeure très forte. Et le fond de la question politique d'*Hypérion* peut se résumer dans le cadre de la conjoncture des années 1793-1794 : si les hommes

1. Désignée en allemand sous le nom de *Scheltrede*.

doivent se liguer (se fédérer) pour libérer les hommes, comment empêcher cette organisation nécessaire de devenir à son tour liberticide ?

La manifestation institutionnelle et symbolique la plus connue de l'affrontement des Lumières et de leurs ennemis à la veille de la Révolution française, mais aussi d'un certain désir d'efficacité politique contre l'Ancien Régime, est l'apparition de la secte des *Illuminaten* (ou « Illuminés de Bavière ») [1], dont le nom dit le programme : il rassemble les gens qui sont éclairés, qui veulent éclairer et qui se donnent les moyens d'éclairer…

Beaucoup de romans du temps, et quelques pièces de théâtre, mettent en scène des conjurés animés de préoccupations comparables [2]. Leurs auteurs ont bien souvent des liens plus ou moins directs avec les loges maçonniques, en sorte que ce thème n'est pas « extérieur » : l'œuvre ne se contente pas de traiter des motifs, elle est elle-même un élément politiquement agissant, et à l'inverse, cette dimension efficiente potentialise la dimension esthétique des romans. Joseph Görres prend sans doute en compte cet effet de boucle lorsqu'il compare *Hypérion* au roman *Dya-na-sore oder der Wanderer* de W. Friedrich von Meyern [3], un Illuminé, membre de la Ligue des frères noirs dont Sinclair faisait partie [4].

Les Illuminés de Bavière sont un ordre fondé en 1776 par un professeur de droit à l'université d'Ingolstadt nommé Adam Weishaupt (1748-1830), et

1. Voir Jacques D'Hondt, *Hegel secret*, Paris, PUF, 1968, p. 59 *sq.*, ainsi que René Le Forestier, *Les Illuminés de Bavière*, Paris, 1914, et Jacques Droz, *L'Allemagne et la Révolution française*, Paris, 1949.

2. Voir les œuvres de Wieland, Goethe, Tieck, etc.

3. [Dya-na-sore ou le voyageur]. Roman « politico-utopique », paru en 1787-1791.

4. J. Görres devinait sans doute aussi que Hölderlin avait trouvé la citation de Loyola placée en tête du roman dans l'*Histoire générale des jésuites*, un livre hostile aux jésuites écrit par un Illuminé, ami de l'ami Ebel : Peter Philipp Wolf.

dont le principal protagoniste fut le célèbre Adolf von Knigge (1752-1796). L'ordre n'était pas maçonnique au départ, il était même d'idéologie moins radicalement anticléricale et antiabsolutiste que beaucoup de loges maçonniques, davantage tourné vers l'efficacité « perfectibiliste » de l'action politique, principalement appliquée à influencer les gens influents… Le fondateur était un ancien élève des jésuites. Et c'est l'ordre des Jésuites qui est reproduit dans son organisation : hiérarchie stricte, discipline de fer, respect du secret, utilisation de pseudonymes, etc.

Mais dès 1777, par souci d'efficience, cette société pratiquait l'infiltration (on dirait aujourd'hui : l'entrisme) dans les loges maçonniques existantes (notamment dans l'ordre de la Stricte observance templière), dans les écoles militaires, les imprimeries, etc. À partir de 1780, le renfort de von Knigge fit évoluer la société vers une organisation proche des loges maçonniques. Mais en 1787, après diverses péripéties internes, dont les dissensions croissantes entre Weishaupt et von Knigge, l'ordre des Illuminés fut interdit en Bavière, où il avait été créé et demeura influent à sa manière. Il avait compté près de deux mille cinq cents membres. Après son interdiction il y eut quelques tentatives de reconstitution, mais surtout on vit se développer le mythe d'une société secrète capable de déclencher la Révolution française, ainsi que le racontent par exemple deux brochures éditées à Francfort en 1796-1797, dont Hölderlin a sans doute eu connaissance. Mirabeau, il est vrai, était venu en Allemagne en 1786, et l'Illuminé Bode s'était rendu à Paris…

Le grand dialogue entre Alabanda et Hypérion au début du roman reprend la substance idéologique de l'ordre. Lorsque Alabanda traite Hypérion de *Schwärmer* (enthousiaste, exalté), il utilise le vocable qui sert à désigner les pires ennemis de l'ordre, les ennemis des Lumières. De même, quand Hypérion emploie l'expression *Betrüger*, il reprend les mots prononcés par Cosandey, un ancien Illuminé qui avait retourné sa veste et dénoncé puis fait interdire ses anciens compagnons. Hölderlin utilise ainsi directement les catégories du discours politique contemporain. Il connaissait, en effet, les uns et les autres, il savait les références qu'il déclenchait en prononçant certaines paroles. Le plus célèbre *Schwärmer* ennemi des Lumières est Lavater, dont Hölderlin a toujours parlé avec une certaine sympathie. Il connaissait aussi Friedrich Leopold Graf zu Stolberg, dont il avait lu les écrits sur Platon parus en 1795.

Cependant les Illuminés étaient plus nombreux dans son entourage, à commencer par certains enseignants du Stift à Tübingen, par exemple le professeur Friedrich Flatt, ou son biographe Jakob Friedrich Abel. Ou encore Johann Friedrich Lebret (qui n'en était pas membre, mais qui était très hostile aux jésuites), ou le répétiteur Immanuel Carl Diez, un « enragé kantien », lié à Reinhold, l'ex-jésuite passé protestant, et Stäudlin, le mentor poétique des intellectuels souabes, celui-là même qui conseilla à Hölderlin de glisser des allusions révolutionnaires discrètes dans son roman. Les lettres de Hölderlin à son frère confirment sa sympathie pour ces gens-là. Enfin, deux personnes particulièrement proches de Hölderlin étaient membres de la branche jacobine du mouvement : Johann Gottfried Ebel [1], le médecin surdoué, traducteur de Sieyès et amoureux des Alpes, son aîné de six ans, par qui Hölderlin fut introduit chez les Gontard, et, surtout, Isaac von Sinclair.

Sinclair [2]

Si Fichte avait huit ans de plus que Hölderlin, Isaac von Sinclair avait quatre ans de moins, mais manifes-

---

1. Johann Gottfried Ebel (1764-1830) mourut en prononçant les mots « *Freiheit, ewig, ewig, ewig* » (« Liberté, éternellement, éternellement, éternellement »).

2. Sur Sinclair, voir la biographie très informée d'Ursula Brauer, *Isaac von Sinclair. Eine Biographie*, Stuttgart, 1993.

tait une maturité indéniablement supérieure dans le domaine de la décision. Il est hautement probable aussi que l'ascendance et la mythologie narcissique personnelle de Sinclair aient joué un rôle dans la sympathie puis l'amitié qui ont uni les deux hommes.

La mythologie personnelle de l'agitateur Sinclair s'organise, entre autres, autour de son patronyme légendaire, qui ajoute à la filiation germano-écossaise un lien lointain et fondateur avec la France. Les registres de baptême du père, mort en 1778 (Sinclair avait quatre ans...) sont rédigés en français. Saint-Clair (on notera l'association de la clarté et de la sainteté : il a en naissant le nom d'un héros des Lumières) est le nom d'un village de Normandie. Les ancêtres seraient des Normands, des Vikings navigateurs [1].

Après la mort du père, comme chez Hölderlin, la mère se remarie : le fils se retrouva dépossédé. On connaît sa jeunesse et l'évolution de ses opinions grâce à une correspondance suivie qu'il entretint avec un ami et mentor plus âgé que lui, Franz Wilhelm Jung (1757-1833), ami du Landgrave de Hombourg, avec lequel cependant Jung se fâcha pour une raison politique majeure : il était devenu républicain. Pire : il était aussi le premier traducteur en allemand du *Contrat social* de Jean-Jacques Rousseau. Jung était un Illuminé convaincu, ami de von Knigge et de Bode. Les neuf lettres conservées de Sinclair à Jung montrent un Sinclair fasciné par la Constitution de 1791, approbateur de l'introduction du culte de la Raison en décembre 1793, grand admirateur du pasteur Leutwein (autre sympathisant révolutionnaire). Après les massacres de septembre, Sinclair tient des propos approbateurs sur ces horreurs nécessaires : « Ils n'ont pas tué assez de traîtres ! » Il approuve encore la Constitution de juin 1793 (où il reconnaît un rapport avec la pensée de Rousseau). C'est un radical : « tout

1. Sainclair était en réalité un compagnon de Guillaume le Conquérant (présent avec lui à Saint-Valery en 1066).

ce qui existait antérieurement doit disparaître, et sur ces ruines doit s'élever une création nouvelle ». Il se réjouit même de l'écrasement des Girondins de Lyon (29 mai-9 octobre) : « C'est une bonne chose que les plus gros obstacles soient fracassés… » Bref, Sinclair approuve l'excitation des passions du peuple, convaincu que les victoires de la France révolutionnaire sont dues à la diffusion des Lumières… Son mentor et interlocuteur Jung était plus posé, moins radical, mais aussi convaincu.

Quand Hölderlin le rencontre, Sinclair n'a pas vingt ans. Leurs premières relations à Tübingen sont assez distantes : Sinclair étudie le droit, il n'est pas pensionnaire du Stift, et dit seulement « avoir rencontré au Stift des gens intéressants », sans doute les membres du Club français, qui lisaient le *Moniteur.* Fin janvier 1794 il quitte Tübingen et s'inscrit pour le semestre d'été à Iéna, où il rencontre des « gens de cœur et d'esprit qui ont l'amour de la vérité », c'est-à-dire très vraisemblablement des membres de la toute nouvelle Société des hommes libres (*Gesellschaft der Freien Männer*), fondée en juin 1794. Il y rencontre aussi quelques-uns des adhérents de l'ordre de l'Harmonie littéraire (*Orden der litterärischen Harmonie*), que les profanes appellent « ordre des Frères noirs », ces *Schwarze Brüder*, qu'on appelait encore *Harmonisten* ; c'était une sorte de loge maçonnique étudiante d'obédience « écossaise », infiltrée par les Illuminés, dont les mots d'ordre étaient en fait plutôt conservateurs : « *Fleiß, Sittlichkeit, religiöser Sinn, Selbstheit* [1]. » Fichte et Mereau en faisaient partie, ainsi que Leo von Seckendorf. Sinclair n'y adhéra qu'en janvier 1795, après une longue valse-hésitation. Il ne fut en revanche jamais membre de la Société des hommes libres.

Sinclair rencontre – ou retrouve – Hölderlin aux cours de Fichte. Le 26 mars 1795, il écrit à Jung qu'il a « rencontré un ami de cœur *instar omnium*, le

1. « Ardeur au travail, moralité, sens religieux, quant-à-soi. »

magister Hölderlin ». Les deux hommes vivent dans la même maison : on a évoqué la possibilité d'une relation homosexuelle (qui n'empêche pas Sinclair de visiter les bordels à l'occasion). C'est peut-être cette présence envahissante que Hölderlin fuit au printemps 1795 : une semaine après s'être inscrit au semestre d'été, il engage le processus qui débouchera sur son embauche chez Gontard à Francfort en janvier suivant.

La Société des hommes libres, parfois appelée « Société littéraire » (d'où des possibilités de confusion avec l'ordre des Harmonistes), était une association étudiante, dont les membres portaient l'épée et savaient se battre. Les professeurs de l'université d'Iéna en étaient membres de droit. Elle affichait des préoccupations académiques, scientifiques, savantes, mais on y faisait aussi de la politique. L'initiateur et animateur était un nommé Johann Smid, originaire de Brême. Comme les ordres étaient théoriquement abolis à Iéna depuis 1769, l'existence de la société – susceptible de chercher à en reconstituer un – était semi-légale : elle affichait ne pas être un ordre, d'où son nom. Les gouvernements et les rectorats redoutaient les statuts de ces sociétés (en vertu desquels elles échappaient au contrôle des autorités établies) mais devaient par ailleurs tenir compte des intérêts matériels des habitants des villes universitaires, qui vivaient en partie de l'hébergement des étudiants. Un *modus vivendi* s'était instauré, parfois interrompu par des crises d'origine prosaïque et peu héroïque, suite à une bagarre dans un bal par exemple [1].

Il est généralement admis que Sinclair inspire le personnage d'Alabanda, et plusieurs éléments biogra-

---

1. Dans les phases répressives, Sinclair sut toujours faire en sorte de ne pas avoir d'ennuis, y intervenant à l'occasion comme négociateur. Mais il est indéniable qu'il était par ailleurs très lié à des partisans actifs de la Révolution (qu'on appelait les « démocrates »). Philosophiquement, les « hommes libres » étaient des fichtéens.

phiques – y compris ultérieurs à 1800 – plaident pour cette identification : Sinclair est bien l'ami compliqué de Hölderlin, l'aventurier, le politique agissant. Que Hölderlin le fasse disparaître à plusieurs reprises, et pour finir le condamne à une mort certaine en raison de ses liaisons plaide *a fortiori* pour une fonction cathartique du personnage. Enfin, certaines caractéristiques très contrastives d'Alabanda – son âge, son apparence physique – pourraient être paradoxalement mises au compte de la nécessaire transformation romanesque.

Alabanda joue un autre rôle : il est aussi celui qui a déjà vécu, par opposition à Hypérion. Son sort est déjà scellé par cette existence antérieure qu'il raconte vers la fin du roman. Il lutte pour la libération des Grecs, et lui-même n'est plus libre. En ce sens il est surtout un repère structurel. Hypérion le rencontre après avoir été séparé d'Adamas, qui était le premier étranger rencontré au sortir de la prime enfance, mais sur son territoire, dans sa « nature ». Alabanda vient combler la matrice héroïque constituée peu à peu par les propos d'Adamas. Il est issu du continent, et c'est sur le continent qu'Hypérion le rencontre (l'altercation en revanche a lieu dans une île...). Il vient en outre combler le manque créé par les déceptions intellectuelles et sociales d'Hypérion. Ce manque explique le coup de foudre amoureux qui marque jusqu'à la fin sa relation avec Alabanda et qui devrait, en bonne logique, affecter terriblement la rivale en amour, Diotime. Hölderlin applique ici le schéma rousseauiste qui veut que le premier sentiment rencontré par l'enfant soit, avant l'amour, celui de l'amitié. On est frappé cependant par l'érotisation extrême de la rencontre. Non seulement Hypérion insiste sur la virilité psychique d'Alabanda (avec des épithètes comme « magnifique » ou « majestueux »), mais Alabanda est sans doute le seul personnage du roman identifié par son apparence physique : il a épuisé ses assaillants, il a de la poigne. Quand, peu après, les deux hommes se retrouvent seuls dans l'auberge, on s'attend presque à des étreintes…

Au-delà de ces traits, Alabanda construit surtout un moment dialectique interne à la personne d'Hypérion : il est le double impossible ou, si l'on veut, une tendance d'Hypérion qui avorte, qui échoue sous les coups de l'histoire du monde. Il est aussi l'homme que n'a pas transformé l'amour d'une femme. La première crise qui affecte sa relation avec Hypérion est nécessaire à la béance psychique que Diotime vient combler dans le reste du roman. À tel point qu'on peut se demander si elle n'est pas le contrepoint anticipé d'Alabanda, dès lors que les premières ébauches du roman installaient la rencontre avec un être féminin au seuil même du développement. Mais cette hypothèse n'exclut pas l'autre, plus complexe : celle qui ferait de Diotime un contrepoint abstrait, « thématique » plus que pneumatique, pauvre en référents culturels et biographiques, à la figure romanesque par excellence que compose Alabanda, mixte d'Achille, d'Ajax, de Sinclair et de Bonaparte !

Peut-on parler en effet de Diotime autrement que pour s'étonner d'un comportement aussi peu réaliste, d'un personnage qui, comparé à celui d'Alabanda, pourrait sembler si peu de chair et d'os, n'était sa relation supposée avec la très réelle Susette Gontard ?

Diotime

Diotime est caractérisée en permanence comme un être idéal, utopique, centré quelque part entre Calaurée et Athènes, susceptible de devenir elle-même un centre, habité d'une vie intense, capable de connaissance, de lucidité diagnostique, d'incitation : d'une certaine forme d'action étroitement liée à son principe de beauté. Derrière la rencontre avec Diotime, il y a la question existentielle simple que se pose implicitement Hypérion : avec qui partager ma vie, dans quelle communauté concrète réaliser la communauté élargie et l'individualité libre ?

Le retrait érémitique d'Hypérion dans la solitude va ainsi se lire à l'aune de l'hypothèse psychologiquement « correcte » d'une union accomplie avec Diotime, d'un mariage sémantiquement assimilé à une union divine. À la fin du roman, la résolution des dissonances au sein de la nature s'exprime dans une référence maintenue au souvenir de Diotime, alors qu'une référence au souvenir d'Alabanda engendrerait l'agitation, le mal-être continué.

On comprend donc que la rencontre avec Diotime et l'histoire de leur relation occupe un espace majeur dans le roman : toute la deuxième et la troisième partie ainsi que le début de la quatrième. Le début même du roman (le premier quart, où elle n'apparaît pas) semble rétroactivement subsumé sous la rencontre. Cette masse, qui correspond à du temps dans le récit et aurait pu faire intituler le roman *Diotime*, aussi bien qu'*Hypérion*, est dominée par la rémanence des caractérisations de ses qualités. Diotime est une *voix* qu'il faut faire entendre en permanence, mais dans une évolution de structure très subtile où alternent les moments de distance pudique, d'admiration, d'amour déclaré avec intensité, de retrait, de renouement du fil, etc.

Cette voix est présente de manière formellement multiple : comme personnage décrit extérieurement, comme partenaire dialogique, comme quasi-allégorie, comme auteur de lettres elles-mêmes formellement distinctes (Diotime à Hypérion) ou de lettres incluses, suivie de « continuations », comme personnage décrit par un tiers (Notara), comme amoureuse qui ne parle pratiquement pas d'elle-même (il est vrai qu'elle a moins de choses à raconter que le héros épique Alabanda). En cela, elle est proche de l'autre Diotime, celle de la biographie : Susette Gontard.

Tout le volume qui est le sien dans le roman va de pair avec ses qualités et sa nature (la nature !). En tant qu'ombre ou projection du soleil noir et mélancolique Hypérion, elle est une sorte d'astre certes lunaire, mais diurne. L'algorithme de son surgissement à l'horizon est très particulier.

Au début de la deuxième partie du livre premier, Hypérion évoque depuis Salamine – dernier refuge peu distant de l'île de Calaurée – son amour de la Grèce et de la nature, donne à percevoir une montée de sève universelle qui associe les hommes et la nature végétale, insiste sur la difficulté à imaginer cet état prodigieux. Puis il raconte son passage à Calaurée chez un ami *comme s'il écrivait au jour le jour immédiatement après les événements rapportés* : l'île est un lieu d'extase divine, une individualité géographique déterminée, le temple naturel de l'amour, en quelque sorte, dont le lecteur consomme déjà comme à l'avance la sensualité et la beauté. Les deux premières lettres créent ainsi une attente que la troisième lettre vient assouvir sur le mode de l'annonce lyrique, et que clôt seulement alors le nom même de Diotime, le personnage ayant été d'abord annoncé au neutre asexué (par le pronom *es*).

La jeune fille ne devient un être féminin que dans la lettre suivante, dans une séquence où elle est décrite une nouvelle fois par son environnement, sa maison, sa famille réduite à la mère et au frère. Comme Hölderlin, Diotime n'a pas de père. Mais elle n'a pas de corps non plus, contrairement à Alabanda [1]. Elle a des fonctions, des positions. Le substitut de ce corps manquant sera ici une parole sur la vie de la terre. Tout l'*éros* qui présidait à la rencontre avec Alabanda est

1. On peut évidemment interpréter cette discrétion érotique du personnage de Diotime (et le transfert sur Alabanda !) comme un effet de la stratégie amoureuse du couple Hölderlin-Susette face à la surveillance du mari… Toute la lettre qui précède le voyage à Athènes, à la fin de la première partie, peut se lire également comme la transcription dissimulée d'une consommation réelle de l'amour : à ce moment précis du roman, Diotime se dit infidèle (aux fleurs, certes…), les deux êtres s'embrassent sur la bouche, le cou est dénudé, les lèvres sont posées sur le sein palpitant, etc.

détourné vers la parole. Par la suite, cette dimension acorporelle se confirme. Diotime a une sorte d'apesanteur, de beauté vocale (son chant). Son rapport à la nature est un rapport de regard et de nomination : elle nomme les choses, elle salue la nature et ce, de façon non apprise ou culturelle. Elle est une nature qui nomme la nature.

La huitième lettre pourrait faire apparaître un corps, mais il n'est que suggéré : elle fait le repas. Elle procure aux autres une jouissance vitale. La lettre suivante se déroule dans l'obscurité de la nuit, traditionnellement propice au rapprochement des corps et traitée dans un climat d'attente, mais ce qui vient est encore sa parole, les mots dans lesquels elle exprime sa confiance en la nature, une sorte de credo platonicien. Et pourtant, elle se nomme Diotime ! prêtresse de l'amour naturel !

Dans la dixième lettre enfin, le mot amour est prononcé, mais dans un sens aussitôt sublimé : Hypérion le divisé, le dissonant, aime en Diotime la réalisation du principe d'unité. Mais c'est aussi la lettre où le mot échec est prononcé.

Les lettres suivantes poursuivent ce paradigme négatif, élégiaque. Puis la quinzième lettre, après une discussion sur l'amour légendaire d'Aristogiton et d'Harmodius, approfondit un thème déjà présent qui va devenir majeur : celui du politique. Et c'est ce tropisme politique qui va désormais occuper l'histoire d'amour jusqu'à la fin. L'histoire d'amour, de contre-investissement en contre-investissement, n'aboutit jamais. Sa seule réussite est le roman lui-même : Diotime comprend Hypérion plus intimement que quiconque, redoute qu'il supporte mal la destinée de son temps, le convainc de devenir l'écrivain de son peuple. Mais, dès la seizième lettre, la dissonance du deuil peut s'entendre. Elle s'entendra jusqu'à la fin, et même au-delà : l'ermite en Grèce porte à jamais le deuil d'un être qui semblait voué à n'être que la promesse de son absence.

Jamais elle ne lui dit les mots dont le lecteur sentimental peut faire l'hypothèse : plutôt qu'aimer à l'excès l'humanité, tu pourrais aimer concrètement l'individu sexué Diotime…

D'où l'importance des périodes d'absence. C'est au terme de l'une d'entre elles que Diotime fait à Hypérion l'aveu qu'il attendait, et explique son attitude par le fait qu'elle l'aime trop. D'où aussi cette cérémonie des adieux organisée comme un mariage… Et le transfert aux seules paroles de l'énergie des étreintes contenues. Et l'absence réelle, l'éloignement définitif, comblé par la présence, le retour d'Alabanda.

Quelle mémoire amoureuse guide Hölderlin dans tout cela ? Mystère…

Le lecteur « ordinaire » s'offusquera sans doute des lettres qu'Hypérion expédie à Diotime depuis le champ de bataille : ce sont presque des lettres d'amour à Alabanda, dans le même temps que Diotime prend la place de Bellarmin, à ceci près qu'elle répond et manifeste dans ses réponses grandeur d'âme et lucidité politique. Celle-ci s'exprime dans l'étonnante remarque qu'on n'attendait plus après tant de silence sur la sexualité : « … quant à moi, je ne veux pas d'enfant ! » Elle désespère de l'avenir tout en gardant en elle les raisons politiques qu'elle avait d'aimer Hypérion, celles-là mêmes qui avaient gouverné l'excursion à Athènes (plutôt qu'à Sparte, qui ressortit davantage à la sphère alabandique). Puis, peu avant de mourir, elle précise que ce n'est pas le chagrin qui l'a tuée, ce qui est encore une façon de ne pas être un personnage féminin traditionnel.

Est-elle morte d'ailleurs ?

Si l'on a pu dire qu'Hypérion était une sorte d'Émile grec [1] élevé par Adamas-Jean-Jacques au rang d'homme et presque de citoyen, Émilie, la principale protagoniste du poème épistolaire *Emilie vor ihrem*

---

1. Selon la formule de Jürgen Link, dans *Hölderlin-Rousseau. Retour inventif*, Presses universitaires de Vincennes, 1995.

Brauttag [1] est peut-être une Diotime repentie, de même qu'Empédocle est une nouvelle hypothèse masculine riche de l'expérience d'Hypérion (enrichie par Bonaparte).

On néglige trop souvent ce texte « alimentaire », écrit rapidement pour un almanach destiné au beau sexe, sur lequel Hölderlin lui-même a tenu des propos qui pouvaient sembler distants. Les 603 vers qui le composent en font, après *Hypérion*, son seul texte un peu long achevé (en juillet 1799, peu avant la parution du tome II d'*Hypérion*) et publié. Le rôle de Bellarmin y est joué par une dénommée Clara, transparente et passive correspondante à qui Émilie raconte comment elle a rencontré l'homme avec lequel elle va se marier et surtout au terme de quelle évolution de sa propre personnalité. Les huit lettres suivent le cours des événements : il ne s'agit pas d'une rétrospection comme dans *Hypérion*. Et cette fois, Émilie n'a pas de mère, mais un père omniprésent auquel elle est soumise et dont l'amour enveloppant tient lieu de nature – une nature, cependant, où elle est enfermée. Elle a aussi un frère, Édouard, mort au combat en Corse aux côtés des insulaires patriotes emmenés par Paoli : un frère soumis à l'ordre du père (Rome et Sparte, plutôt qu'Athènes), mais qui lui a désobéi en partant. Un frère qu'elle aimait de façon presque incestueuse. À l'occasion d'un voyage dans les forêts du Teutoburger Wald [2], elle rencontre un bel homme, grand, fier, mais différent du frère : il est patient et réfléchi. Cette rencontre engendre chez Émilie un processus amoureux qui est aussi un processus d'émancipation par rapport au père et au souvenir du frère. Elle devient critique à l'égard de la vie sans amour et sans idéal, s'ouvre peu à peu au Beau. Un grand voyage intérieur se déploie au sein du bref voyage extérieur : son schéma est celui de Rousseau revisité par Kant. Dans ce processus

1. [Émilie à la veille de son mariage].

2. Où se tint la bataille mythique d'Arminius contre le Romain Varus.

intervient la prise de parole, d'abord incomprise, de l'homme rencontré, qui se prénomme Armenion, un Allemand, malgré ce nom d'allure grecque qui n'est pas sans parenté avec celui de Bellarmin. Le dialogue qui s'instaure est platonicien plus que platonique : ce sont d'abord les âmes qui se rencontrent, mais les corps sont à l'horizon. C'est que l'amour naissant demeure menacé par l'autorité du père, qui doit autoriser la liaison, et finit par le faire avec la participation enthousiaste du peuple.

Il se peut, là encore, que Susette Gontard ait été l'une des destinatrices secrètes de cette histoire qui finit bien : le mariage, la sexualité, la reproduction sont le terme. Mais le *happy end* ne se limite pas au final conventionnel des contes populaires. Le « bonheur » d'Émilie est indissociable du fait qu'elle s'affranchit (liberté), devient l'égale en décision des hommes (égalité), instaurant ainsi un rapport plus vrai avec le frère mort (fraternité) [1]. Armenion, l'homme réfléchi et pacifique dont la virilité et la vertu ne sont pas inscrites comme celles du frère mort dans une geste guerrière, vit réellement les principes auxquels Hypérion a abouti, où la virilité s'est abolie et convertie. Contrairement au couple de la philosophie hégélienne, l'homme demeure prisonnier de la logique de l'identité. Il n'est la différence que parodiquement. La vraie différence, la différence concrète, c'est la femme, la femme qui écrit, insiste, exprime, réfléchit, risque, décide et fait bouger le fond. Au plus profond du royaume des morts, Diotime accouche de l'enfant qu'elle n'a pas eu avec Hypérion. C'est une fille…

Émilie est aussi un poème. Les pentamètres harmonieux signalent un retour quotidien au vers, l'abandon

---

1. Son histoire d'amour, comme celle d'Hypérion, est prise dans le jeu de forces d'une lutte de libération nationale, mais elle aboutit… saluée par le plus grand héros de l'époque moderne, Jean-Jacques Rousseau (auteur d'un article sur la Constitution de la Corse), écrite dans une conjoncture « spéciale », à la veille du coup d'État du 18 brumaire. Quand le projet voit le jour, Bonaparte est encore au Caire.

définitif de la prose : qu'il s'agisse de traductions des Grecs (Pindare, Sophocle), des ébauches de la tragédie d'Empédocle ou de ses œuvres propres, Hölderlin n'écrira plus que de la poésie. Même les lettres se font de plus en plus rares. Ce n'est pas qu'il renonce (en la dénonçant) à une forme insatisfaisante. Bien au contraire : la poésie qu'il écrit désormais s'est « prosaïsée », dégagée des modèles archaïques, assourdissants, répétitifs. Les grands hymnes ont l'ampleur, les ellipses, le souffle et le swing de la rhétorique classique.

Il semblait donc au tournant du siècle que la longue course du roman, en portant Hölderlin vers lui-même, le menait aussi dans un port de partance vers une vie d'homme de lettres, d'écrivain, de poète, de traducteur dans la communauté des hommes de son temps : qu'il allait s'embarquer comme les marins de Colomb, et, pourquoi pas, connaître tout à la fois comme d'autres la richesse et l'amour, et fonder dans la poésie « ce qui demeure ».

Mais ce départ fut sans cesse remis, comme si quelque force régressive déjà présente chez Hypérion retenait Hölderlin d'embarquer, le figeait sur la passerelle, interdisait à la figure de l'ermite d'être une simple fiction transitoire, empêchait le roman d'être uniquement un lumineux roman de jeunesse. Ou si l'on veut, comme si le roman avait déjà tout dit, trop consommé les forces de largage, atteint discrètement le point de rupture silencieux où l'astre brûlant de toutes ses fissions s'effondrait déjà sur lui-même et plongeait dans la grande nuit tourmentée où ne chanteraient plus que ses traces.

Jean-Pierre LEFEBVRE.

NOTE SUR LA TRADUCTION

La présente traduction a été effectuée sur la base des éditions d'*Hypérion* établies par Jochen Schmidt (Francfort-sur-le-Main, Deutscher Klassiker Verlag, 1992-1994) et par Michael Knaupp (Munich, Hanser, 1992). A été consultée également, la reproduction de l'édition originale (fac-similé, 284 pages, Bâle/Francfort-sur-le-Main, Stroemfeld/Roter Stern, 1992), qui était assortie d'une liste d'errata établie par Hölderlin.

La langue de Hölderlin dans *Hypérion* est particulièrement mélodieuse. Elle se distingue de la prose contemporaine par quelques régionalismes « souabes » (peu nombreux) et par une organisation syntaxique qui contraste avec les ordonnancements habituels : en particulier, le tropisme « central » des phrases allemandes est souvent brisé au profit d'énoncés décalés, qui déportent vers la fin des éléments ordinairement communiqués dès le début, impliquant notamment une ponctuation riche en virgules et une respiration de lecture spécifique.

Le traducteur s'est attaché en priorité à respecter – autant qu'il a pu – la simplicité du discours et l'harmonie des cadences.

HYPÉRION
OU L'ERMITE DE GRÈCE

TOME I

Non coerceri maximo, contineri minimo, divinum est[1].

1. « Ne pas être limité par ce qu'il y a de plus grand, être entouré de ce qu'il y a de plus petit est divin » : citation légèrement transformée de l'épitaphe anonyme d'Ignace de Loyola, fondateur de la Compagnie de Jésus. Hölderlin avait sans doute pris connaissance de cette épitaphe dans l'*Histoire générale de la Compagnie de Jésus* publiée par Peter Philipp Wolf, Zurich (1789, t. I, p. 215). Il utilise déjà cette citation dans la Préface du *Fragment d'Hypérion* publié dans la revue *Thalia*, mais sans les derniers mots (« *divinum est* »).

PRÉFACE

J'aimerais promettre à ce livre que les Allemands l'aimeront. Mais je crains que, l'ayant lu comme une sorte de compendium moral, certains se soucient par trop du *fabula docet*, et que les autres le traitent bien trop légèrement, bref, que les deux parties ne le comprennent pas.

Ceux qui se contenteront de respirer l'odeur de cette plante que j'ai fait pousser, ne la connaîtront pas pour autant, non plus que ceux qui la cueillent uniquement pour s'y instruire.

La résolution des dissonances d'un caractère n'est destinée ni à la pure et simple réflexion, ni au plaisir vide de contenu.

Le théâtre où se sont déroulés les événements qui vont suivre n'est pas nouveau, et j'avoue avoir été jadis assez puéril pour tenter en la matière une transformation dans ce livre [1], mais je me suis convaincu qu'il serait le seul paysage adéquat au caractère élégiaque d'Hypérion, et j'ai eu honte que le jugement présumé du public m'ait rendu si exagérément docile.

Je regrette qu'il ne soit pas encore loisible à chacun de porter un jugement sur le plan d'ensemble de l'ouvrage. Mais le tome second devrait suivre, autant qu'il est possible, sans tarder.

---

1. Rien dans les matériaux concernés ne signale un changement de décor en ce sens.

LIVRE PREMIER

HYPÉRION À BELLARMIN

La terre chérie de la patrie m'est de nouveau cause de joie et de souffrance.

Je suis maintenant tous les matins sur les hauteurs de l'isthme de Corinthe, et telle l'abeille au milieu des fleurs, mon âme bien souvent s'envole entre les mers qui, à ma droite et à ma gauche, baignent de fraîcheur le pied de mes montagnes rougeoyantes [1].

L'un de ces deux golfes, en particulier, m'aurait sans doute comblé de joie si je m'étais trouvé en ce lieu un millénaire [2] plus tôt.

Tel un demi-dieu triomphant, entre les majestueuses hauteurs sauvages de l'Hélicon et du Parnasse, où l'aube rosit cent cimes enneigées, et la plaine paradisiaque de Sicyone [3], les eaux lumineuses de ce golfe venaient alors battre jusqu'à la cité de la joie, la juvénile Corinthe, déversaient aux pieds de leur préférée tous les butins conquis pour elle dans toutes les régions du monde.

---

1. Hypérion se trouve donc en une sorte de point crucial, entre deux terres et deux mers.

2. Il faut entendre sans doute cette indication au sens plus large de « des centaines et des centaines d'années plus tôt », dès lors que la période visée se situe plus de deux millénaires avant le XVIIIe siècle. Au VIIIe siècle de notre ère, Corinthe était sous domination slave.

3. Ville du nord du Péloponnèse.

Mais, laissons ! C'est le cri effrayant du chacal [1], chantant parmi les pierres effondrées de l'Antiquité sa sauvage litanie funèbre qui m'arrache brutalement à ma rêverie.

Heureux l'homme qu'une florissante patrie comble de joie et de courage ! Quand on me rappelle la mienne, il me semble qu'on me jette dans un marais bourbeux, ou referme sur moi la chape d'un cercueil, et chaque fois que l'on dit que je suis grec, j'ai le sentiment qu'on m'étrangle avec un collier de chien.

Et vois-tu, mon cher Bellarmin ! quand parfois une parole m'a échappé, voire quand dans un moment d'emportement une larme a éclairé mon œil, j'ai vu venir à moi ces messieurs pleins de sagesse qui hantent si volontiers votre société, chez vous les Allemands, ces malheureux si réjouis de rencontrer un cœur affligé, et ils m'ont prodigué leurs sentences, ont fait montre de leur bonté, se sont laissés aller à me dire : ne te plains pas, agis !

Ah, si au moins je n'avais jamais agi [2] ! Comme je serais riche de plus d'une espérance ! –

Oui, oublie simplement qu'il existe des hommes, cœur meurtri, agressé, mille fois indigné ! et repars aux lieux d'où tu es sorti, dans les bras de la nature, de la belle, de la paisible, de l'immuable nature.

HYPÉRION À BELLARMIN

Je n'ai rien dont je puisse dire : ceci m'appartient.

Tous ceux que j'ai aimés sont loin et morts et plus aucune voix ne me dit plus rien d'eux.

---

1. Hölderlin cite ici Chandler à la lettre en écrivant à l'anglaise, ou presque : Jakal…

2. Allusion assez claire aux *Rêveries du promeneur solitaire* de Rousseau (« je m'abstiens d'agir… », *Œuvres*, t. I, Gallimard, « Bibliothèque de la Pléiade », p. 1056).

Mes affaires en ce monde sont parvenues au terme. Je me suis mis à la tâche [1] empli de volonté, j'y ai versé mon sang, et n'ai pas enrichi l'univers d'un pfennig.

Je m'en reviens sans gloire et solitaire, et j'erre dans ma patrie comme en un vaste cimetière, où peut-être m'attend le poignard du chasseur qui se gausse de nous, les Grecs, comme du gibier des bois.

Tu brilles encore pourtant, soleil des cieux ! Et toi, terre sacrée, tu verdis encore ! Et les fleuves bruissants vont encore à la mer, et les arbres ombreux frémissent dans le midi. Le chant d'allégresse du printemps berce et endort mes mortelles pensées [2]. Toute la plénitude de la vie universelle nourrit et rassasie d'ivresse mon être affamé.

Ô Nature bienheureuse ! Je ne sais ce qui m'arrive quand je lève les yeux devant ta beauté, mais toute l'allégresse du ciel est dans les larmes que je pleure devant toi, tel l'aimé devant son aimée.

Tout mon être se tait et tend l'oreille, quand l'onde délicate de la brise caresse ma poitrine. Perdu dans le vaste azur, je lève souvent les yeux vers l'éther [3] et contemple intensément la mer sacrée, et il me semble alors qu'un esprit parent m'ouvre ses bras, et que la douleur de la solitude se dissout dans la vie de la divinité.

Ne faire qu'un avec le Tout, c'est la vie de la Divinité, le ciel de l'homme.

---

1. *An die Arbeit gegangen* : littéralement, « je me suis mis au travail ». Dans tout le roman, Hölderlin utilise le terme *Arbeit* dans un sens programmatique proche de celui des « travaux d'Hercule ». Le sens socio-économique du terme n'est cependant pas totalement absent, dès lors que l'arrière-plan biographique demeure prégnant.

2. Hölderlin emploie le plus souvent cette expression au sens de « pensée où la mort est présente », voire « penser à la mort ».

3. Dans la cosmologie de Hölderlin, au carrefour des représentations antiques et des théories de Sömmering, l'éther est une matière lumineuse qui emplit la totalité du ciel et échappe aux alternances du jour et de la nuit. Cette matière subtile fait aussi le lien avec le monde de la pensée : elle est le principe quasi matériel de l'unité de la pensée et de la matière.

Ne faire qu'un avec tout ce qui vit, plonger dans la félicité de l'oubli de soi en revenant dans le Tout de la nature, voilà l'ultime sommet des pensées et des joies, la cime sacrée, le lieu de l'éternelle quiétude, où se dissipe la lourde chaleur de midi, où la voix du tonnerre se tait, où la mer bouillonnante s'apaise et se fait aussi ondoyante qu'un champ de blé.

Ne faire qu'un avec tout ce qui vit ! À ces mots la vertu dépose son harnais de courroux, l'esprit de l'homme dépose son sceptre, et toutes les pensées s'évanouissent devant l'image du monde éternellement un, comme les règles de l'artiste qui se bat avec son œuvre s'effacent devant son Uranie [1], le dur Destin d'airain renonce à dominer, et la mort fuit les êtres unis par une alliance : un lien plus fort que toute puissance de séparation et une jeunesse éternelle rendent le monde plus beau.

Je suis souvent sur ce sommet, mon Bellarmin ! Mais un seul instant de conscience active m'en fait retomber. Je réfléchis et me retrouve tel que j'étais auparavant, seul avec toutes les souffrances de la mortelle destinée, et le refuge de mon cœur, le monde éternellement un, n'est plus. La nature me refuse ses bras, je suis là en arrêt devant elle comme un étranger, et je ne la comprends pas.

Ah, que n'ai-je évité d'aller dans vos écoles. La science que j'ai suivie dans les profondeurs qu'elle creuse, et dont, dans la folie de la jeunesse, j'attendais qu'elle conforte mes joies pures, la science a tout abîmé.

Chez vous je suis devenu tout à fait raisonnable, j'ai appris à me distinguer avec rigueur de ce qui m'environne, et maintenant je me trouve isolé dans la beauté du monde, expulsé loin du jardin de la nature où j'ai grandi et me suis épanoui, et je me dessèche au soleil de midi.

---

1. *Urania* : littéralement, « la céleste ». Nom d'une des neuf Muses, également accolé à celui d'Aphrodite. Dans *Le Banquet*, Aphrodite Uranie la céleste (fille d'Uranos) est distinguée d'Aphrodite, fille de Zeus, dite « la commune »…

Ah, l'homme est un dieu quand il rêve, et un mendiant quand il réfléchit, et quand l'enthousiasme ne l'inspire plus, il est là comme un fils raté que le père a chassé de la demeure, contemplant les misérables pièces de monnaie que la pitié lui a values tout au long du chemin [1].

HYPÉRION À BELLARMIN

Je te remercie de me demander de te parler de moi, de me remettre en mémoire les jours d'antan.

C'est cela aussi qui m'a ramené en Grèce, le désir de vivre plus près des jeux de ma jeunesse.

Comme le travailleur qui sombre dans un sommeil réparateur, mon être agressé sombre souvent dans les bras du passé innocent.

Paix de l'enfance ! Paix céleste ! Que de fois je te contemple en silence, amoureusement, et voudrais penser ce que tu es ! Mais il est vrai que nous ne parvenons à concevoir que ce qui a d'abord été un mal, avant d'avoir été réparé ; l'enfance, l'innocence, nous ne pouvons les concevoir.

Lorsque j'étais encore un paisible enfant, et ignorant tout de ce qui nous entoure, n'étais-je pas alors davantage que ce que je suis aujourd'hui, après toutes ces peines que mon cœur a connues, toutes ces pensées, toutes ces luttes ?

Eh oui ! L'enfant est un être divin tant qu'on ne l'a pas plongé dans la peinture caméléon des humains.

Il est entièrement ce qu'il est, et c'est pourquoi il est si beau.

Les contraintes de la loi et du destin ne le touchent pas [2] ; tout est liberté chez lui, rien d'autre.

---

1. Le dernier paragraphe, comme toute cette lettre, est fortement marqué par des réminiscences de Rousseau.

2. *Betastet* : littéralement, « ne palpe pas son corps comme ferait un médecin, ou un consommateur »…

En lui règne la paix ; il ne s'est pas encore fâché avec lui-même. Il y a de la richesse en lui ; il connaît son cœur, il ignore la pauvreté [1] de la vie. Il est immortel, car il ne sait rien de la mort.

Or c'est là ce que les hommes ne peuvent supporter. Il faut que le divin devienne semblable à l'un des leurs, qu'il apprenne qu'ils existent eux aussi, et avant que ce soit la nature qui le chasse de son paradis, ils l'en font sortir par des flatteries ou par force, l'entraînent sur le champ de la malédiction, pour qu'il s'use comme eux au travail à la sueur de son front.

Mais le temps du réveil aussi est beau, pour peu qu'on ne nous réveille pas au mauvais moment.

Ô, ce sont des jours sacrés que ceux où notre cœur exerce pour la première fois ses ailes, où nous sommes là dans la magnificence du monde, riches d'une croissance rapide et fougueuse, telle la jeune plante qui s'ouvre au soleil du matin et tend ses petits bras vers le ciel infini.

Comme je fus poussé à parcourir montagnes et rivages ! Que de fois, que de fois je suis resté le cœur battant sur les hauteurs de Tina [2], suivant des yeux le vol des faucons et des grues, et les joyeux navires audacieux qui disparaissaient dans les profondeurs de l'horizon ! Je pensais : ils disparaissent là-bas, toi aussi tu disparaîtras là-bas un jour pour un voyage, et je m'apparaissais comme un malade de langueur qui se précipite dans la fraîcheur du bain et s'asperge le front d'écume.

Je repartais alors en soupirant chez moi. Si seulement, pensais-je alors bien souvent, si seulement les années d'école étaient finies !

Brave garçon ! Il s'en faut de beaucoup qu'elles le soient.

---

1. *Dürftigkeit* : le terme connote l'indigence, le manque.

2. Le nom antique de l'île natale d'Hypérion est Tenos. La graphie Tina est due au traducteur allemand (Reichardt) du récit de Choiseul (lequel avait francisé le grec moderne *Tino* en Tine…). Les hauteurs de cette petite île située au centre des Cyclades sont conséquentes (700 m). Elle hébergeait un sanctuaire célèbre de Poséidon.

Que l'homme en sa jeunesse croie proche le but qu'il vise ! C'est bien la plus belle de toutes les illusions par lesquelles la nature remédie à la faiblesse de notre être.

Et quand bien souvent j'étais couché parmi les fleurs, me réchauffant dans la lumière délicate du printemps, et que je levais les yeux vers l'azur radieux qui enlaçait la terre toute chaude, ou quand j'étais assis sous les ormes et les saules au cœur de la montagne, après une ondée revigorante, quand les rameaux tremblaient encore des effleurements du ciel et qu'au-dessus de la forêt toujours ruisselante des nuages dorés défilaient avec lenteur, ou quand l'astre du soir montait dans la plénitude d'un esprit de paix en compagnie des autres héros du ciel, ses antiques jeunes compagnons, et qu'en eux je voyais la vie se mouvoir à travers l'éther dans un ordre éternel et naturel [1] et que la paix du monde m'entourait et me rendait à ce point heureux que je sursautais soudain en tendant l'oreille sans savoir ce qui m'arrivait – alors je demandais tout bas : m'aimes-tu, bon père des cieux, et je sentais en mon cœur sa réponse si sûre et bienheureuse.

Ô toi que j'appelais comme si tu te trouvais au-dessus des étoiles, que je nommais créateur du Ciel et de la terre, idole amie de mon enfance, tu ne te mettras pas en colère si je t'ai oublié ! – Pourquoi le monde n'est-il pas pauvre au point qu'il faille encore aller chercher Quelqu'un hors de lui * ?

---

1. *Mühelos* a dans presque tout le roman le sens de la spontanéité et de l'absence d'artifice ou d'extériorité.

* *Il n'est sans doute pas nécessaire de rappeler que ce genre d'expressions, pures manifestations phénoménales d'une âme humaine, ne sauraient légitimement scandaliser personne.* [Note de Hölderlin dans le texte en bas de page, appelée par un astérisque. Elle n'est sans doute pas inutile si l'on considère que ce passage, comme d'autres, valut à Hölderlin la censure du roman dans la très chrétienne monarchie austro-hongroise. Il s'agit, de fait, d'une profession de foi panthéiste, ou spinoziste, peu équivoque, comme on en trouve dans toute l'œuvre de Hölderlin.]

Ô, si la nature magnifique est la fille d'un père, le cœur de cette fille n'est-il pas aussi le sien ? L'être le plus intime de la fille, n'est-ce pas Lui ? Mais quel accès y ai-je, est-ce que je le connais ?

J'ai l'impression de voir, mais aussitôt, de nouveau, j'ai peur, comme si ce que j'ai vu était ma propre apparence, il me semble que je le sens, lui l'esprit du monde, comme la main chaleureuse d'un ami, et puis je me réveille et me dis que c'étaient mes propres doigts que je tenais.

HYPÉRION À BELLARMIN

Sais-tu combien s'aimèrent Platon et son Stella [1] ?

C'est ainsi que j'aimais, ainsi que j'étais aimé. Ô j'étais un jeune enfant heureux !

S'il est heureux que ce qui se ressemble s'assemble, il est divin qu'un homme grand élève jusqu'à lui les moins grands.

Une parole d'amitié venue du cœur d'un brave, un sourire où se cache la splendeur dévorante de l'esprit, c'est à la fois peu et beaucoup, de la même façon qu'une formule magique qui recèle la mort et la vie en sa syllabe simpliste est comme une eau d'esprit [2] qui sourd des profondeurs de la montagne et nous communique dans ses gouttes cristallines la force secrète de la terre.

Comme je hais, en revanche, tous ces barbares qui s'imaginent être emplis de sagesse parce qu'ils n'ont plus de cœur, tous ces rustauds mal dégrossis qui en mille circonstances tuent et détruisent la beauté de la

1. Nom latinisé d'Aster, disciple de Platon nommé dans l'une de ses épigrammes.

2. *Ein geistig Wasser* : à la fois eau minérale gazeuse naturelle et vestige du vieux lexique alchimiste…

jeunesse, avec leur virile discipline aussi mesquine qu'insensée.

Mon Dieu ! C'est la chouette [1] qui veut chasser les jeunes aigles de leur nid, qui voudrait leur montrer le chemin du soleil !

Pardonne-moi, ô fantôme de mon cher Adamas, si j'évoque ces barbares en ta présence. C'est là tout le bénéfice que nous a dispensé l'expérience : que nous n'allions penser à aucune chose excellente, sans son contraire monstrueux.

Ô si tu pouvais être présent éternellement devant moi, avec tout ce qui fait partie de ta personne, demi-dieu attristé auquel je pense avec affection. Que celui que tu environnes de tout ton calme et ta force, ô victorieux lutteur, que celui que tu rencontres avec ton amour et ta sagesse, que celui-là s'enfuie, ou alors, qu'il devienne semblable à toi. Rien de vil et de faible ne résiste à tes côtés [2].

Que de fois tu fus proche de moi, lors même que depuis longtemps tu étais loin de moi, que de fois tu m'as éclairé de ta lumière, m'as réchauffé jusqu'à faire battre à nouveau mon cœur transi, telle la source gelée que le rayon du ciel effleure ! J'aurais voulu alors m'enfuir jusqu'aux étoiles en emportant mon bonheur, pour que ce qui m'entourait n'aille point le déshonorer.

J'avais poussé comme une vigne sans son tuteur, et mes pousses indociles s'étalaient n'importe où sur le sol. Tu sais combien plus d'une noble force peut dépérir chez nous parce qu'elle n'est plus employée. J'errais sans but, tel un feu follet, attrapant tout, attrapé par tout, mais seulement dans l'instant, et mes forces désœuvrées s'étiolaient sans servir à rien. Je sentais que partout il me manquait quelque chose,

---

1. L'oiseau de Minerve, symbole ici de la science et de la philosophie.

2. Cette louange s'adresse à Adamas, dont le lecteur (comme peut-être également Bellarmin) fait la connaissance plus loin.

sans parvenir cependant à trouver mon but. C'est dans cet état qu'il m'a trouvé.

Il avait employé assez longtemps d'art et de patience à sa matière, au monde dit cultivé, mais cette sienne matière était et était restée pierre et bois, quand bien même elle revêtait au besoin la noble forme humaine, et ce n'était pas ce qui intéressait mon cher Adamas ; ce qu'il voulait c'était des hommes, et pour créer ceux-ci, il avait trouvé que son art était trop pauvre. Il s'était convaincu qu'ils avaient existé autrefois, ces hommes qu'il cherchait et que son art trop pauvre était incapable de créer. Le lieu où ils avaient existé, il le savait aussi. Et c'est là qu'il voulut se rendre et interroger leur génie parmi les ruines, faire passer plus rapidement, en compagnie de celui-ci, ses journées solitaires. Il vint en Grèce. Et c'est ainsi que je l'ai rencontré.

Je le vois encore venir à moi, me regarder en souriant, je l'entends encore me saluer, me poser ses questions.

Telle une plante, quand la paix qu'elle exhale adoucit un esprit en proie à ses aspirations et ramène en son âme une tempérance toute simple – ainsi était-il devant moi.

Et moi, n'étais-je pas l'écho de son enthousiasme discret ? Les mélodies de son être ne se répétaient-elles pas dans le mien, ce que je voyais, je le devenais, et ce que je voyais était quelque chose de divin.

Comme elle est impuissante l'ardeur des hommes les plus désireux de bien faire face à la toute-puissance de l'enthousiasme sans partage !

Il ne s'attarde pas à la surface, ne s'empare pas de nous en telle ou telle circonstance, ne requiert ni temps ni moyens ; il n'a aucun besoin de commander, de contraindre ou de convaincre ; il nous saisit en un instant, de toutes parts, dans toutes les profondeurs, toutes les hauteurs, et, avant même que d'exister pour nous, avant que nous lui demandions ce qui nous arrive, il nous transforme de part en part en sa beauté, en sa félicité.

Heureux celui qu'en sa prime jeunesse un noble esprit a rencontré par cette voie !

Ah, ce sont d'inoubliables jours dorés, pleins des joies de l'amour et d'occupations délicieuses !

Tantôt mon cher Adamas m'introduisait dans le monde héroïque de Plutarque [1], tantôt il me guidait dans le monde enchanté des dieux grecs, tantôt il réglait et apaisait mes élans juvéniles par les chiffres et la mesure, tantôt il montait avec moi dans les montagnes : le jour pour contempler les fleurs des landes et des bois, et les lichens sauvages sur les rochers, la nuit pour y contempler les saintes étoiles au-dessus de nous et les comprendre d'humaine façon.

C'est un précieux sentiment de bien-être que nous éprouvons, quand notre être intime se fortifie ainsi au contact de la matière qu'il travaille, se distingue et s'attache plus fidèlement encore, et que peu à peu notre esprit devient apte à prendre les armes.

Mais je ressentais trois fois plus fortement encore la présence de son être ainsi que la mienne propre, quand tels les mânes de temps enfuis, nous montions fiers et joyeux, emplis de colère ou de tristesse, vers le mont Athos [2], et de là passions à la voile jusque dans l'Hellespont, puis redescendions le long des rivages de Rhodes et les gouffres du Ténare, en passant par toutes ces îles tranquilles, et quand là-bas le désir nous poussait à franchir ces côtes et pénétrer plus profondément dans le cœur morne et sévère du vieux Péloponnèse, vers les berges solitaires de l'Eurotas, ah, les vallées mortes d'Élis et de Némée et d'Olympie, quand nous nous adossions à quelque colonne

---

1. Les *Vies des hommes illustres* de Plutarque (45-125) sont une lecture « pédagogique » majeure de Hölderlin, comme de tous les auteurs de sa génération. Leur substance gréco-romaine explique le grand nombre de désignations latines appliquées à des personnages ou divinités grecques. En l'utilisant ainsi, Adamas s'inscrit directement dans le droit fil des recommandations de Rousseau.

2. Tout ce passage présuppose chez le lecteur une représentation cartographique du monde grec. D'où les termes « monter » et « descendre ». Voir la Présentation, p. 36 *sq*.

d'un temple de l'oublié Jupiter, au milieu des lauriers roses et des pervenches, observant le lit tumultueux du fleuve, quand la vie du printemps et le soleil éternellement jeune nous rappelaient que l'homme aussi était présent jadis dans ces sites et qu'aujourd'hui il les a quittés, que la magnifique nature des hommes n'est plus qu'à peine encore perceptible en ce lieu, en l'espèce d'une ruine de temple, ou bien qu'elle n'existe plus que dans la mémoire, à la façon du souvenir d'un disparu – alors je restais là et jouais tristement assis à ses côtés, arrachant les touffes de mousse du piédestal d'un demi-dieu, ou dégageant des décombres l'épaule de marbre d'un héros, coupais les ronces et les bruyères qui recouvraient des architraves à demi enfouies, tandis que mon cher Adamas dessinait le paysage qui entourait affectueusement cette ruine comme pour la consoler, dessinait le coteau couvert de blés, les oliviers, les troupeaux de chèvres accrochés dans les rochers des versants, le bois d'ormes qui dévalait depuis les sommets jusqu'au fond de la vallée ; et le lézard jouait à nos pieds, et les mouches bourdonnaient autour de nous dans l'air paisible de midi. – Mon cher Bellarmin ! je voudrais te raconter les choses avec autant de précision que Nestor [1], je traverse le passé comme un glaneur marche dans les chaumes, quand le maître de la campagne a fini sa récolte : on ramasse alors le moindre fétu. Et te raconter comment je fus encore à ses côtés, sur les hauteurs de Délos, et comme il m'a terrifié ce jour où en sa compagnie j'ai gravi les antiques escaliers de marbre sur les flancs granitiques du Cynthe [2]. C'est là que vivait jadis le dieu du soleil, dans ces fêtes célestes où tel un nuage d'or resplendissant la Grèce tout entière assemblée venait l'illuminer de sa gloire.

1. Nestor, roi de Pylos, sur la côte occidentale du Péloponnèse, célèbre entre autres pour son art de la parole et du récit. Hölderlin évoque ici sans doute le passage du chant III de l'*Odyssée* (v. 97) où Télémaque demande à Nestor de « lui raconter fidèlement ce que ses yeux ont vu ».

2. Point culminant (112 m) de la petite île de Délos.

Là que les jeunes Grecs, tel Achille plongeant dans le Styx, se jetaient dans des flots d'allégresse et d'enthousiasme, d'où ils ressortaient aussi invincibles que ce demi-dieu. Dans les bois sacrés, dans les temples, leurs âmes s'éveillaient et résonnaient à l'unisson et chacun conservait fidèlement ces ravissantes harmonies.

Mais à quoi bon parler de tout cela ? avons-nous encore la moindre idée de ces jours ? Ah ! même la fleur d'un beau rêve, sous la malédiction qui nous écrase, ne peut plus s'épanouir. Tel un vent du nord hurlant, l'actualité balaie tout ce qui fleurit dans notre esprit et brûle ses floraisons à peine écloses. Pourtant c'est bien un jour doré qui a embrassé tout mon être sur le Cynthe. L'aube était encore grise que nous étions déjà au sommet. C'est alors qu'il a surgi dans son éternelle jeunesse, le vieux dieu soleil, comme toujours, léger et content, que le vieux titan immortel s'est envolé, dans les mille joies qui sont les siennes, souriant à son pays dévasté, à ses temples, aux colonnes jetées à terre devant lui par le destin, comme les pétales desséchés qu'un enfant aurait arrachés aux rosiers, sans y penser, et semés sur la terre.

Sois comme lui ! me cria Adamas, en me prenant la main et la tendant vers le dieu, et j'eus l'impression que les vents du matin [1] nous emportaient et nous entraînaient dans la compagnie de l'être sacré qui montait maintenant, plein d'amitié et de grandeur, vers le sommet du ciel et nous comblait merveilleusement, nous et le monde, de sa puissance et de son esprit.

Aujourd'hui encore je m'attriste et j'exulte tour à tour au plus profond de moi en songeant à chacune des paroles qu'Adamas m'a dites jadis, et je ne comprends pas le manque où je me trouve, quand souvent il m'arrive de ressentir ce qu'il a dû ressentir jadis. Que signifie le mot perte, quand l'homme se trouve ainsi au sein de son propre monde ? Tout est en nous-

1. Qui est aussi l'orient…

mêmes. Pourquoi l'homme s'inquiète-t-il quand un cheveu tombe de sa tête ? Qu'a-t-il donc à se battre pour conquérir la servitude, quand il pourrait être un dieu ? Tu seras solitaire, ô mon préféré, me dit encore Adamas ce jour-là, tu seras comme cet oiseau, comme la grue que les siens ont abandonnée à la rude saison pour aller chercher le printemps en un lointain pays.

Et nous y voilà bien, très cher ! Voilà ce qui nous rend pauvres malgré toutes les richesses, le fait que nous ne puissions être seuls, que l'amour en nous, aussi longtemps que nous vivons, ne meure jamais. Rends-moi mon Adamas et viens avec tous ceux qui m'appartiennent, que le beau monde ancien se renouvelle, rassemblons-nous, unissons-nous dans les bras de notre divinité, de la nature, et alors, plus question de besoin.

Mais que personne n'aille dire que c'est le destin qui nous sépare. C'est nous, nous ! nous qui prenons plaisir à nous jeter dans la nuit de l'inconnu, dans le lointain glacé de quelque autre monde, et si c'était possible nous quitterions le territoire du soleil pour nous précipiter au-delà des limites de l'astre errant [1]. Ah ! Il n'est point de demeure pour le cœur tumultueux des hommes ; et de même que les rayons du soleil brûlent de nouveau les plantes de la terre après qu'ils les ont déployées, les hommes tuent les délicates fleurs écloses sur leur cœur, les joies de la parenté et de l'amour.

Il pourrait sembler que je m'encolère de ce que mon Adamas m'ait quitté, mais je ne suis pas en colère contre lui. Car il voulait revenir.

On raconte que dans les profondeurs de l'Asie se cache un peuple d'une excellence rare ; c'est là que ses espérances l'ont incité à poursuivre sa route.

Je l'ai accompagné jusqu'à Nio [2]. Ce furent là d'amères journées. J'ai appris à supporter la souffrance,

---

1. Nom donné aux planètes (*Irrstern*), par opposition aux étoiles apparemment fixes.

2. L'une des Cyclades, jadis nommée Ios (comme de nouveau aujourd'hui), réputée héberger la tombe d'Homère.

mais pour une séparation de cette nature, je n'ai aucune force en moi.

À chaque instant qui nous rapprochait de la dernière heure, il devenait de plus en plus visible que cet homme était lié à toutes les fibres de mon être. Mon âme le retenait, comme le mourant retient le souffle qui s'enfuit.

Nous avons passé quelques jours encore près de la tombe d'Homère, et Nio est devenue pour moi la plus sacrée de toutes les îles.

Enfin, nous nous sommes arraché l'un à l'autre. Mon cœur s'était épuisé à lutter. Dans les derniers instants, je fus plus calme. J'étais à genoux devant lui, l'étreignant une dernière fois dans les bras que voici. Ô mon père, m'exclamai-je à voix basse, accorde-moi une bénédiction ! Lui souriait avec grandeur et son front était de plus en plus vaste sous les étoiles du matin et son regard perçait les espaces du ciel. – J'ai crié : gardez-le-moi, esprits d'un temps meilleur, et emmenez-le là-haut dans votre immortel séjour, et vous, forces amies du ciel et de la terre, soyez avec lui ! Il y a un dieu en nous, a-t-il alors ajouté d'une voix plus tranquille que la mienne, un dieu qui dirige, tels des ruisseaux, le cours de la Destinée, et toutes choses sont son élément. Que lui, surtout, soit avec toi !

C'est ainsi que nous nous sommes séparés. Au revoir, cher Bellarmin.

HYPÉRION À BELLARMIN

Où m'irais-je bien fuir moi-même, si je n'avais les jours chéris de ma jeunesse ?

Telle l'âme errante qui ne trouve aucun repos sur les berges de l'Achéron, je m'en retourne aux contrées de ma vie laissées derrière moi. Tout vieillit et se régénère. Pourquoi faisons-nous exception au beau cycle de la nature ? Ou vaut-il également pour nous ?

Je voudrais le croire, s'il n'y avait en nous une chose, cet effort monstrueux qui nous pousse à être Tout et qui surgit avec colère, tel le titan de l'Etna [1], des profondeurs de notre être.

Et pourtant qui ne préférerait le ressentir en soi comme une huile bouillante, plutôt que s'avouer né pour la férule et le joug ? Lequel est le plus noble, le cheval de bataille déchaîné ou la pauvre haridelle à l'oreille basse ?

Cher Bellarmin ! il fut un temps où mon cœur lui aussi s'ensoleillait de grandes espérances, où en toutes mes veines battait le pouls joyeux de l'immortalité, où je m'engageais dans de somptueux projets, comme en la vaste nuit d'une forêt, où, tels les poissons de l'océan, je poussais toujours plus avant, heureux, dans mon avenir sans rivages, toujours plus loin, éternellement.

Avec quel cœur, bienheureuse nature ! il a surgi de ton berceau, l'adolescent ! comme il était heureux avec son armement encore inemployé ! Son arc était bandé et ses flèches bruissaient dans le carquois, et les Immortels, ces hauts esprits de l'Antiquité, guidaient ses pas, et son cher Adamas était parmi eux.

Partout où j'allais, partout où je m'arrêtais, j'étais escorté par ces figures majestueuses ; les exploits de toutes les époques se mêlaient dans mon esprit comme des flammes, se perdaient les uns dans les autres, et telles ces gigantesques nuées du ciel qui s'assemblent en orage rieur, les victoires des olympiades se rassemblaient en moi par centaines, se fondaient en une unique victoire infinie.

Quel homme résisterait à cela, ne serait pas renversé, telles les jeunes forêts que ravage l'ouragan, par la terrifiante splendeur de l'Antiquité, quand elle s'empare de lui comme elle l'a fait de moi, et quand, comme à moi, lui manque l'élément dans lequel il

1. Il s'agit du dragon Typhon, fils du Tartare et de Gaia, que sa mère voulut opposer au nouveau maître de l'univers, Zeus.

pourrait conquérir l'assurance revigorante de la confiance en soi ?

Moi, la grandeur des Anciens m'a, telle une tempête, fait courber la tête, elle m'a arraché du visage ce qu'il avait d'encore florissant, et bien souvent, quand personne ne pouvait me voir, je me suis effondré en larmes comme le sapin renversé au bord du torrent, immergeant dans le courant ses frondaisons desséchées. Comme j'aurais aimé payer de mon sang un seul instant de la vie des grands hommes !

Mais à quoi bon tout cela ? Puisque personne ne voulait de moi.

Ô il est désastreux de se voir ainsi réduit à néant ; et que ceux pour qui ces choses sont incompréhensibles n'aillent pas se demander pourquoi, qu'ils remercient la nature qui les a créés, comme les papillons, pour la joie, qu'ils aillent ailleurs et, de toute leur vie, ne parlent plus jamais de souffrance et de malheur.

J'aimais ces héros comme l'insecte aime la lumière : je recherchais leur dangereuse proximité, puis je m'enfuyais, puis je les recherchais de nouveau.

Souvent, pareil au cerf blessé qui se jette dans le fleuve, je me suis précipité dans les tourbillons du plaisir, afin de rafraîchir ma poitrine en feu et me laver des magnifiques rêves de gloire et de grandeur qui faisaient rage en mon cœur, mais à quoi tout cela aurait-il pu servir ?

Et quand souvent, vers minuit, mon cœur en feu m'entraînait dans le jardin sous les arbres humectés de rosée, et que les berceuses chantonnées par la source, la brise agréable et le clair de lune apaisaient mes esprits tandis qu'au-dessus de moi les nuages argentés défilaient, libres et paisibles, et que dans le lointain j'entendais s'évanouir les échos du chant de la mer, comme ils jouaient alors aimablement avec mon cœur, les grands fantômes de son amour !

Adieu, hôtes du Ciel ! ai-je alors souvent dit en pensée, quand au-dessus de moi la mélodie de l'aube naissait à voix ténue, et vous, morts magnifiques, adieu ! je voudrais vous suivre, et secouer tout mon être pour faire tomber ce que ce siècle m'a donné, et partir pour les terres plus libres du royaume des ombres !

Mais je me languis à ma chaîne et arrache avec une joie amère la pitoyable coupelle tendue pour ma soif [1].

HYPÉRION À BELLARMIN

Mon île maintenant m'était devenue trop exiguë, depuis qu'Adamas n'était plus là. Pendant des années je m'étais ennuyé à Tina. J'ai voulu voir le monde.

Va d'abord à Smyrne [2], dit mon père, apprends-y les arts de la mer et de la guerre, apprends la langue des peuples cultivés, découvre leur vie politique, leurs opinions, leurs mœurs, leurs coutumes, met tout à l'épreuve et choisis ce qu'il y a de mieux [3] ! – après quoi, ma foi, tu pourras aller plus loin encore si tu veux.

Apprends aussi un peu la patience ! ajouta ma mère, et j'acceptai ce conseil avec gratitude.

C'est un ravissement de faire le premier pas hors des frontières de la jeunesse, et chaque fois que je songe à mon départ de Tina, il me semble évoquer le jour de ma naissance. Un soleil neuf brillait au-dessus de moi, je jouissais de la terre, de la mer et de l'air comme pour la première fois de ma vie.

La vive activité que je déployai à Smyrne pour mener à bien ma formation, et les progrès de plus en plus rapides que j'accomplissais apaisèrent plus que

1. Le trait de séparation (le seul de son espèce) apposé sous cette lettre souligne sans doute la rupture qui se produit ensuite.

2. Smyrne, grande cité d'Asie Mineure, s'appelle aujourd'hui Izmir. Dans le *Fragment d'Hypérion*, c'est la ville natale d'Hypérion. C'est par ailleurs l'une des sept cités qui se déclaraient ville natale d'Homère.

3. Voir la lettre de Paul aux Thessaloniciens, 5, 21.

passablement mon cœur. Je me souviens aussi de maintes soirées bienheureuses passées en ce temps-là. Et de nombreuses promenades sous les arbres toujours verts des rives du Mêlès, où mon cher Homère vit le jour [1], cueillant des fleurs d'offrande que je lançais ensuite dans les eaux sacrées du fleuve ! Je me rendais alors, porté par ma rêverie tranquille, à la grotte toute proche, où l'on dit que le vieil Homère aurait chanté son *Iliade.* Et je le trouvais bien là. En sa présence, le moindre son se taisait dans mon être. J'ouvrais son divin poème, et c'était comme si je ne l'avais jamais lu, tant la vie qui l'animait alors me semblait différente.

J'aime aussi me souvenir de tout le périple que j'ai accompli dans la région de Smyrne. C'est un pays magnifique et je me suis mille fois désiré des ailes pour m'envoler, une fois l'an, vers l'Asie Mineure.

Quittant la plaine de Sardes [2], j'ai escaladé les roches escarpées du Tmolus [3].

J'avais passé la nuit au pied de la montagne, dans une agréable cabane, sous les myrtes et dans les parfums du ciste [4], en un lieu où les cygnes venaient jouer près de moi dans les eaux dorées [5] du Pactole, et où dans la clarté de la lune un vieux temple de Cybèle [6] pointait encore tel un discret fantôme au-dessus de la ligne des ormes. Cinq colonnes gracieuses y pleuraient les pierres effondrées et le portail royal qui gisait, renversé, à leurs pieds.

Mon sentier sinuait désormais au milieu de mille buissons en fleurs et des arbres aux murmures caressants étaient accrochés dans la pente abrupte. Ils se

---

1. Selon Hérodote (*Vita Homeri*, chap. III).
2. Ville située au pied du massif montagneux de Tmolos, sur la rive gauche du Pactole, détruite par les Milésiens en 499 avant notre ère.
3. Haute montagne (2 100 m) de Lydie.
4. Appelé encore *ladan* ou *ladanum*.
5. Le Pactole, comme son nom le suggère depuis, charrie des particules d'or et d'argent, ou d'électron (un alliage des deux métaux).
6. Divinité maternelle d'Asie Mineure. Tout le passage descriptif est fortement inspiré de Chandler.

penchaient vers moi, recouvrant ma tête d'une pluie de délicats flocons. J'étais parti le matin. À midi j'étais au sommet. Je m'arrêtai, contemplai avec bonheur tout ce spectacle, jouissant des brises plus pures du ciel. Ce furent des moments de grand bonheur.

Toute la campagne que j'avais laissée à mes pieds s'étendait maintenant devant moi comme une vaste mer, jeune, vivante, joyeuse. Le printemps saluait mon cœur en faisant chatoyer une infinité de couleurs célestes, et tel le soleil en son ciel jamais perdu dans les mille variations de la lumière, mon esprit se reconnaissait dans la plénitude de la vie qui l'entourait, l'inondait de toutes parts.

À gauche, juste au-dessus de moi, le fleuve jaillissait des massifs de marbre, où l'aigle jouait avec ses petits, où les sommets enneigés scintillaient dans l'éther bleu [1], se jetait dans les forêts avec la fougue et l'allégresse d'un géant ; à droite, des nuages d'orage roulaient sur les forêts du Sipyle [2] ; je ne sentais pas le souffle de la tempête qui les portait, je ne percevais qu'une brise légère caressant mes cheveux, mais j'entendais leurs grondements comme on entend la voix de l'avenir, et je voyais leurs embrasements comme la lointaine lumière de la divinité pressentie. Je pris la direction du sud et continuai mon chemin. Je l'avais alors sous les yeux, tout ce pays paradisiaque que les eaux du Caystre [3] irriguent en tant de charmants méandres, comme s'il ne pouvait s'attarder assez longtemps dans toute la richesse et toute la grâce qui l'entourent. Mon esprit errait, bienheureux, de beauté en beauté, du paisible petit village inconnu, profondément enfoui au pied de la montagne, jusqu'à l'intérieur de celle-ci, dans la lumière diffuse de la chaîne du Messogis [4].

---

1. On serait tenté de donner le nom d'azur à cet éther bleu, mais l'extrême singularité de l'expression, qui connote l'éther de la cosmologie mythique, l'interdit ici aussi.

2. Chaîne de montagnes qui aboutit au Tmolos.

3. *Cayster*, le mot est trisyllabique chez Hölderlin : fleuve qui a sa source dans le Tmolos et se jette dans la mer à Éphèse.

4. Autre embranchement montagneux qui part du Tmolos.

Je revins à Smyrne, comme le convive enivré s'en revient d'un banquet. Mon cœur était trop empli de bien-être et de plaisir pour ne pas dispenser un peu de son excédent à la mortelle condition. J'avais engrangé un trop heureux butin des beautés de la nature pour ne pas en combler les manques de la vie des humains. Smyrne, ma nécessiteuse cité, s'habilla des couleurs de mon enthousiasme, fut là comme une jeune mariée. La sociabilité des citadins [1] m'attirait. L'absurdité qui régnait dans leurs mœurs m'amusait comme une farce enfantine, et dès lors que par nature j'étais bien au-delà de toutes les formes et conventions particulières en vigueur, je me jouais de toutes, les endossais et les ôtais tour à tour comme des habits de carnaval.

Mais à dire vrai, ce qui épiçait pour moi le fade aliment du commerce ordinaire avec les gens, c'étaient les bons visages et les bonnes personnes que la nature compatissante dépêche encore çà et là comme des étoiles dans nos ténèbres.

Quelle n'était pas la joie de mon cœur en leur compagnie ! avec quelle confiance n'interprétai-je pas ces hiéroglyphes amicaux ! Malheureusement j'éprouvai avec eux la même déconvenue que jadis avec les bouleaux au printemps après que j'avais entendu parler de la sève de ces arbres et espérais monts et merveilles du délicieux breuvage que les chers troncs ne manqueraient pas de me dispenser [2]. Mais ils manquaient trop de force et d'esprit.

Ah, et comme tout ce que je pouvais voir et entendre par ailleurs était désespérant ; chaque fois que je fréquentais ces gens cultivés, j'avais vraiment, çà et là, le sentiment que la nature humaine s'était dis-

1. Littéralement : *die geselligen Städter*, « les citadins sociables ou affables ». On ne peut éviter de songer ici, derrière l'expression singulière, à la corrélation citadin-citoyen (*Bürger*) et à la *Geselligkeit* kantienne. Smyrne convoque ici les mœurs de certaines cités allemandes, mais aussi le Paris de Jean-Jacques Rousseau…

2. On faisait boire effectivement, au printemps, une potion à base de sève de bouleau pour le traitement des maladies de la peau et de la vessie…

soute dans la multiplicité des formes du règne animal. Comme partout, c'était surtout la gent masculine qui était la plus délabrée et dénaturée [1].

Il y a des bêtes qui hurlent quand elles entendent de la musique. Mes gens mieux élevés riaient pour leur part quand il était question de beauté spirituelle et de jeunesse du cœur. Les loups se sauvent, quand on allume un feu. Quand ces hommes-là percevaient une étincelle de raison, ils prenaient la poudre d'escampette, comme des voleurs.

Et même le jour où je prononçai quelque parole émue en faveur de l'antique Hellade, ils furent pris de bâillement, expliquant qu'il fallait quand même vivre dans son époque. À quoi un autre ajouta sur un ton entendu que, malgré tout, le bon goût n'avait pas encore disparu.

La preuve ne tarda pas à en être donnée. Le même se mit à faire des bons mots de gaillard d'avant, tel autre à gonfler les joues et à faire des sermons.

Certes il arrivait parfois que l'un d'entre eux adoptât une attitude éclairée, fît au ciel quelque taquinerie, s'exclamât qu'un tien valait mieux que deux tu l'aurais ! Mais quand on lui parlait de la mort, il joignait *illico* les mains, et de fil en aiguille en venait à convenir dans la conversation qu'il était bien périlleux que nos prêtres ne jouissent plus de la moindre considération.

Les seuls dont j'avais parfois quelque usage étaient les conteurs, les répertoires vivants de noms de villes et de pays lointains, les boîtes à images parlantes qui vous font voir des potentats à cheval, des clochers d'églises et des places de marché.

J'en eus assez, finalement, de me galvauder, de chercher des raisins dans le désert et des fleurs sur la banquise.

Je vivais désormais plus résolument seul, et le tendre esprit de ma jeunesse avait presque entièrement disparu de mon âme. Le caractère incurable de ce siècle

1. *Verwest* : avec une connotation de pourriture…

m'avait été rendu visible par bien des choses, que je raconte et ne raconte pas, et le beau réconfort que j'eusse connu à retrouver tout mon univers dans une seule et même âme, à embrasser tout le genre de mes semblables dans une image amicale, me fit lui aussi défaut.

Ah, très cher ! Que serait la vie sans espérance ? Une étincelle jaillie du charbon, et qui s'éteint ? Il en irait de nous comme de ces coups de vent à la morne saison, qu'on entend mugir un bref instant et qui s'étiolent ?

L'hirondelle aussi, en hiver, recherche un pays plus aimable, les bêtes sauvages courent en tous sens dans la chaleur de midi, traquant la source. Qui dit à l'enfant que sa mère ne lui refuse pas le sein ? Et pourtant, regarde ! il le cherche bel et bien.

Hors l'espérance, rien ne vivrait. Mon cœur enfermait ses trésors, mais c'était seulement pour les préserver en vue de temps meilleurs, pour l'être unique, sacré, fidèle, qui, j'en étais sûr, dans quelque période de mon existence, rencontrerait mon âme assoiffée.

Comme je m'attachais à cet être avec félicité chaque fois qu'aux heures de fort pressentiment il venait, tel un rayon de lune, caresser délicatement mon front ? En ce temps-là, je te connaissais déjà, tel un bon génie tu me contemplais depuis les nuages, toi qui un jour, dans la paix de la beauté, a surgi de l'onde triste et trouble. Ce jour-là, ce cœur n'a plus lutté, plus rougeoyé.

Tel un lys balancé par la brise muette, mon être oscillait dans son élément, dans les rêves ravissants qu'il faisait de sa caresse.

HYPÉRION À BELLARMIN

Smyrne m'était maintenant insupportable. Mon cœur, de toute façon, s'était peu à peu lassé. Il arrivait certes parfois que surgît en moi le désir de partir faire le tour du monde, ou de me jeter éperdument dans la première guerre venue, ou encore d'aller retrouver mon cher Adamas et de consumer dans son feu les dernières braises de mon malaise, mais les choses en restaient là et mon insignifiante existence flétrie ne voulait pas reprendre vie.

L'été [1] touchait à sa fin ; je percevais déjà par avance le sinistre des jours de pluie et le hurlement des vents et le fracas furieux des torrents d'orage, et la nature, qui telle une source écumante avait surgi avec vigueur dans chaque plante et dans chaque arbre, gisait déjà devant mes sens attristés, mourante et fermée, tournée vers elle seule, comme moi-même.

Je voulais encore emporter avec moi ce qui pouvait s'emporter de toute la vie en fuite. Tout ce que j'avais chéri au-dehors, je voulais encore le sauver en le prenant à l'intérieur de moi-même, car je savais que l'année nouvelle ne me retrouverait pas au milieu de ces arbres et de ces montagnes, et donc je me déplaçais désormais plus qu'à l'ordinaire dans toute la contrée, à pied ou à cheval.

Mais ce qui me poussait tout particulièrement à ces sorties, c'était le désir secret de voir un homme que depuis quelque temps j'avais rencontré tous les jours, sous les arbres, devant la porte de la ville.

Cet inconnu magnifique passait, tel un jeune titan, au milieu de l'engeance de nains qui se repaissait de sa beauté avec une sorte d'effroi joyeux, prenait la mesure de sa stature et de sa force, et se délectait de son visage de Romain halé par le feu, à regards furtifs, comme elle l'eût fait d'un fruit défendu, et c'était chaque fois un merveilleux moment que le regard de cet homme pour qui le libre éther semblait trop étroit, quand il parcourait l'assistance, toute fierté abandonnée, y cherchait quelque chose, et pour finir se sentait capté par le mien, et que nous nous suivions des yeux tout rougissant en passant l'un devant l'autre.

1. Il s'agit de l'été 1768.

Un jour que j'avais chevauché assez profondément dans les forêts du Mimas [1], je ne rentrai chez moi que tard dans la soirée. J'avais mis pied à terre et menai mon cheval à la bride le long d'un sentier abrupt et peu praticable, évitant les racines et les pierres, et tandis que je me battais ainsi avec les arbustes pour descendre dans le creux de rocher qui s'ouvrait maintenant devant moi, je fus soudain attaqué par un couple de voleurs caraborniotes [2] et j'eus du mal dans un premier temps à contenir les deux sabres qu'ils avaient dégainés ; mais ils étaient déjà fatigués par quelque autre labeur, et je pus me tirer d'affaire. Je me remis tranquillement à cheval et continuai à descendre.

Au pied de la montagne, une petite prairie s'ouvrait devant moi sous les forêts et les roches amoncelées. Soudain il fit plus clair. La lune, en effet, venait de se lever au-dessus des arbres pleins de ténèbres ; j'aperçus un peu plus loin des chevaux étendus sur le sol et des hommes à côté d'eux dans l'herbe.

Qui êtes-vous ? criai-je.

C'est Hypérion ! s'écria une voix de héros, sur un ton de joyeuse surprise. Tu me connais, poursuivit la voix, je te rencontre tous les jours sous les arbres à la porte de la ville.

Mon cheval vola vers lui comme une flèche. La lune éclairait son visage. Je le connaissais ; je sautai à terre.

Bonsoir ! s'écria ce cher homme de rude apparence en me regardant avec des yeux pleins de tendresse et de fougue et me serrant la main dans sa poigne musclée, si fort que je perçus le sens de cette force jusqu'au fond de moi-même.

Ah, c'en était fini de l'existence insignifiante que je menais !

---

1. Croupe montagneuse située sur une presqu'île, à l'ouest de Smyrne.

2. Ainsi nommés d'après le nom de Karabornu (Karaburun aujourd'hui), localité du Mimas, que Chandler peuple de « corsaires et de voleurs ».

Alabanda [1] – c'était le nom de l'inconnu – me dit alors qu'il avait été attaqué avec son serviteur par des voleurs, que les deux hommes sur lesquels j'étais tombé avaient été chassés par ses soins, qu'il ne retrouvait plus le chemin pour sortir de la forêt et qu'il avait donc été contraint de rester sur place, jusqu'à ce que j'arrive. J'ai perdu un ami dans cet épisode, ajouta-t-il en me montrant son cheval mort.

Je donnai le mien à son serviteur et nous continuâmes à pied.

Nous n'avons eu que ce que nous cherchions, commençai-je, tandis que nous sortions ensemble de la forêt, bras dessus, bras dessous ; pourquoi aussi avons-nous hésité si longtemps, en passant chacun nos chemins, avant que cette mésaventure nous réunisse ?

Il faut quand même que je te dise, répartit Alabanda, que de nous deux c'est toi le plus coupable, le plus froid. Aujourd'hui, c'est moi qui t'ai suivi.

Ô magnifique compagnon ! m'écriai-je, détrompe-toi, pour ce qui est de l'amour tu ne me dépasseras jamais.

Nous nous rapprochions l'un de l'autre avec de plus en plus d'intensité et de joie.

En arrivant à la ville nous passâmes devant un khan [2] de belle facture, paisiblement installé au milieu de fontaines chantonnantes, d'arbres fruitiers et de prairies parfumées.

Nous décidâmes d'y passer la nuit et demeurâmes longtemps encore assis côte à côte près des fenêtres ouvertes. Un grand silence sublime [3] nous entourait. La terre et la mer, comme les étoiles au-dessus de nous, s'étaient tues : tout n'était que félicité. C'est à peine si une brise légère venue de la mer traversait la

1. Voir la Présentation, p. 33. C'est le nom d'une localité souvent citée par Chandler.

2. Auberge de type oriental, généralement construite autour d'une cour fermée et d'une fontaine.

3. *Hohe geistige Stille* : *die Stille* connote aussi la tranquillité, la paix, le calme.

pièce en effleurant délicatement notre chandelle, ou si montaient jusqu'à nous les accents plus majestueux d'une lointaine musique, tandis que la nuée d'orage se berçait dans le lit de l'éther, avec quelques grondements éloignés çà et là, tel un géant endormi que des rêves affreux feraient respirer parfois plus bruyamment.

Nos âmes, parce qu'elles s'étaient fermées contre leur gré, ne pouvaient que se rapprocher plus fortement l'une de l'autre. Nous nous rencontrions comme deux torrents qui dévalent la montagne et bousculent le fatras de pierres accumulées, de terre et de vieux bois pourris, tout ce chaos poussif qui les retient, pour se frayer chacun une voie vers l'autre et traverser l'espace jusqu'au point où, captant l'autre aussi bien que capté par lui avec une force égale, réunis en un seul et même fleuve majestueux, ils commencent le voyage vers la vaste mer.

Lui, qui avait connu un dur destin et la barbarie des hommes, chassé de sa propre maison et ballotté de-ci de-là au milieu d'étrangers, marqué depuis sa prime jeunesse par l'amertume et le dérèglement [1], mais au plus profond de lui-même empli d'amour et du désir de percer la gangue rude qui l'entourait pour parvenir à un élément ami ; moi, qui si profondément déjà avais pris congé de tout, si étranger et solitaire de toute mon âme parmi les hommes, si ridiculement accompagné par tous les grelots du monde dans les mélodies les plus chères de mon cœur ; moi l'antipathie de tous les aveugles et de tous les paralytiques, et dans le même temps si aveugle et paralysé à mes propres yeux, et si cordialement insupportable à moi-même cependant, en tout ce qui pouvait avoir, fût-ce lointainement, quelque parenté avec les gens malins et les ratiocineurs, les barbares et les plaisantins… et si rempli d'espoir, si plein de l'unique attente d'une vie plus belle…

---

1. *Verwildert* : « ensauvagé »…

Comment eût-il été possible que ces deux jeunes hommes ne s'étreignissent point avec une hâte aussi joyeuse et fougueuse ?

Ô mon ami et compagnon de lutte, mon Alabanda, où es-tu ? Je suis presque certain que te voici désormais passé dans le pays inconnu, pour y trouver le repos, que tu es redevenu celui que tu étais jadis, quand nous étions encore enfants.

Parfois, quand un orage passe au-dessus de moi et répand sa puissance divine sur les forêts et les semailles, ou quand je vois danser et jouer les vagues du flot marin, quand un chœur d'aigles monte et tournoie autour des sommets que j'arpente, mon cœur peut s'émouvoir comme si mon Alabanda n'était pas au loin ; mais il vit en moi de manière plus visible, plus présente, plus irréfutable, entièrement, tel que je l'ai connu là devant moi, accusateur terrible mû par une rigueur de feu quand il désignait les péchés du siècle. Comme il s'éveillait alors, mon esprit, depuis les profondeurs où il s'était assoupi, comme elles me roulaient sur la langue, les paroles tonitruantes de la justice inflexible ! Telles des messagères de Némésis [1], nos idées sillonnaient la terre entière et la purifiaient jusqu'à ce qu'il n'y eût plus trace de toute malédiction.

Nous convoquions aussi le passé devant notre tribunal, la splendeur de l'orgueilleuse Rome ne nous effrayait pas, nous ne succombions pas aux séductions de la juvénile Athènes, de ce miracle efflorescent.

Telles les tempêtes ivres de joie qui passent sans répit d'une montagne à l'autre en traversant leurs forêts, nos âmes s'engageaient impétueusement dans des projets gigantesques ; non comme si nous avions lâchement [2] créé notre propre monde par l'effet d'une formule magique, et puérilement escompté, pauvres d'expérience, n'y rencontrer aucune résistance : Ala-

---

1. Némésis, fille de la Nuit, déesse de la justice et du juste châtiment.

2. *Unmännlich* signifie ici : « qui n'est pas le fait d'un homme mûr », mais connote aussi l'expérience virile.

banda avait bien trop d'intelligence des choses et de bravoure pour cela. Mais souvent l'enthousiasme spontané [1] est lui aussi guerrier et avisé.

L'une de ces journées m'est encore particulièrement présente à l'esprit.

Nous étions partis ensemble à travers champs, et nous étions assis là, familièrement enlacés dans l'ombre obscure du laurier toujours vert, et lisions de concert ce passage où notre cher Platon parle de si sublime et merveilleuse façon du vieillissement et du rajeunissement [2], et par moments nous nous reposions de la lecture dans le paysage muet et dépouillé, au-dessus duquel un ciel plus beau que jamais jouait avec les nuages et les rayons du soleil sur les arbres assoupis de l'automne.

Nous parlâmes ensuite beaucoup de la Grèce d'aujourd'hui, le cœur blessé, l'un et l'autre, car cette terre déshonorée était aussi la patrie d'Alabanda.

Alabanda était ému de façon vraiment inhabituelle.

Quand je regarde un enfant, s'écria cet homme, et songe combien le joug qu'il devra porter est abominable et corrupteur, et me dis que comme nous il connaîtra le besoin, qu'il cherchera des hommes [3], comme nous les cherchons nous, qu'il posera comme nous la question du beau et du vrai, et comme nous périra sans avoir rien engendré parce qu'il sera seul, comme nous, et que… ah, arrachez donc vos fils à leurs berceaux et jetez-les dans le fleuve, faites qu'ainsi au moins ils soient sauvés de votre propre infamie.

Mais il est sûr, dis-je, Alabanda, sûr que les choses vont changer.

---

1. *Mühelos* : Hölderlin emploie ce terme, qui signifie « facile », « non pénible », pour caractériser un état de perfection naturelle, non obtenue au prix d'efforts ou d'artifices.

2. Il s'agit sans doute du passage du *Ménon* où sont développées les thèses de la palingenèse, ou du mythe selon lequel dans l'ère de Chronos, les hommes naissent vieux et sont de plus en plus jeunes.

3. *Menschen* : « des représentants de l'humanité », « des êtres humains ».

Et comment ça ? répliqua-t-il ; les héros ont perdu leur gloire, les sages ont perdu leurs disciples. Quand ce n'est pas un noble peuple qui en prend connaissance, les grandes choses accomplies ne sont guère plus qu'un coup violent assené sur un front obtus. Quant aux nobles paroles qui ne trouvent pas d'écho dans de nobles cœurs, elles sont comme une feuille mourante qui tombe et se tait à jamais dans la boue. Et toi, que veux-tu donc ?

Je veux, dis-je, prendre une pelle et jeter toute la saleté dans une fosse. Un peuple chez qui l'esprit et la grandeur n'engendrent plus d'esprit ni de grandeur n'a plus rien de commun avec ceux des autres peuples qui sont encore des hommes, il n'a plus de droits, et c'est une farce vaine, un geste de superstition que vouloir encore honorer ce genre de cadavres sans volonté comme s'ils étaient encore animés par des cœurs de Romains ! Qu'ils aillent au diable ! L'arbre vermoulu et sec ne doit plus se dresser là où il se dresse, car il vole l'air et la lumière aux jeunes vies en train de mûrir pour un monde nouveau.

Alabanda se jeta sur moi, me prit dans ses bras et ses baisers emplirent mon âme. Ô mon frère d'armes, s'écria-t-il, cher frère d'armes ! Désormais j'ai cent bras !

Voilà enfin l'air que je chante et qu'il me plaît d'entendre, poursuivit-il d'une voix qui ébranla mon cœur comme un cri de bataille, il n'en fallait pas davantage. Tu as prononcé là de magnifiques paroles, Hypérion ! Eh quoi, le dieu devrait dépendre du ver ? Le dieu qui est en nous, devant qui se déploie la vaste voie de l'infinité, il faudrait qu'il s'arrête et attende patiemment que le ver rampant s'ôte de son chemin ? Non et non ! On ne vous demandera pas si vous voulez ! Car vous ne voulez jamais, vous les valets et les barbares ! On ne veut pas non plus vous amender, car cela ne sert à rien ! On veut seulement veiller à ce que vous ne veniez pas entraver la marche triomphale de l'humanité. Ah, qu'on m'allume la torche avec laquelle je mettrai le feu aux chiendents de la lande !

Qu'on m'apprête la mine pour que je fasse sauter les souches [1] inertes qui encombrent la terre !

Si possible, intervins-je alors, qu'on les déplace doucement sur le côté.

Un moment, Alabanda ne dit plus rien.

Il finit par reprendre la parole, en me saisissant les mains avec flamme : moi, ce qui me plaît, c'est l'avenir. Grâce à Dieu, je n'aurai pas une fin ordinaire. Être heureux, dans la bouche des valets, c'est somnoler. Être heureux ! J'ai l'impression d'avoir de la bouillie et de l'eau tiède sur la langue, quand vous me parlez d'être heureux. C'est tellement niais et abominable, tout ce pour quoi vous sacrifiez vos couronnes de laurier, et votre immortalité.

Ô lumière sacrée qui sans répit là-haut passes au-dessus de nous, toi qui œuvres dans ton royaume immense, et me transmets, à moi aussi, ton âme, dans tes rayons dont je m'abreuve, que ton bonheur soit le mien !

Les fils du soleil se nourrissent de leurs actions ; ils vivent de la victoire ; c'est dans leur propre esprit qu'ils puisent leur courage, et c'est leur propre force qui fait leur joie. –

L'esprit de cet homme vous capturait souvent, on en aurait eu presque honte, tant on se sentait emporté par lui comme un fétu de paille.

Ô ciel ! Ô terre ! m'écriai-je alors, mais c'est cela la joie ! – Voilà bien une autre époque, ce ne sont pas là des accents surgis de mon siècle infantile, pas ce sol où le cœur de l'homme gémit sous le fouet de son bouvier – Oui ! Oui ! Par la splendeur de ton âme, homme ! Avec moi tu sauveras la patrie.

Je le veux, s'écria-t-il, ou périr !

De ce jour, nous fûmes l'un à l'autre de plus en plus chers et sacrés. Une indescriptible et profonde gravité s'était installée entre nous. Mais nous n'en éprouvions que plus de félicité à être ensemble. Chacun de nous

1. *Klötze* est également une manière d'injure qui désigne les individus encombrants.

ne vivait que dans l'éternelle tonalité première de son être, et nous progressions sans le moindre ornement d'une grande harmonie à l'autre. Notre vie commune était pleine d'une rigueur et d'une hardiesse magnifiques.

Alabanda me demanda un jour en souriant : comment se fait-il que tu sois devenu si avare de parole ? Je répondis que dans les zones très chaudes, plus près du soleil, les oiseaux non plus ne chantaient pas.

Mais tout monte et décline dans ce monde, et l'homme ne retient rien malgré sa force gigantesque. Un jour j'ai vu un enfant tendre la main pour attraper la lumière de la lune ; mais la lumière, elle, a tranquillement continué sa trajectoire. Eh bien, nous aussi, nous sommes plantés là et tentons à toute force de retenir le destin inconstant.

Ah, si seulement nous pouvions nous contenter de le suivre des yeux aussi paisiblement et pensivement qu'on observe le mouvement des étoiles !

Plus tu es heureux, moins il en faut pour te mettre à terre, et les jours de félicité, comme ceux qu'Alabanda et moi-même avons vécus, sont comme le sommet d'un rocher très pointu, où il suffit que ton compagnon de voyage t'effleure pour que tu sois précipité par inadvertance sur les dentelures coupantes et dans les profondeurs ombreuses de l'abîme.

Nous avions fait une traversée magnifique pour nous rendre à Chios [1], et connu mille joies dont nous étions la cause. Les sortilèges bienveillants de la nature, telles des brises marines caressant la surface de l'eau, nous tenaient en leur pouvoir. Chacun de nous regardait l'autre étonné et joyeux, sans dire un mot, cependant que nos yeux disaient : je ne t'ai jamais vu ainsi ! Tant les forces de la terre et du ciel magnifiaient nos êtres.

Mais aussi, nous nous étions querellés avec fougue et sérénité sur plusieurs points, pendant la traversée ;

---

1. Grande île riche et riante au nord des îles Ioniennes, en face de la presqu'île de Mimas.

j'avais de nouveau éprouvé en mon cœur, comme jadis, la joie d'observer cet esprit dans son audacieuse, dans son aventureuse errance, de le voir poursuivre sa route de si irrégulière façon [1], avec une allégresse si débridée, et tant de confiante assurance, malgré tout.

Une fois débarqués, nous nous hâtâmes d'être seuls.

Tu ne peux vraiment convaincre [2] personne, lui dis-je alors avec tous les accents d'un amour intense, tu persuades, tu séduis les gens avant même d'avoir commencé. Quand tu parles, il n'est pas possible de douter, or sans passer par le doute, personne ne saurait être convaincu.

Fier flagorneur, s'écria-t-il en réponse à cela, tu mens ! Mais il fait bon que tu me mettes en garde ! Tu ne m'as que trop souvent déjà fait perdre la raison ! Je ne voudrais me départir de toi pour toutes les couronnes du monde, et cependant je suis bien souvent effrayé de songer que tu puisses me devenir à ce point indispensable, que je sois par là même à ce point enchaîné à ta personne ; et voilà, continua-t-il, pour que je sois complètement à toi, il faut aussi que tu saches tout de moi ! Au milieu de toute cette splendeur et tout à cette joie, nous n'avons guère songé à nous tourner vers nos existences passées.

Il me raconta alors sa destinée, et j'eus l'impression de voir un jeune Hercule aux prises avec la Mégère [3].

Il conclut le récit de ses malheurs en demandant : me pardonneras-tu maintenant, seras-tu désormais

---

1. Au sens d'une sorte de dérèglement anarchique.

2. *Überzeugen* : « persuader » ou « convaincre », sans la connotation « bavarde » du verbe employé ensuite par contraste négatif, *überreden*, qui connote davantage l'art de la parole comme exercice formel.

3. Mégère : l'une des Érinyes, qu'Héra charge en particulier d'effrayer Héraclès. Hölderlin avait traduit le passage de la *Pharsale* de Lucain qui évoque cet épisode de la mythologie, mais ni dans ce texte, ni dans la tradition mythologique, il n'est question, comme ici, d'un *combat* entre Mégère et Hercule…

moins inquiet quand il m'arrivera, comme souvent, d'être rude et brutal et insupportable ?

Ô, ne dis rien, ne dis rien de plus ! m'écriai-je ému au plus profond, mais sois encore là, garde-toi pour moi !

Eh oui, parfaitement ! Pour toi ! s'écria-t-il, et je suis de tout mon cœur heureux de demeurer pour toi, malgré tout, une nourriture mangeable. Et même s'il peut arriver que tu me trouves un goût de pomme sûre, mets-moi le temps qu'il faut dans le pressoir pour que je sois buvable.

Laisse-moi ! Laisse-moi, m'écriai-je. Mais je me rebellai en vain ; cet homme-là faisait de moi un enfant, je ne le lui cachais pas ; il vit mes larmes, et malheur à lui s'il n'avait eu le droit de les voir !

Alabanda reprit alors la parole : nous sommes en extase, l'ivresse nous fait abolir le temps.

Ce sont nos jours de fiançailles, m'écriai-je, rasséréné, on pourrait presque croire que nous sommes encore en Arcadie [1]. – Mais revenons à ce dont nous parlions tout à l'heure !

Tu accordes quand même trop de pouvoir à l'État. L'État ne saurait exiger ce qu'il ne parvient pas à obtenir par la force. Or ce que donnent l'amour et l'esprit ne s'obtient pas par force. Et donc, que l'État n'y touche pas, ou alors, qu'on se saisisse de sa loi et qu'on la cloue au pilori ! Par le ciel, ils n'ont aucune idée du péché qu'ils commettent ceux qui entendent faire de l'État une école des mœurs à adopter. Quoi qu'on dise, c'est bien ce qui a fait de l'État un enfer : que l'homme veuille en faire son ciel.

L'État, c'est l'écorce rude autour du noyau de la vie et rien d'autre. C'est le mur autour du jardin des fruits et des fleurs de l'humanité.

Mais à quoi bon le mur autour du jardin quand le sol est entièrement desséché ? Seule la pluie du ciel peut alors être de quelque secours.

---

1. Pays de montagnes au centre du Péloponnèse et paysage traditionnel d'idylliques scènes pastorales.

Ô pluie du ciel ! Ô venue de l'esprit [1] ! Tu nous ramèneras le printemps des peuples. Toi, l'État ne saurait te convoquer d'autorité. Mais simplement, qu'il ne te trouble pas, et tu viendras alors, tu viendras à nous avec tes tout-puissants délices, tu nous envelopperas dans des nuages d'or et nous emporteras par-delà notre mortelle condition, et nous serons frappés d'étonnement et nous nous demanderons si c'était bien nous, nous les êtres de besoin, qui interrogions les étoiles pour savoir si là-haut fleurissait un printemps – veux-tu que je te dise quand tout cela sera ? Eh bien, ce sera le jour où la préférée du Temps, où la plus jeune et la plus belle des filles du Temps, où la nouvelle Église surgira de ces formes salies et révolues, quand le sentiment du divin réveillé en l'homme lui rendra sa divinité ; quand ? – je ne saurais le prédire avec précision, car je n'en ai que le pressentiment, mais je suis certain qu'elle viendra, certain [2]. La mort est un messager de la vie, et si présentement nous sommes endormis dans nos maisons de malades [3], c'est seulement la preuve de notre prochain réveil en pleine santé. Alors, alors seulement nous serons, alors nous aurons trouvé l'élément des esprits !

Alabanda ne disait rien. Pendant un moment il m'a regardé, surpris. J'étais transporté, tenu captif par des espoirs infinis ; des forces divines, tel un petit nuage, me soutenaient, m'emportaient. –

Viens ! m'écriai-je en attrapant Alabanda par son vêtement, viens, qui tiendrait plus longtemps dans le cachot de nuit qui nous entoure ?

---

1. *Begeisterung* se traduit d'ordinaire par « enthousiasme », mais Hölderlin joue ici de la nominalisation de *begeistern* : « insuffler de l'esprit, inspirer, enthousiasmer ». Le terme a presque un sens physique, qui s'associe à l'image de la pluie (« arroser » se dit *begießen*).

2. Voir la grande exhortation révolutionnaire d'Empédocle dans *La Mort d'Empédocle* (première version, vers 1486-1539). Voir aussi le *Premier Programme systématique de l'idéalisme allemand*, transcrit par Hegel en 1796, sans doute conçu en collaboration avec Schelling et Hölderlin.

3. *Krankenhaus* ne signifie « hôpital » au sens moderne que plus tard.

Pour aller où, cher exalté [1], répartit Alabanda sèchement tandis qu'une ombre de raillerie semblait courir sur ses traits.

Ce fut comme si j'étais tombé des nuages. Va-t'en, lui dis-je, tout ton être est petit !

Au même instant quelques inconnus pénétrèrent dans la pièce, de bizarres personnages, tous ou presque décharnés et livides, pour autant que je pusse voir dans la lumière de la lune, et d'allure tranquille, mais il y avait quelque chose dans leurs attitudes qui vous transperçait jusqu'au fond de l'âme comme une épée, et on avait le sentiment de se trouver face à la science absolue ; on aurait pu hésiter, se demander si ce n'était pas là le visage extérieur de natures indigentes, mais d'un autre côté l'affect étouffé chez eux avait laissé quelques-unes de ses traces [2].

L'un d'entre eux, en particulier, me frappa. L'impassibilité de ses traits évoquait le silence d'un champ de bataille. Chez cet homme, la colère et l'amour avaient fait rage, et la lumière de l'entendement tombait sur les ruines de la vie affective [3] comme l'œil de l'autour perché sur des palais détruits. On lisait un profond mépris sur ses lèvres. On sentait que ce qui occupait l'esprit de cet homme n'était pas une affaire insignifiante.

Son compagnon devait sans doute davantage son calme à une dureté de cœur naturelle. Pas trace chez lui, ou presque, d'une violence qu'il se serait faite lui-même ou que lui aurait infligée le destin.

Un troisième avait sans doute davantage usé de persuasion pour arracher à l'existence la froideur qu'il affichait, et semblait devoir encore bien souvent entrer en lutte avec lui-même, car on observait dans sa personne une contradiction secrète, et j'avais l'impression

---

1. *Schwärmer* est une catégorie politique précise, connotée négativement dans la bouche d'Alabanda.

2. Il s'agit des membres de la société secrète nommée *Bund der Nemesis* (ou « Ligue du juste châtiment »), dont il sera de nouveau question à la fin du roman.

3. *Des Gemüts* : on dirait aujourd'hui « du psychisme », mais il s'agit ici également des sentiments…

qu'il devait se surveiller. Des trois c'est lui qui parla le moins.

Quand ils entrèrent Alabanda bondit comme une tige d'acier soudain détendue.

On te cherchait, lui lança l'un d'entre eux.

Il répondit en riant : même caché au centre de la terre, vous finiriez par me trouver. Ce sont mes amis, ajouta-t-il en se tournant vers moi. Ils semblaient me dévisager d'un œil plutôt sévère. Lui aussi est du nombre de ceux qui voudraient que les choses aillent mieux en ce monde, s'écria Alabanda au bout d'un moment en me désignant.

Tu penses cela sérieusement ? me demanda l'un des trois.

Ce n'est pas une plaisanterie que de corriger le monde, ai-je répondu.

Tu as dit bien des choses par cette seule parole ! s'écria à son tour l'un d'entre eux. Tu es notre homme, ajouta un autre.

C'est donc aussi ce que vous pensez ? demandai-je.

Demande donc ce que nous faisons [1], me fut-il répondu.

Et si jamais je demandais ?

Eh bien, nous te dirions que nous sommes là pour faire le ménage sur la terre, que nous ramassons les pierres dans le champ et brisons à coup de pioche [2] les mottes de terre durcie, et creusons des sillons à la charrue, et attrapons les mauvaises herbes à la racine, et les coupons à la racine, les arrachons avec les racines [3] pour qu'elles sèchent au feu du soleil.

Ce n'est pas que nous ayons envie de récolter, intervint un autre ; pour nous la rétribution vient trop tard ; ce n'est plus pour nous que la récolte mûrira.

---

1. *Was wir tun* : au sens de « quels sont nos *actes* » ; ces individus incarnent l'*activisme* politique des Illuminés et autres loges de la fin du XVIIIe siècle en Europe.

2. *Karst* : le terme désigne plus précisément une binette à deux dents.

3. Toutes ces répétitions connotent le radicalisme, l'extrémisme en politique.

Nous sommes au soir de nos jours. Nous nous sommes souvent trompés, avons beaucoup espéré, et fait peu de choses. Nous avons préféré oser, plutôt que réfléchir. Il nous plaisait d'aboutir vite et nous comptions sur la chance. Nous avons beaucoup parlé de joie et de peine, et nous aimions, et nous haïssions l'une et l'autre. Nous avons joué avec le destin et il nous a rendu la pareille. Il nous a menés du bâton de mendiant à la couronne, nous a fait balancer comme on balance un encensoir fumant et brûlant, et nous nous sommes consumés jusqu'à ce que le charbon devienne cendre. Nous avons cessé de parler de chance et de malchance. Nous avons grandi et dépassé la moitié de la vie, le temps où elle est encore verdoyante et chaude. Mais le pire n'est pas ce qui survit à la jeunesse. La froide épée est forgée dans le métal chaud. On dit aussi que sur les pentes calcinées des volcans éteints pousse un vin qui n'est pas si mauvais que cela.

Nous ne disons pas cela pour nous, s'écria alors l'un d'entre eux d'une voix un peu plus rapide, nous le disons pour vous ! Nous ne mendions pas l'aumône du cœur de l'homme. Nous n'avons nul besoin de son cœur, ni de sa volonté. En aucun cas les hommes ne sont contre nous, tout le monde est pour nous, et les fous et les gens intelligents, et les simples et les sages, et tous les vices et toutes les vertus de l'état de brutalité et de l'état cultivé sont à notre service sans qu'il faille les requérir expressément, et contribuent aveuglément au but que nous poursuivons – simplement, nous souhaiterions que quelqu'un en ait la jouissance, et c'est pourquoi nous recherchons les meilleurs parmi les milliers de personnes qui nous aident aveuglément, pour en faire des auxiliaires qui, eux, voient ce qu'ils font – et si personne ne veut habiter les lieux que nous avons construits, ce ne sera ni notre faute, ni un dommage qui pourrait nous affecter. Nous avons fait ce que nous avions à faire. Si personne ne veut aller récolter là où nous avons labouré, qui nous en tiendra rigueur ? Qui donc injurie un arbre, parce que ses pommes sont tombées dans la boue détrempée ?

Souvent je me suis dit, tu sacrifies au pourrissement, et pourtant j'ai achevé mon ouvrage.

Ces gens sont des imposteurs ! criaient tous les murs à mes esprits à vif. J'étais comme un homme sur le point d'étouffer dans la fumée, qui enfonce les fenêtres et les portes pour se sortir de là, tant j'avais soif d'air et de liberté.

Ils eurent d'ailleurs tôt fait de remarquer mon profond malaise et brisèrent là. L'aube pointait déjà quand je quittai le khan où nous nous étions trouvés réunis. Je perçus la caresse de la brise du matin comme un baume sur une blessure brûlante.

Je n'avais déjà été que trop irrité par les railleries d'Alabanda, pour ne pas être rendu complètement fou par la rencontre de ses mystérieuses connaissances.

Vous [1] êtes un être mauvais, m'écriai-je, oui, mauvais. Vous simulez hypocritement une confiance infinie et vous vivez avec ce genre de gens – et le dissimulez aux autres.

J'avais l'impression d'être une fiancée apprenant que son amant vit en cachette avec une catin.

Ô, ce n'était pas ce genre de douleur qu'on peut nourrir en soi, qu'on a sur le cœur, comme un enfant, et qu'on endort avec la berceuse mélodieuse d'un rossignol.

Ma douleur était comme un serpent rendu furieux qui grimpe impitoyablement le long de tes genoux puis de tes hanches, et te plante ses dents venimeuses dans la poitrine, puis dans le cou, elle m'enserrait dans ce genre d'étreinte terrifiante. J'appelai à l'aide les forces suprêmes de mon cœur et luttai pour atteindre quelques hautes pensées, afin de conserver mon calme, et j'y parvins après quelque instants, mais dès lors j'étais plein des forces de la colère, dès lors je tuai aussi en moi, tel l'incendie criminel qu'on étouffe, la moindre étincelle d'amour.

Bien sûr, pensai-je, puisque ces gens sont les siens, bien sûr qu'il est en conjuration avec eux, et contre

1. *Er ist schlecht* : troisième personne du singulier qui connote, entre autres, la majesté, et marque la rupture du tutoiement.

toi ! Et d'ailleurs, que voulait-il de toi ? Que pouvait-il donc rechercher auprès de toi, toi l'exalté ? Ô, comme il eût mieux fait de passer son chemin ! Mais non, ces gens-là éprouvent une jouissance toute particulière à défier leur contraire ! Un animal aussi différent, ça leur va tout à fait dans leur étable.

Et pourtant, j'avais été indiciblement heureux avec lui, je m'étais abîmé si souvent dans ses embrassements, pour me réveiller d'eux avec un sentiment d'invincibilité dans le cœur, si souvent, dans son feu, je m'étais endurci et purifié, comme un acier !

Le jour où je lui avais montré les Dioscures [1] dans la pureté du ciel de minuit, et où Alabanda avait posé sa main sur mon cœur en disant : ce ne sont que des étoiles, Hypérion, que des lettres d'alphabet qui servent à inscrire au firmament le nom des frères héroïques ; c'est en nous qu'ils sont ! Vivants et vrais, avec tout leur courage et tout leur amour divin, et toi, tu es le fils des dieux, et tu partages ton immortalité avec ton Castor mortel ! –

Le jour où, traversant les forêts de l'Ida [2] en sa compagnie, et descendant dans la vallée pour y interroger les tertres funéraires muets sur les morts qu'ils abritaient, j'avais dit à Alabanda que parmi tous ces tumulus, l'un d'eux peut-être était celui d'Achille et de son amant ; où Alabanda m'avait confié que bien souvent il était lui-même un enfant imaginant qu'un jour nous tomberions sur un seul et même champ de bataille, dans une vallée, et reposerions côte à côte sous un seul et même arbre – qui eût alors pensé qu'on en serait venu là ?

---

1. Castor et Pollux, les deux jumeaux, mi-fils de Zeus, mi-enfants du mortel roi de Sparte, Tyndare. Castor était mortel, Pollux immortel. Après la mort de Castor, Pollux obtint de partager son immortalité avec son frère, en sorte qu'ils passaient ensemble un jour sur deux dans les Enfers, et l'autre dans l'Olympe. Zeus installa ce symbole de l'amour fraternel parmi les étoiles du ciel, où il se trouve toujours (sous le nom de Gémeaux...). Hölderlin, conformément à la tradition, en fait aussi des figures héroïques.

2. Montagne près de Troie (Kazdagi en Turquie aujourd'hui).

Je réfléchissais de toute la force d'esprit qui me restait, je l'accusais, le défendais, et ne l'en accusais de nouveau que plus amèrement ; je résistais à tout ce qui me venait à l'esprit, voulais me rasséréner, et ne parvenais ce faisant qu'à m'assombrir davantage.

Ah, tant de coups de poing avaient déjà blessé mes yeux, ils commençaient à peine de guérir, comment auraient-ils pu en cet instant y voir plus sainement ?

Alabanda vint me rendre visite le lendemain. Mon cœur bouillait quand il entra, mais je me retins, quand bien même sa fierté et son calme m'irritaient et m'échauffaient le sang.

L'air est superbe, dit-il enfin, et la soirée sera très belle, allons donc tous les deux sur l'acropole [1] !

J'acceptai. Longtemps nous ne prononçâmes pas un mot. Je finis par lui demander : qu'est-ce que tu veux ?

Tu peux demander ça ? répondit cet homme farouche avec un air affligé [2] qui transperça mon âme. J'étais atteint, troublé.

Je repris, finalement : que dois-je penser de toi ?

Ce que je suis, répondit-il sur un ton dégagé.

Il faut que tu t'excuses, lui dis-je alors en changeant de voix, et en le regardant fièrement, excuse-toi, purifie-toi !

C'était trop pour lui.

Comment se peut-il donc, s'écria-t-il indigné, que cet homme veuille me faire plier à sa guise ? – C'est vrai, on m'a trop tôt congédié de l'école, j'avais usé toutes les chaînes, je les avais toutes rompues, il n'en manquait plus qu'une, il en restait une seule à briser encore, je n'avais pas encore été corrigé par un rêveur morbide – vas-y, donc, grommelle ! J'ai assez longtemps gardé le silence !

Ô Alabanda ! Alabanda ! m'écriai-je.

Tais-toi, répondit-il, et n'use pas de mon nom comme d'un poignard contre moi !

---

1. Il s'agit de l'acropole de Smyrne, c'est-à-dire d'une sorte de citadelle au-dessus de la ville.

2. *Wehmut* : état de tristesse lié au souvenir du passé.

À mon tour je lâchai complètement la bride à mon humeur. Et nous n'eûmes de cesse que le point de non-retour fût presque atteint. Nous saccagions le jardin de notre amour. Souvent nous brisions là et ne disions plus rien, et nous serions alors volontiers jetés au cou l'un de l'autre avec mille bonheurs, mais ce funeste orgueil étouffait le moindre soupir d'amour qui nous montait du cœur.

Adieu ! m'écriai-je enfin en partant brusquement. Mais je ne pus faire autrement que me retourner, Alabanda n'avait pu faire autrement que me suivre.

N'est-il pas vrai, Alabanda, lui criai-je, que voilà un bizarre mendiant ? Qui jette son dernier pfennig dans la boue !

Eh bien, si c'est cela, qu'il crève de faim, s'écria-t-il alors, et partit.

Je poursuivis mon chemin en titubant, abasourdi, me retrouvai face à la mer et contemplai les vagues – ah, c'est là, par les fonds, que voulait plonger mon cœur, par les fonds, et mes bras volaient vers les flots libres ; mais bientôt, comme venu du ciel, un esprit plus clément descendit sur moi, et son bâton tranquille mit de l'ordre dans le chaos de ma souffrance ; je songeai plus paisiblement à ma destinée, à ma foi dans le monde, à mes désolantes expériences, j'observai l'homme tel que je l'avais ressenti en moi et connu dès ma jeunesse, avec ses modes d'éducation multiples, trouvai partout des discordances sourdes ou au contraire criantes, ne retrouvant les mélodies pures que dans les bornes d'une vie enfantine et toute simple – mieux vaut, me dis-je alors, devenir une abeille et construire sa demeure dans l'innocence, plutôt que gouverner avec les seigneurs de l'univers, et hurler avec eux, comme avec les loups, plutôt que dominer des peuples et se salir les mains à la saleté de la matière ; je voulus revenir à Tina et n'y vivre plus que pour mes jardins et mes champs.

Tu peux sourire ! C'était très sérieux. La vie ne consiste-t-elle pas, après tout, en cette alternance de déploiements et de replis, en départs au loin et retours vers soi : pourquoi ne serait-ce pas aussi le lot du cœur humain ?

Certes, cette nouvelle doctrine était dure pour moi, certes je ne me séparai qu'à contrecœur des orgueilleuses erreurs de ma jeunesse – qui prend plaisir à s'arracher les ailes – mais il fallait qu'il en aille ainsi.

J'y parvins. Je m'étais vraiment embarqué. Une fraîche tramontane me poussait, m'éloignait du port de Smyrne. J'étais allongé sur le pont de mon bateau, me sentais aussi bien que l'enfant qui ignore tout des moments à venir, et contemplais les arbres et les mosquées de cette cité, mes promenades dans la verdure de la berge, mon sentier montant à l'acropole, je contemplai cela et laissai cette contemplation se poursuivre et durer ; mais quand je fus en haute mer, et que tout peu à peu eut sombré, comme un cercueil disparaît dans la tombe, j'eus alors soudain le sentiment que mon cœur s'était brisé – ô ciel, m'écriai-je, et toute vie en moi se réveilla et lutta pour retenir le présent en fuite, mais il était parti, parti !

Tout ce pays céleste s'étalait devant moi, comme un brouillard, ce pays où, tel un cerf dans les libres prairies, j'avais erré en tous sens par les vallées et les sommets, et porté les échos de mon cœur aux sources et aux fleuves, aux horizons lointains et aux profondeurs de la terre.

Là-bas, je m'étais engagé dans les montagnes du Tmolus avec ma solitaire innocence ; là j'étais descendu jusqu'aux terres où se trouvaient jadis Éphèse en sa jeunesse bienheureuse, et Téos, et Milet [1], là j'étais monté avec Alabanda vers la sainte et triste Troie, avec Alabanda, et tel un dieu j'avais régné sur

1. Éphèse, cité d'Asie Mineure située à l'embouchure du Calystre. Héraclite y aurait déposé son manuscrit dans le temple d'Artémis. – Téos, ville natale d'Anacréon, célèbre pour son temple de Dionysos, était un port au sud-ouest de Smyrne, entièrement détruit. – Milet, vieille cité fondée sur la côte d'Asie Mineure par les Athéniens, avait été détruite par les Perses, mais reconstruite. C'était la patrie de Thalès et d'Anaximandre. Chandler décrit longuement l'état de ruine de ces antiques cités florissantes.

lui, puis, tel un enfant, tendre et crédule, j'avais servi sous son ordre et obéi à son regard, la joie dans l'âme, jouissant de son être avec une intense allégresse, heureux chaque fois que je tenais la bride de son cheval, ou quand, comme élevé au-dessus de moi-même, je rencontrais son âme dans de magnifiques résolutions, dans d'audacieuses pensées, dans le feu de sa parole !

Et maintenant tout cela était loin, maintenant je n'étais plus rien, j'avais tout perdu sans rémission, j'étais devenu le plus pauvre des hommes, et ne savais pas même comment.

Ô perpétuelle aberrance ! pensai-je par-devers moi, quand donc l'homme s'arrachera-t-il de tes chaînes ?

Nous parlons de notre cœur, de nos projets, comme s'ils étaient les nôtres, et pourtant c'est une puissance étrangère qui nous jette à sa guise en tous lieux puis nous met dans la tombe, sans que nous sachions d'elle, ni d'où elle vient, ni où elle va.

Nous voulons grandir, nous élever, et une fois grandis étaler nos branches et nos rameaux, mais le sol et les météores nous emportent malgré cela où ils veulent, et si l'éclair tombe sur ta ramure et te fend en deux jusqu'à la racine, pauvre arbre, en quoi es-tu concerné ?

Voilà ce que j'ai pensé. Si cela te fâche, mon Bellarmin, sache que tu entendras bien d'autres choses encore.

C'est cela précisément, mon cher ami, qui est triste, le fait que notre esprit se plaise tant à prendre la figure du cœur errant [1], à s'accrocher à la tristesse qui passe, que la pensée censée guérir les souffrances devienne elle-même malade, que le jardinier s'écorche si souvent la main sur les rosiers qu'il allait planter, oh, c'est cela qui a donné à plus d'un homme l'apparence d'un fou aux yeux d'autres humains qu'autrement il aurait, tel Orphée, dominés, c'est cela qui si souvent a fait de la plus noble nature un objet de raillerie pour les gens

1. *Irr*, qui pourrait connoter ici la folie, a souvent chez Hölderlin le sens plus neutre d'« errant ».

ordinaires qu'on trouve dans n'importe quelle rue, voilà l'écueil pour les préférés du ciel, c'est le fait que leur amour soit fort et tendre à la fois, que la houle de leur cœur se meut avec plus de puissance et de rapidité que le trident du dieu de la mer qui la commande, et c'est pourquoi, mon cher, il vaut mieux que personne ne se surestime [1].

HYPÉRION À BELLARMIN

Pourras-tu bien m'entendre, comprendras-tu ce que je te dis, si je te parle du long et triste deuil qui fut le mien ?

Prends-moi comme je me donne, et songe qu'il est mieux de mourir parce qu'on a vécu, que de vivre parce qu'on n'a jamais vécu. N'envie pas les hommes libres de souffrance, les idoles de bois auxquelles rien ne manque, tant leur âme est pauvre, qui ne posent pas de questions sur la pluie et le soleil parce qu'elles n'ont rien qu'elles doivent cultiver.

Certes ! Certes ! il est tout à fait facile d'être heureux, d'être tranquille avec un cœur sans profondeur et un esprit borné. On peut bien vous en accorder la faveur ; qui donc irait se fâcher que la cible de planches ne gémisse pas de douleur quand la flèche s'y fiche, ou que le pot creux rende un son si mat quand on le jette sur le mur ?

Simplement, braves gens, il faut vous y faire, il faut même qu'en grand silence vous soyez étonnés de ne pas comprendre que d'autres ne soient pas si heureux, ne soient pas non plus si satisfaits d'eux-mêmes, vous devriez même vous garder de faire de votre sagesse une loi, car ce serait la fin du monde si l'on vous obéissait.

---

1. *Überhebe sich keiner* : dans ce contexte, le verbe peut avoir son sens purement topique originel : « ne s'élève trop haut ».

J'ai donc vécu très discrètement, très modestement à Tina. Je laissais vraiment les réalités [1] du monde défiler devant moi, comme passe la brume à l'automne, riant parfois de mon cœur, mais les yeux humides, quand il s'envolait vers elles, croyant y déguster quelque chose, comme les oiseaux se précipitent vers des raisins peints sur un tableau [2], sans me départir de mon calme et de mon amabilité.

Désormais je laissais volontiers chacun à son opinion, à sa mauvaise éducation. Étant moi-même converti, je ne voulais plus convertir quiconque, simplement j'étais triste chaque fois de constater que les hommes croyaient qu'en n'attaquant pas leurs vacations farcesques j'avouais estimer celles-ci, comme eux, au plus haut point. Je n'avais nulle envie particulière de m'assujettir à leur niaiserie, mais quand je le pouvais, je cherchais à les ménager. Après tout, me disais-je, ça leur fait plaisir, ils vivent de cela.

Souvent même je ne rechignai point à me joindre à eux, et quand bien même j'étais en ces circonstances d'humeur plutôt abattue [3] et dépourvu de ressort propre, personne ne s'en rendait compte et, du coup, personne ne déplorait quoi que ce soit, et si je leur avais demandé de me pardonner cet état, ils seraient restés là, étonnés, et m'auraient demandé : mais que nous as-tu fait qu'il faille pardonner ? Indulgentes personnes !

Souvent, le matin, quand je restais sous ma fenêtre et que la journée de besogne se rapprochait de moi, j'arrivais par moments à m'oublier moi aussi, à regarder tout autour de moi, comme si je voulais me mettre à quelque occupation qui aurait causé du plaisir à mon être, comme autrefois, mais je me morigénais, je me ravisais, comme celui qui lâche un mot

1. *Die Erscheinungen* : littéralement, « les phénomènes »…

2. Pline rapporte que le peintre grec Zeuxis aurait peint des raisins avec tant de réalisme qu'un oiseau serait venu les picorer.

3. *Seelenlos* : le terme connote aussi une certaine froideur, une absence d'émotion.

de sa langue maternelle dans un pays où on ne la comprend pas – mais où vas-tu donc, mon, cœur ? me disais-je, raisonnable, à moi-même, et j'obéissais alors à cette mienne reprise.

Qu'est-ce qui pousse les hommes à tant vouloir de choses ? demandais-je souvent. Que signifie cet infini dans leur cœur ? Infini ? Mais où est-il donc ? Qui l'a perçu ? Il en veut plus que ce qu'il peut ! voilà sans doute la vérité ! Oh, c'est une réalité dont tu as suffisamment fait et refait l'expérience. Elle est d'ailleurs nécessaire, telle qu'elle est. C'est cela qui procure ce suave, cet exaltant sentiment de force, le fait précisément que la force ne se déploie pas comme elle veut, cela encore qui est au principe des beaux rêves d'immortalité et de toutes ces fantasmagories gracieuses ou colossales qui enchantent les hommes de mille manières, cela qui crée leur Élysée et leurs dieux, qui fait que la ligne de leur vie ne part pas tout droit, que l'homme ne file pas comme une flèche, et qu'une puissance inconnue vient barrer le chemin du fugitif.

La vague écumante du cœur ne se soulèverait pas avec tant de beauté, et ne deviendrait pas esprit, si ne lui faisait face le vieux rocher muet du Destin [1].

Mais cet élan, pourtant, se meurt dans notre poitrine, et avec lui meurent nos dieux et leur ciel.

Le feu monte en joyeuses figures depuis l'obscur berceau où il sommeillait, et sa flamme monte et retombe, et se brise et s'enroule de nouveau joyeusement jusqu'au moment où, ayant tout consumé, elle fume, se débat et s'éteint ; ce qui reste est cendre.

Ainsi va-t-il de nous. Telle est la quintessence de tout ce que les sages nous racontent dans des mystères dont l'horreur nous captive.

Et toi ? Pourquoi te poser des questions ? Que parfois quelque chose en toi surgisse, et que, telle la bouche du mourant, ton cœur en un unique instant

1. On retrouve beaucoup de tout cela, qui doit aussi à Kant, dans la philosophie de Hegel.

s'ouvre et se ferme à toi avec une pareille violence, c'est cela précisément le mauvais signe.

Mais bon, tranquillise-toi et laisse tout cela suivre son cours ! Pas d'artifices ! n'essaie pas, puérilement, de te grandir d'une aune. – On dirait que tu veux encore créer un soleil, et produire pour lui une nouvelle engeance, un globe terrestre et une lune.

Telle était, telle voguait ma rêverie. Peu à peu je prenais congé, patiemment, de toute chose. – Ô vous compagnons de mon siècle ! n'interrogez pas vos médecins, non plus que les prêtres, si intérieurement vous êtes à la mort !

Vous avez perdu foi en tout ce qui est grand ; et donc il vous faudra disparaître, si cette foi ne fait pas retour, comme une comète revenant des cieux inconnus.

HYPÉRION À BELLARMIN

Il est un oubli de toute existence, un silence soudain de notre être, où nous avons le sentiment d'avoir tout découvert.

Il est un silence soudain, un oubli de toute existence où nous avons le sentiment d'avoir tout perdu, une nuit de notre âme où plus rien ne luit pour nous, aucun scintillement d'étoile, pas même la flammerole d'un bois décomposé.

J'étais tout à fait calme désormais. Plus rien ne me poussait à me lever à minuit. Je ne me consumais plus dans ma propre flamme.

J'étais là le regard vide, silencieux et solitaire, sans chercher des yeux le passé, ni l'avenir. Le proche et le lointain ne se pressaient plus dans mon esprit, quant aux êtres humains, s'ils ne m'y forçaient pas, je ne les voyais pas.

Autrefois, bien souvent, tel le tonneau des Danaïdes éternellement vide, ce siècle m'était présent à l'esprit, et mon âme prodigue d'amour s'épanchait pour en combler les manques ; maintenant, je ne voyais plus de manque, et l'ennui de vivre ne m'accablait plus.

Je ne disais plus jamais à la fleur : tu es ma sœur ! Ni aux sources : nous sommes d'une seule et même famille ; désormais fidèlement, tel un écho, j'appelais chaque chose par son nom.

Tel un fleuve descendant le long de rives arides, où nulle fleur des champs ne se mire dans l'eau, le monde passait devant moi sans que rien vînt l'embellir.

HYPÉRION À BELLARMIN

Rien ne peut grandir autant que l'être humain, et rien ne peut décroître et tomber aussi bas. Il compare souvent sa souffrance à la nuit de l'abîme, et sa félicité à l'éther, et comme c'est encore peu dire !

Mais il n'est rien de plus beau que le retour en lui d'une lueur d'aurore après une longue mort, quand le mal dont il souffrait s'en va tel un frère à la rencontre de la joie qui s'éclaire au loin.

Ô, c'est avec un pressentiment céleste qu'alors je saluai de nouveau la venue du printemps [1]. Comme résonnent de très loin dans l'air qui se tait, lorsque tout dort, les cordes effleurées par les doigts de l'aimée, les discrètes mélodies du printemps caressaient ma poitrine, je l'entendais qui s'approchait, comme arrivant de l'Élysée [2], chaque fois que les brindilles mortes s'animaient et qu'un souffle tiède et léger passait sur ma joue.

Beau et généreux ciel d'Ionie ! Jamais je n'avais à ce point été suspendu à toi, mais jamais non plus mon

1. Le printemps 1769.

2. L'Élysée, chez Homère (*Odyssée*, IV, 561 *sq.*), est le séjour bienheureux des héros, on le confond peu à peu avec les îles des Bienheureux d'Hésiode.

cœur ne t'avait à ce point ressemblé, comme aux jours d'autrefois, dans ses jeux tendres et heureux.

Qui n'a au cœur le désir des joies de l'amour et des grandes choses accomplies quand le printemps revient dans l'œil du ciel et dans le sein de la terre ?

Je me levai comme d'un lit de malade, lentement et sans bruit, mais mon sein tremblait si radieusement d'espérances secrètes que j'en oubliai de demander ce que cela pouvait vouloir dire.

J'étais alors emporté par des rêves plus beaux pendant mon sommeil, et lorsque je m'éveillai, ils étaient en mon cœur comme la trace d'un baiser sur la joue de l'aimé. Ô la lumière de l'aube et moi, nous allions maintenant à la rencontre l'un de l'autre, tels des amis réconciliés, quand ils se donnent encore pour étrangers l'un à l'autre, cependant qu'en leur âme ils portent déjà, tout proche, l'instant infini de leur embrassement.

Et mes yeux s'ouvrirent alors vraiment de nouveau, non plus certes comme autrefois, tout armés et pleinement munis de forces propres : ils étaient devenus plus suppliants, implorant qu'on leur donne la vie, mais au plus profond de moi même j'avais le sentiment que je pouvais aller de nouveau aussi bien qu'autrefois, et mieux.

Je regardais de nouveau les hommes, comme si j'allais être effectivement agissant et connaître la joie parmi eux. Je m'attachais vraiment partout de tout cœur.

Ciel ! Quelle joie mauvaise n'éprouvèrent-ils pas de voir qu'enfin le fier original était une fois pour toutes devenu leur semblable ! et comme ils ne se privèrent pas de plaisanter sur la faim qui chassait le cerf hors du bois, l'amenait tout droit dans leurs basses-cours !

Ah, je cherchai mon Adamas, et mon Alabanda, mais ni l'un ni l'autre n'apparurent.

Enfin, j'écrivis aussi à Smyrne, et ce fut comme si toute la tendresse et toute la puissance humaine se recueillaient en un seul et même moment : celui où j'écrivais [1] ; j'écrivis donc trois fois, mais pas de réponse,

1. Première mention de l'écriture (dans le temps propre au récit).

je suppliai, menaçai, rappelai toutes les heures de l'amour et de l'audace, mais pas de réponse de l'Inoubliable, de mon Alabanda aimé jusqu'à la mort – Alabanda, m'écriai-je, ô mon Alabanda, tu as brisé le bâton sur ma tête [1]. Tu m'as tenu debout, tu as été le dernier espoir de ma jeunesse ! Désormais je ne veux plus rien ! Ma décision est désormais sure et sacrée !

Nous pleurons sur le sort des morts comme s'ils ressentaient la mort, et malgré tout, les morts sont en paix. Mais cela, c'est la douleur à nulle autre égale, c'est un sentiment incessant d'anéantissement absolu, quand notre vie perd ainsi son sens, et que le cœur se dit : il faut que tu périsses et disparaisses et il ne subsistera rien de toi, tu n'as pas planté de fleur, tu n'as pas construit de cabane, ne fût-ce que pour te dire simplement : je laisse une trace sur la terre. Ah, et cette âme qui peut toujours être envahie de languir, alors même qu'elle est à ce point découragée !

Je cherchais toujours quelque chose, mais n'osais ouvrir les yeux devant les hommes. Il y eut même des heures où je redoutais le rire d'un enfant.

Malgré tout, la plupart du temps, j'étais parfaitement tranquille et patient, j'éprouvais même souvent une étonnante croyance superstitieuse en la vertu salvatrice de bien des choses ; d'une colombe que j'achetais, d'une promenade en barque, d'une vallée que les montagnes me dissimulaient, je pouvais espérer un réconfort.

Mais assez ! assez ! si j'avais grandi avec Thémistocle, si j'avais vécu sous les Scipions [2], jamais mon âme en vérité ne se serait découverte sous cet angle.

---

1. Selon une coutume du Moyen Âge, le juge brisait un bâton sur la tête du condamné à mort.

2. Thémistocle est le héros de la bataille de Salamine et sauveur des Grecs ; les Scipions sont des héros romains des guerres puniques.

HYPÉRION À BELLARMIN

Parfois, une force spirituelle s'animait encore en moi. Mais à dire vrai uniquement de manière destructrice.

Je pouvais commencer par : qu'est-ce que l'homme ? comment se peut-il qu'il existe en ce monde quelque chose de semblable, qui bouillonne comme un chaos, ou qui se décompose comme un arbre vermoulu, et ne mûrit jamais jusqu'à l'épanouissement ? Comment la nature peut-elle tolérer ce raisin vert parmi ses grappes succulentes ?

Il parle aux plantes : j'ai été comme vous jadis ! Et aux pures étoiles il dit : je veux devenir comme vous, dans un autre monde ! et entre les deux, il se désagrège et pratique à l'occasion ses arts avec lui-même, comme s'il pouvait, une fois dissous, reconstruire quelque chose de vivant, comme le maçon assemble un mur ; et cependant il ne perd pas non plus complètement la raison de voir que rien n'est amélioré par toutes ses opérations ; après tout, ce qu'il fabrique là n'est jamais qu'un artifice.

Ô pauvres, pauvres de vous, vous qui ressentez cela, vous qui ne voulez pas non plus parler de destination de l'homme, qui êtes, vous aussi, entièrement captifs du néant qui nous gouverne, qui voyez avec tant de perspicacité que nous sommes mis au monde pour le néant, que nous aimons un néant, que nous croyons en un néant, que nous nous tuons au travail pour le néant, pour passer peu à peu vers le néant – qu'y puis-je si vos genoux se dérobent d'effroi, quand vous songez sérieusement à tout cela ? Moi-même, eh oui, moi-même je me suis parfois noyé dans ces pensées, en m'écriant : pourquoi appliques-tu ta hache sur ma racine, esprit cruel ? Et je suis encore là.

Ô jadis, frères des ténèbres, il en allait autrement. Il y avait tant de beauté au-dessus de nous, tant de beauté, tant de gaieté sous nos yeux ; ces cœurs-là aussi exultaient devant les lointains fantômes bienheureux et dès lors nos esprits se sont allègrement élevés avec audace vers le haut, ils ont enfoncé la dernière barrière, et quand ils ont regardé autour d'eux, ah malheur, ce n'était que vide infini.

Ô, je peux me jeter à genoux, et tordre mes mains implorantes et supplier je ne sais qui de m'accorder d'autres pensées. Mais je ne la domine pas, la vérité criante. Ne m'en suis-je pas par deux fois convaincu ? Quand je regarde, quand j'interroge la vie, quelle est la fin ultime de tout cela ? Rien. Et quand je monte dans les hauteurs de l'esprit, quel est le sommet de tout cela ? Rien.

Mais fais silence, mon cœur ! Ce sont tes dernières forces que tu prodigues ici à l'envi. Tes dernières forces ? Et tu veux partir à l'assaut du ciel ? Montre donc tes cent bras, Titan, ton Pélion, et ton Ossa [1], où est-elle, ton échelle, pour monter dans la citadelle du père des dieux, et pour jeter à bas et le dieu et sa table des dieux et tous les immortels sommets de l'Olympe et haranguer les humains : restez en bas, enfants du bref instant ! N'essayez pas d'accéder à ces hauteurs, car là-haut il n'y a rien.

Tu peux laisser cela, cesser de voir ce qui règne sur d'autres. L'important, pour toi, c'est ta nouvelle doctrine. Au-dessus de toi, sous tes yeux, tout est désert et vide, bien sûr, parce qu'en toi il y a ce vide et ce désert.

Bien sûr, si vous êtes plus riches que moi, vous autres, vous pouvez sans doute aussi m'être de quelque secours.

Si votre jardin est à ce point couvert de fleurs, pourquoi leur haleine ne me réjouit-elle pas moi aussi ? – Si vous êtes à ce point débordants de la divinité, donnez-m'en à boire. Aucun être, fût-il le plus pauvre, n'est en manque de fêtes. Mais il n'en est qu'un seul qui ait ses fêtes parmi vous, c'est la mort.

Misère, peur et nuit, voilà vos maîtres. Ceux qui vous séparent, qui vous poussent à coups de trique les

1. Montagnes situées au sud de l'Olympe que les Géants (et non les Titans) voulaient poser sur l'Olympe pour accéder au ciel.

uns contre les autres. Vous appelez amour ce qui n'est que la faim, et là où vous ne voyez plus rien, vous faites demeurer vos dieux. Des dieux, vraiment ? De l'amour ?

Ô, les poètes [1] ont bien raison, il n'est rien de si petit et modeste dont on ne puisse s'enthousiasmer.

Voilà ce que je pensais. Je ne comprends toujours pas comment tout cela était venu en moi.

1. *Die Poeten* : le terme est peu courant en allemand et perçu comme archaïque.

LIVRE DEUXIÈME

HYPÉRION À BELLARMIN

Je vis maintenant dans l'île d'Ajax, dans la très chère Salamine [1].

J'aime cette Grèce, partout. Elle a la couleur de mon cœur. Ou qu'on tourne ses regards, une joie quelque part est ensevelie.

Et malgré tout il y a aussi tant de choses adorables et grandes autour de soi.

Je me suis construit une cabane sur le promontoire avec des branches de lentisque, et j'ai planté des mousses et des arbres tout autour, ainsi que du thym et toutes sortes d'arbustes.

C'est là que je passe mes plus chers moments, que je demeure assis des soirs durant, les yeux tournés vers l'Attique, jusqu'à ce que les battements de mon cœur deviennent trop forts ; je prends alors mon attirail, descend à la baie et vais pêcher.

Ou alors, tout là-haut sur mon promontoire, je lis des récits [2] de l'antique et prodigieuse guerre maritime qui fit rage jadis à Salamine dans le déchaînement

---

1. Ajax, le héros de l'*Iliade*, est natif de l'île de Salamine, à côté d'Athènes.

2. Dans Plutarque (Thémistocle) ou chez Hérodote.

d'un tumulte habilement contrôlé, et je trouve du plaisir au commerce de l'esprit qui sut diriger et dompter le chaos furieux des amis et des ennemis, comme un cavalier domine sa monture, tandis qu'au plus profond de moi je ressens la honte de mon propre passé guerrier.

Ou encore je regarde la mer au loin et songe à ma vie, à ses moments d'élévation puis de chute, à ses bonheurs et à ses tristesses, et mon histoire résonne en moi souvent comme les cordes d'un instrument, quand le maître les parcourt toutes et mélange les dissonances comme les harmonies selon un ordre secret.

Aujourd'hui sur cette éminence, tout est beau, trois fois beau. Deux jours de pluie amie ont rafraîchi l'air et la terre lasse de vivre.

Le sol est plus vert, les champs plus dégagés. On voit les blés dorés s'étendre à l'infini, parsemés de joyeux bleuets, et mille cimes d'arbres s'élancent pleines d'espoir du fond de la forêt, lumineuses, heureuses. Les courbes à l'horizon lointain sont douces et s'étirent sans but tout au long de l'espace ; les montagnes montent en degrés ininterrompus jusqu'au soleil. Le ciel est absolument pur. La lumière blanche est tout juste soufflée sur l'éther, et tel un minuscule nuage argenté, la lune timide passe et s'efface [1] solennellement dans le plein jour.

HYPÉRION À BELLARMIN

Il y a longtemps que je ne me suis senti comme aujourd'hui. Tel l'aigle de Jupiter attentif au chant des Muses, j'écoute l'harmonie infinie et merveilleuse qui est en moi. Rien n'agresse mes sens ni mon âme, je me

1. *Vorüberwallt* : *wallen* n'a pas ici le sens ordinaire d'un mouvement de gonflement et d'ondulation importante, mais connote la démarche des processions de pèlerinage, lentes et majestueuses.

sens fort et gai, d'humeur grave et souriante à la fois, je joue avec le Destin et avec les trois sœurs, les trois Parques sacrées. Tout mon être est empli d'une divine jeunesse, d'une liesse dont lui-même, dont tout ce qui existe, autour de lui, est la cause. Et comme le ciel étoilé, je suis paisible et ému à la fois.

J'ai attendu longtemps ce genre d'heure de fête pour t'écrire de nouveau une lettre. Mais j'ai suffisamment de force maintenant ; laisse-moi te raconter.

Au milieu de cette période sombre que j'ai connue, une relation de Calaurée [1] m'a invité à faire la traversée et venir chez lui. Il fallait, m'avait-il écrit, que je vienne dans ses montagnes ; la vie y était plus libre que partout ailleurs, et puis, au milieu des forêts de pin et des torrents tumultueux, il fleurissait aussi à foison des bois de citronniers et des palmiers et des herbes adorables et le myrte et le raisin sacré. Il ajoutait qu'il avait aménagé un jardin très haut dans la montagne ainsi qu'une maison, dont de gros arbres au dense feuillage ombrageaient l'arrière, et qu'aux jours brûlants de l'été des brises rafraîchissantes caressaient ses murs ; que tel l'oiseau perché au sommet du cèdre, on apercevait tout en bas, dans la profondeur, les villages et les vertes collines, et les troupeaux contents de l'île, tous éparpillés comme des enfants autour de la montagne magnifique et s'abreuvant à ses torrents écumants.

Tout cela, malgré tout, m'a tiré quelque peu de la somnolence. Et sous un beau ciel bleu d'avril, par une belle et joyeuse journée, j'ai pris le bateau. La mer était extraordinairement belle et limpide, et l'air aussi léger qu'en altitude. Dans le balancement aérien du navire on laissait derrière soi la terre, comme on repose un aliment délicieux quand est servi le vin sacré.

C'est en vain qu'une humeur assombrie tente de résister aux effets de la mer et du vent. Je m'abandon-

1. Petite île du Péloponnèse au sud de Salamine, dans le golfe de Saronique. Aujourd'hui Poros. Cette île est presque contiguë à la côte continentale. (Voir Présentation, p. 10, n. 1.)

nais, ne me demandais plus rien sur moi-même ni sur autrui, ne cherchais rien, ne réfléchissais à rien, me laissais endormir à moitié par le bercement du bateau, m'imaginais dans la nacelle de Charon. Ô qu'il est doux de boire ainsi à la coupe de l'oubli !

Mon joyeux marinier aurait volontiers échangé des paroles avec moi, mais je fus très laconique [1].

Il désignait des choses du doigt et me montrait à droite et à gauche le bleu pays des îles, mais je ne regardais pas longtemps et retombais l'instant d'après dans ma chère rêverie.

Lorsque enfin il me montra les paisibles sommets dans le lointain en me disant que nous serions bientôt à Calaurée, je me montrai plus attentif, et mon être s'ouvrit à la merveilleuse puissance qui tout à coup se mit à jouer avec moi, tendre, calme, inexplicable. L'œil grand ouvert, étonné et joyeux, je contemplai au loin les mystères de l'horizon, mon cœur tremblait légèrement, ma main s'échappa, se posa, amicale et vive, sur mon marin – ainsi donc, m'écriai-je, voici Calaurée. Et quand, surpris, il tourna les yeux vers moi, je ne savais plus moi-même quelle contenance adopter. Je saluai mon ami avec une surprenante tendresse. Tout mon être était plein d'un émoi délicieux.

L'après-midi, je voulus aussitôt arpenter une partie de l'île. Les forêts, les vallées secrètes exerçaient sur moi un charme indescriptible, et le jour adorable invitait aimablement le moindre être à sortir.

Il était tellement visible que toute vie désire plus que la seule nourriture quotidienne, que les oiseaux ont eux aussi leurs jours de fête, comme tous les animaux en général.

Quel ravissant spectacle c'était de voir, comme par exemple, lorsque une mère demande à ses enfants en les caressant tendrement où se trouve autour d'elle celui qu'elle a de plus cher, et que tous se précipitent et grimpent sur elle, et que le petit dernier lui tend les bras depuis son berceau, de voir ainsi toute espèce de

1. *Einsilbig* : littéralement, « monosyllabique ».

vie s'envoler et bondir et batailler en direction de l'air divin ; les scarabées, les hirondelles, et les colombes et les cigognes s'en donnaient à cœur joie dans un désordre total, sur les hauteurs et au fond des combes, et tout ce que la terre retenait voyait sa marche se muer en vol, le cheval franchissait les fossés d'un bond tonitruant, le chevreuil sautait les haies, et les poissons montaient du fond de la mer et venaient sautiller à la surface. Le souffle maternel pénétrait avec force au cœur de tous, les soulevait les tirait à soi.

Et les gens sortaient de leurs demeures, et ressentaient merveilleusement ce souffle de l'esprit, quand il déployait doucement sur leur front les chevelures légères, et tempérait l'ardeur des rayons du soleil ; ils dénouaient alors généreusement leurs vêtements pour l'accueillir sur leur sein, respiraient plus suavement, effleuraient plus tendrement la mer limpide et légère et caressante où ils passaient et tissaient [1] leur existence.

Ô sœur de l'esprit qui vit et fait fureur en nous avec la force du feu ! enveloppe sacrée de l'air, qu'il est beau que partout où me portent mes voyages, tu m'accompagnes, toute présente, Immortelle !

C'est avec les enfants que l'élément supérieur jouait de la plus belle façon.

Tel chantonnait paisiblement, des lèvres d'un autre sortait une petite chansonnette sans cadence, un troisième chantait à tue-tête un air joyeux, celui-là s'étirait, un autre sautait en l'air, un autre encore traînait sans but, perdu dans ses pensées.

Et tout cela était le langage d'un seul et même sentiment de bien-être, une seule et unique réponse aux caresses des brises ravissantes.

J'étais quant à moi plein d'un languir indescriptible et de paix. Une puissance inconnue me dominait. Esprit ami, me disais-je en moi-même, où m'appelles-

1. Voir l'hymne *À l'éther*, et plus généralement les théories de l'éther à la fin du XVIIIe siècle (Sömmering notamment).

tu pour que je te rejoigne ? au bienheureux séjour d'Élysée ? ou ailleurs, mais alors où ?

Je marchais dans un bois, remontais un lacis d'eaux ruisselantes, jusqu'au lieu où elles tombaient en fines gouttelettes sur la roche, où elles glissaient innocemment sur les cailloux, et peu à peu le vallon s'étrécissait et se transformait en une longue arcade, où la lumière de midi jouait solitaire dans l'obscurité silencieuse [1]. –

C'est là – cher Bellarmin, là que je voudrais pouvoir parler, que j'aimerais t'écrire en toute tranquillité !

Parler ? ignorant que je suis en matière de joie ! vouloir parler, moi !

Car c'est bien le silence qui habite le pays des bienheureux, et le cœur, au-dessus des étoiles, oublie sa détresse et son langage.

Je l'ai saintement conservé, je l'ai telle une effigie de Pallas Athéna [2], porté en moi, tout cet élément divin qui m'apparaissait ; et si le destin devait un jour m'emporter au loin et me jeter d'un abîme dans l'autre, noyer en moi toutes les forces et toutes les pensées, cela au moins, cette unique expérience survivrait sûrement, resplendirait et régnerait en moi dans une clarté éternelle, indestructible ! –

Ainsi étais-tu épandue, douce vie, ainsi levais-tu les yeux, ainsi te dressas-tu, et fus là tout entière en ta svelte plénitude, divinement paisible, ton céleste visage encore empli du ravissement heureux dans lequel je venais te troubler !

Ah, de quoi peut bien encore parler celui qui a plongé dans la tranquillité de ce regard, à qui ces tendres lèvres se sont offertes ?

---

1. Le caractère ecclésial de l'endroit ici décrit annonce la rencontre avec Diotime.

2. *Palladium* : le terme connote une image (en l'espèce une petite statue) de Pallas Athéna qui serait tombée du ciel. Cette représentation de la déesse protège la cité. Diomède et Ulysse volent celle de Troie pour s'emparer de la ville. Selon la légende, Énée l'aurait emporté en Italie.

Paix de la beauté ! divine paix ! comment trouverait-il d'autre secours celui qui put un jour apaiser près de toi la fureur de sa vie et les doutes de son esprit ?

Je ne peux parler d'elle [1], mais il est des heures où ce qu'il y a de meilleur et de plus beau paraît soudain, comme dans des nuages, et où le ciel de l'accomplissement s'ouvre devant l'amour plein de pressentiments, et là, Bellarmin ! Pense à son être, là, fléchis avec moi le genou, et songe à ma félicité ! Mais n'oublie pas que j'avais vraiment ce que toi, tu pressens, que je voyais par ces yeux ce qui, à toi, t'apparaît seulement comme dans des nuages.

Les hommes certes, parfois, disent qu'ils sont heureux ! Ô, croyez-moi, vous n'avez pas encore la moindre idée de ce qu'est le bonheur ! L'ombre de son ombre ne vous est pas même encore apparue ! Allez donc et ne parlez pas du bleu de l'éther, pauvres aveugles que vous êtes !

Et dire qu'on peut encore redevenir comme les enfants, que reviendra l'âge d'or de l'innocence, l'ère de paix et de liberté, qu'il existe quand même Une joie, un havre de paix sur terre !

L'homme n'est-il pas vieilli, fané, n'est-il pas comme une feuille qui ne retrouve pas l'arbre dont elle est tombée et se voit balayée çà et là par les vents jusqu'au jour où la poussière la recouvre ?

Or son printemps pourtant revient !

Ne pleurez pas si les plus excellentes choses se flétrissent. Bientôt elles retrouveront la jeunesse ! Ne soyez pas dans le deuil si la mélodie de votre cœur se fait muette ! Bientôt il se trouvera une main pour l'accorder de nouveau !

Qu'en était-il de moi ? N'étais-je pas semblable aux cordes dévastées d'un instrument de musique ? Je résonnais encore un peu mais c'étaient des sonorités funèbres. Je m'étais chanté un sinistre chant du

1. Il s'agit de la Beauté.

cygne ! Je me serais presque tressé une couronne mortuaire, mais je ne disposais que de fleurs d'hiver.

Et où étaient donc maintenant le silence de mort, la nuit et le désert de mon existence ? Toute la détresse de ma mortelle condition ?

Certes la vie est pauvre et solitaire. Nous vivons ici tout en bas, comme le diamant dans la veine de minerai. Nous nous demandons en vain comment nous sommes descendus jusque-là, dans l'espoir de trouver le chemin de la remontée.

Nous sommes pareils au feu qui dort dans le sarment desséché ou dans le gravier ; et nous nous débattons et recherchons à chaque instant la fin de cette étroite captivité ; mais ils viennent, ils compensent des éternités [1] de combat, les instants de la libération, quand le divin fait exploser la prison, quand la flamme se détache du bois et s'élève victorieuse au-dessus de la cendre, ah ! quand il nous semble que l'esprit déchaîné, oublieux des souffrances, et de son personnage d'asservi, s'en revient triomphant dans les hauts palais du soleil.

HYPÉRION À BELLARMIN

J'ai été heureux jadis, Bellarmin ! le suis-je encore ? Ne le serais-je pas même, si l'instant sacré où je l'ai vue pour la première fois avait été le dernier ?

Je l'ai vu Une fois, une seule, l'être unique que mon âme recherchait, et cette perfection que nous repoussons tout là-haut, très loin dans les étoiles, que nous rejetons à la fin des temps, j'en ai ressenti la pleine présence. Il a bel et bien existé ce suprême absolu, il a

1. *Aeonen* : littéralement, des *éons*. Ce mot grec désigne en allemand des périodes très longues. Hölderlin ne l'emploie pas au sens d'*émanation de l'Être*, que lui donnent les gnostiques.

existé dans cette sphère de la nature humaine et des choses réelles !

Je ne demande plus où cela pourrait être ; cela s'est trouvé en ce monde, et peut y revenir, c'est simplement un peu plus caché en lui aujourd'hui. Je ne demande plus ce que c'est ; je l'ai vu, j'ai fait sa connaissance.

Ô vous qui recherchez ce qu'il est de plus haut et de meilleur dans les profondeurs du savoir, dans l'agitation effrénée de l'action, dans l'obscurité du passé, dans le labyrinthe de l'avenir, dans les tombes ou au-delà des étoiles ! connaissez-vous son nom ? le nom de cela qui est à la fois l'Un et le Tout ?

Son nom est Beauté.

Saviez-vous ce que vous vouliez ? Moi je ne le sais pas encore, mais je le pressens, le nouveau royaume de la nouvelle divinité, et je me hâte d'y parvenir et j'entraîne les autres et les emmène avec moi, comme le fleuve emporte les autres fleuves à l'océan.

Et toi, tu m'as montré la voie ! C'est avec toi que j'ai commencé d'être. Ils ne sont pas dignes de mots pour les dire, les jours où je ne te connaissais pas encore…

Ô Diotime, Diotime, ô céleste !

HYPÉRION À BELLARMIN

Oublions qu'il y a un Temps. Ne compte pas les jours !

Que représentent des siècles face à l'instant où deux êtres se pressentent et se rapprochent à ce point ?

Je vois encore le soir où Notara m'a mené chez elle, la première fois.

Elle habitait à quelques centaines de pas seulement de chez nous, au pied de la montagne.

Sa mère était une personne délicate et réfléchie, son frère un garçon tout simple et joyeux, et l'un et l'autre donnaient de tout cœur à entendre dans chacun de leurs faits et gestes que Diotime était la reine du logis.

Ah ! Tout était sanctifié, embelli par sa présence. Où que je tourne mes regards, tout ce que je touchais, son tapis, son coussin, sa petite table, tout était en alliance secrète avec elle. Et cette première fois qu'elle m'appela par mon nom, quand elle s'approcha si près de moi, que son haleine innocente effleura mon être aux aguets !…

Nous parlâmes très peu l'un et l'autre. On a honte de sa parole. On voudrait devenir musique et s'unir en un seul et même chant céleste.

Et de quoi aurions-nous parlé ? Nous ne faisions que nous voir. Nous hésitions par pudeur à parler de nous-mêmes.

Pour finir nous avons parlé de la vie de la terre.

Aucun hymne ne lui fut jamais chanté avec tant de fougue et de simplicité enfantine.

Cela nous faisait du bien de répandre dans le sein généreux de cette mère toute l'abondance en excès de notre cœur. Nous nous sentîmes ainsi soulagés d'un poids, comme les arbres, quand le vent d'été secoue leurs branches fécondes et déversent dans l'herbe leurs fruits mûrs et sucrés.

À la terre nous donnâmes le nom de fleur du ciel, et au ciel celui de jardin infini de la vie. Nous dîmes aussi que telles les roses accueillant avec joie les grains dorés du pollen, la terre recevait avec joie les rayons de l'héroïque lumière du soleil ; et qu'elle était comme un être magnifiquement vivant et quasi divin quand s'écoulait de son cœur le feu de sa colère ou une douce eau transparente, toujours heureuse de se nourrir des gouttes de rosée, ou des nuées d'orage qu'elle se composait pour sa jouissance avec l'aide du ciel, moitié toujours plus aimante et fidèle du dieu soleil, unie peut-être à lui de plus intense façon à l'origine, puis séparée de lui par le décret d'un destin tout-puissant, afin qu'elle le cherche, se rapproche, s'éloigne, et mûrisse ainsi par le plaisir et par la peine jusqu'au plus haut degré de la beauté.

Ce furent là nos paroles. Je t'en donne le contenu, l'esprit. Mais qu'en restera-t-il s'il y manque la vie ?

Le soir tombait et nous avons dû partir. Bonne nuit mes doux yeux d'ange, ai-je alors pensé en mon cœur, et apparais-moi de nouveau bien vite, bel esprit divin, dans toute ta paisible plénitude !

HYPÉRION À BELLARMIN

Quelques jours plus tard, ils sont montés chez nous. Nous nous sommes promenés dans le jardin. Diotime et moi, nous nous sommes retrouvés un peu devant les autres, plongés dans nos pensées, il me montait souvent aux yeux des larmes de volupté, dont la personne sainte qui cheminait si modestement à mes côtés était la cause.

Nous nous étions arrêtés devant, maintenant, juste au bord du sommet et regardions au loin, vers l'Orient infini.

Les yeux de Diotime s'ouvrirent tout grands, et doucement, tel un bourgeon qui s'ouvre, son cher petit visage s'ouvrit face aux brises du ciel, ne fut plus qu'une parole et qu'une âme. Tout son corps était délicatement tendu vers les hauteurs, comme si elle avait commencé à prendre son vol vers les nuages, avec une majesté légère, ses pieds ne touchant plus qu'à peine le sol.

Ô, j'aurais voulu la prendre sous les bras, tel l'aigle emportant son Ganymède, et m'envoler avec elle par-dessus la mer et ses îles.

Puis elle s'est encore avancée et a contemplé l'abîme au pied de la paroi vertigineuse. Elle s'est amusée à estimer la profondeur effrayante, à se perdre tout en bas dans la nuit des forêts dont les claires frondaisons montaient au-dessus des roches et des torrents d'orage écumants.

La balustrade contre laquelle elle s'appuyait était un peu basse, ce qui me permit de la retenir quelque peu, la charmante créature, tandis qu'elle se penchait en avant ! Ah ! un tremblement de volupté brûlante parcourut tout mon être, une ivresse, un tumulte s'emparèrent de tous mes sens, et mes mains se mirent à brûler comme des charbons ardents quand je la touchai.

Et la joie ensuite en mon cœur de me trouver ainsi à ses côtés avec un tel sentiment de confiance, et ce tendre souci puéril qu'elle eût pu tomber, et la joie que me procurait l'enthousiasme de la magnifique enfant !

Que vaut tout ce que les hommes ont bien pu faire et penser pendant des millénaires, en regard d'un unique instant d'amour ? Mais c'est aussi ce qu'il y a de plus réussi, de plus divinement beau dans la nature ! C'est là que mènent tous les degrés quand on est au seuil de l'existence. C'est de là que nous venons, c'est là que nous allons.

HYPÉRION À BELLARMIN

Il n'y a que son chant que j'aurais dû oublier, il n'y a que ces accents de l'âme qui devraient ne jamais revenir dans mes rêves incessants.

On ne connaît pas le cygne fier pilotant son esquif quand il sommeille immobile sur la rive.

C'est seulement lorsqu'elle chantait qu'on reconnaissait la taciturne aimante, qui répugnait tant à se risquer à parler.

Alors, et seulement alors la farouche et céleste apparaissait dans toute sa majesté et tout son charme ; alors et bien souvent, tel un commandement des dieux, quelque chose d'implorant et de flatteur s'exhalait de ses lèvres délicates et fleuries. Et comme le cœur était en émoi dans cette voix divine ! comme toute espèce de grandeur et d'humilité, de plaisir et de tristesse de la vie paraissaient embellis dans la noblesse de ces accents !

Telle l'hirondelle capturant les abeilles en plein vol, elle nous capturait toujours tous.

Ce qui venait alors n'était ni le plaisir, ni l'admiration : c'était la paix du ciel qui venait parmi nous.

Mille fois je lui ai dit et me suis à moi-même dit : le plus beau est aussi ce qu'il y a de plus saint. Et tout chez elle était ainsi. Comme était beau son chant, ainsi était sa vie.

HYPÉRION À BELLARMIN

Parmi les fleurs, son cœur était chez lui, comme s'il avait été l'une d'entre elles.

Elle les appelait toutes par leur nom, leur en créait par amour de nouveaux, de plus beaux, et connaissait avec précision le plus heureux temps de vie de chacune d'elles.

Telle une sœur quand de toute part s'approchent d'elle des êtres aimés, chacun voulant avoir son bonjour le premier, cet être silencieux était tout affairé de l'œil et de la main, et bienheureusement distrait quand nous marchions par les prés, ou dans les bois.

Et tout cela n'était pas le moins du monde affecté, ou appris, mais s'était développé avec elle spontanément.

Il est cependant éternellement certain et partout vérifié que plus une âme est innocente et belle, plus elle est familière avec les autres vies heureuses que l'on dit privées d'âme.

HYPÉRION À BELLARMIN

Mille fois, tout à la joie de mon cœur, j'ai ri des hommes qui s'imaginent qu'un esprit sublime ne saurait connaître la façon de préparer un plat de légumes. Diotime était capable de parler au bon moment et tout à fait chaleureusement de son fourneau, et il n'est rien de plus noble assurément qu'une noble enfant qui pourvoit à la flamme pour chacun bienfaisante du foyer, et, semblable à la nature, prépare le repas qui réjouit les cœurs.

HYPÉRION À BELLARMIN

Que peut bien valoir tout le savoir artificiel du monde, toute l'orgueilleuse maturité des pensées humaines en regard des accents ingénus de cet esprit qui ne savait pas ce qu'il savait, ce qu'il était.

Qui ne préfère la grappe de raisins entière et fraîche, telle qu'elle jaillit de la racine, aux grains déjà cueillis et séchés que le marchand comprime dans la caisse et expédie dans le monde ? Que vaut la sagesse d'un livre en regard de celle d'un ange ?

Elle semblait toujours en dire si peu, et en disait tant…

Un soir, je l'ai reconduite chez elle, tard, dans le crépuscule ; de petits nuages de rosée caressaient la prairie comme des rêves, et les étoiles bienheureuses nous observaient à travers les branches, tels des génies aux aguets.

Rarement on entendait sortir de ses lèvres un « Comme c'est beau ! », alors même que ce cœur pieusement attentif ne laissait inécouté le moindre chuchotement de feuille, le moindre murmure de source.

Or cette fois elle me les prononça, ces mots : comme c'est beau !

C'est sans doute par amour pour nous qu'il en est ainsi, lui dis-je alors à peu près, comme font les enfants, ni pour plaisanter, ni non plus sérieusement.

Elle répondit : je comprends bien ce que tu dis ; le monde, tel que je m'en fais l'idée la plus chère, est comme une vie dans une maisonnée où chacun, sans y penser précisément, se règle sur l'autre, et où l'on vit les uns pour les autres, pour s'être agréable et se donner de la joie, parce que c'est précisément ce que veut le cœur spontanément.

C'est une conviction haute et joyeuse ! m'écriai-je.

Elle resta silencieuse un instant.

Nous sommes donc, nous aussi, des enfants de la maison, repris-je enfin, nous le sommes et nous le serons.

Le serons éternellement, reprit-elle.

Vraiment ? demandai-je.

Pour cela, continua-t-elle, je fais confiance à la nature, comme je lui fais confiance chaque jour.

Ô comme j'aurais aimé être moi-même Diotime lorsqu'elle prononça ces mots ! mais tu ne sais pas ce qu'elle a dit, mon Bellarmin ! tu ne l'as pas vue et pas entendue.

Tu as raison, m'écriai-je, la beauté éternelle, la nature ne souffre d'aucune perte en elle-même, pas plus qu'elle ne souffre d'ajout. Demain sa parure va différer de ce qu'elle était aujourd'hui, mais ce que nous avons de meilleur, nous-mêmes, et toi plus que toute chose, elle ne peut nous en déposséder. Nous croyons que nous sommes éternels parce que notre âme ressent toute la beauté de la nature. Et celle-ci serait une œuvre seulement partielle, elle ne serait pas la divinité, elle ne serait pas l'Accomplie, s'il devait advenir que ton absence y fût déplorée. Elle ne méritera pas ton cœur, si elle doit rougir de ce que tu espères.

HYPÉRION À BELLARMIN

Je n'ai jamais connu une aussi parfaite absence de tout besoin, une aussi divine suffisance à soi.

Comme la vague de l'Océan déferlant sur les rivages d'îles bienheureuses, mon cœur toujours en émoi submergeait la paix de cette enfant céleste.

Je n'avais à lui donner qu'une âme emplie de contradictions déchaînées, de souvenirs ensanglantés, je n'avais à lui donner que mon amour sans limites nanti de ses mille soucis déchaînés ; au lieu qu'elle se tenait devant moi dans une immuable beauté, avec sa grâce naturelle, sa perfection souriante, et toute espèce de désir, de rêve propre à la mortelle condition, ah ! tout ce qu'annonce le génie dans les heures dorées du matin depuis les régions supérieures, tout cela était accompli en cette âme Une et tranquille.

Certains disent qu'au-dessus des étoiles les clameurs de la lutte se taisent, on nous promet seulement pour le futur, lorsque nos levains seront retombés, que notre vie en continuelle fermentation se transformera en un noble vin de joie, mais par ailleurs on ne recherche plus nulle part sur cette terre la paix du cœur propre aux bienheureux. Quant à moi, je vois les choses autrement. J'ai emprunté la voie plus directe. Je me suis trouvé devant elle, j'ai entendu et j'ai vu la paix du ciel, et au milieu du chaos soupirant Uranie l'harmonie m'est apparue.

Que de fois j'ai pu apaiser mes plaintes devant cette image ! que de fois mon existence exaltée et mon esprit toujours en quête de quelque objet se sont adoucis quand, m'absorbant dans des considérations bienheureuses, je contemplais son cœur comme on contemple celui de la source silencieuse palpitant sous les caresses d'un ciel qui pluvine sur elle en gouttelettes d'argent !

Cette âme, elle était mon Léthé, mon Léthé sacré où je buvais un tel oubli de l'existence que j'étais devant elle comme un immortel, me gourmandant gaiement, ne pouvant plus que sourire, comme après des rêves accablants, de toutes les chaînes qui m'avaient opprimé.

Ô, avec elle, je serais devenu un homme heureux, un homme excellent.

Avec elle ! Mais tout cela a échoué, et j'erre désormais dans ce qui est en moi et dans ce que je rencontre, et au-delà encore, sans savoir ce que je dois faire de moi et de tout le reste.

Mon âme est pareille au poisson qu'on a sorti de son élément et jeté sur le sable de la grève, elle se tord et débat en tous sens, attendant que la grande chaleur du jour l'ait entièrement desséchée.

Ah ! que n'est-il encore quelque tâche à accomplir pour moi en ce monde ! un travail, une guerre qui pourrait me redonner le goût de vivre ?

On raconte que, jadis, de jeunes garçons arrachés au sein de leur mère et jetés au désert furent allaités par une louve.

Mon cœur n'a pas eu ce bonheur.

HYPÉRION À BELLARMIN

Je ne puis qu'ici ou là dire d'elle un mot bref. Il me faut quand je dois parler d'elle oublier tout ce qu'elle est en sa totalité. Me plonger dans l'illusion qu'elle aurait vécu en des temps anciens, que j'aurais par des récits appris deux ou trois choses d'elle, si je veux éviter que son image vivante s'empare de mon être, si je ne veux pas succomber dans le ravissement et la douleur, si je ne veux pas mourir de la joie qu'elle me causerait et mourir de tristesse en pensant à elle.

HYPÉRION À BELLARMIN

Peine perdue ; je ne puis me le dissimuler. Où que je fuie avec mes pensées, dans les cieux ou au fond des gouffres, au commencement et à la fin des temps, et même si je me jetais dans les bras de celui qui fut mon dernier refuge, qui jadis consumait tout souci que je pus connaître, qui brûlait en moi tout plaisir et toute douleur de ma vie dans la flamme où il se manifestait, même si je me jetais dans les bras de ce magnifique esprit secret de l'univers, et m'immergeais dans ses profondeurs comme dans l'océan sans fond, même alors, le délicieux effroi, le délicieux, le troublant, le mortel effroi de songer que la tombe de Diotime est toute proche de moi finirait par me retrouver.

Entends-tu ? entends-tu ? La tombe de Diotime !

Mon cœur s'était pourtant tellement apaisé, et mon amour était enterré avec la morte que j'aimais.

Tu sais bien, mon Bellarmin ! pendant longtemps je ne t'ai rien écrit à son sujet, et quand je l'ai fait, je t'ai écrit tranquillement comment je vois les choses.

Que se passe-t-il alors, maintenant ?

Je sors et descends jusqu'à la rive et mes yeux cherchent Calaurée, là-bas, de l'autre côté, où elle repose. Voilà.

Ô, que personne ne me prête la barque, que personne n'ait pitié de moi ni ne m'offre sa rame ni ne m'aide à passer le détroit jusqu'à elle.

Ô, que la mer si bonne ne se calme pas, pour que je n'aille point me fabriquer quelque esquif de planches et me transporter ainsi jusqu'à elle.

Ce que je veux, c'est me précipiter dans les flots en furie et demander aux vagues de me jeter sur la berge de Diotime ! –

Mon cher frère ! je console mon cœur par toutes sortes de chimères, me verse mainte potion somnifère ; et certes il y aurait plus de grandeur à se libérer à jamais qu'à chercher le secours dans des palliatifs ;

mais qui n'en est pas là ? Malgré tout, j'en suis satisfait.

Satisfait ? ah, ce serait bien ! c'est qu'il y aurait alors un recours quand aucun dieu ne peut plus porter secours.

Mais... bon ! j'ai fait ce que je pouvais. Je demande au Destin qu'il me rende mon âme.

HYPÉRION À BELLARMIN

N'était-elle pas mienne, ô vous, les sœurs du Destin [1], n'était-elle pas mienne ? Je prends à témoin les sources pures, et les arbres innocents qui nous écoutaient avec attention, et la lumière du jour, et l'éther ! n'était-elle pas mienne ? unie à moi dans toutes les tonalités de la vie ?

Où est l'être, qui, autant que le mien, l'a connue ? En quel miroir se sont recueillis, comme ils le firent en moi, les rayons de cette lumière ? n'a-t-elle pas joyeusement pris peur à la vue de sa propre splendeur, quand elle s'est elle-même aperçue dans ma joie ? Ah, où est le cœur qui, tel le mien, fut partout proche d'elle, et tel le mien la combla à ce point et fut comblé par elle, qui fut autant que lui le seul à exister pour entourer le sien, comme les cils cernent l'œil.

Nous n'étions qu'une seule et même fleur, et nos âmes vivaient l'une dans l'autre, comme la fleur quand elle aime et dissimule ses tendres bonheurs dans le calice refermé.

Et pourtant, et pourtant, telle une couronne usurpée qu'on a prétendu porter, ne me fut-elle pas arrachée et déposée dans la poussière ?

1. Les Parques.

HYPÉRION À BELLARMIN

Avant que l'un de nous le sût encore, nous nous appartenions.

Quand avec tous les hommages que lui rendait mon cœur, et succombant avec bonheur, je me trouvais ainsi face à elle, sans rien dire, et que toute ma vie s'abandonnait dans les rayons des yeux qui ne voyaient qu'elle, n'embrassaient qu'elle, et qu'à son tour elle me regardait avec quelque tendre doute, ignorant où j'étais en pensée, quand bien des fois, enfoui dans le bonheur et la beauté, je l'observais en train de s'affairer à quelque ravissante activité, et qu'autour de son plus subtil mouvement, telle une abeille parmi les rameaux ondulants, mon âme ne cessait de l'effleurer en virevoltant, et qu'alors elle se tournait vers moi, pensive et apaisée, et surprise par ma joie devait se dissimuler cette même joie, et tentait de retrouver son calme dans la chère tâche qui l'occupait, et de fait le retrouvait…

Quand riche de sa merveilleuse omniscience, elle me dévoilait, avant même que je l'eusse perçue, la moindre harmonie, le moindre désaccord dans les profondeurs de mon être, au moment même où ils commençaient d'être, quand elle décelait la moindre ombre d'un léger nuage sur mon front, la moindre ombre de mélancolie, le moindre soupçon de fierté sur ma lèvre, la moindre étincelle en mon œil, quand elle auscultait en mon cœur les flux et les reflux et pressentait, soucieuse, des heures tristes à venir, cependant que mon esprit se consumait avec des débordements d'intempérance et de prodigalité dans une conversation foisonnante, quand cet être adorable, plus fidèle qu'un miroir, me révélait le moindre changement apparu sur ma joue, et bien souvent me reprenait en raison de mon être inconstant avec des témoignages d'amicale et soucieuse sollicitude, et me grondait comme un enfant chéri…

Ah, et ce jour, Innocente, où tu comptas sur tes doigts le nombre de marches qu'il fallait descendre pour se rendre depuis notre montagne jusqu'à ta demeure, quand tu m'as montré tes lieux de promenade, les endroits où jadis tu t'étais assise, quand tu m'as raconté comment tu y avais alors vu défiler le temps, et m'as dit à la fin qu'il te semblait désormais que moi aussi, je m'étais depuis toujours trouvé là…

N'étions-nous pas alors, sans le savoir, depuis longtemps l'un à l'autre ?

HYPÉRION À BELLARMIN

Je construis pour mon cœur une tombe, pour qu'il y puisse reposer ; je m'enveloppe d'un cocon, parce que partout c'est l'hiver ; je m'entoure, avant la tempête, de souvenirs heureux.

Un jour nous nous trouvions assis dans le jardin de Diotime en compagnie de Notara – c'est le nom de l'ami chez qui je vivais – et de quelques autres, qui comme nous comptaient parmi les non-natifs de Calaurée, sous les amandiers en fleur, et devisions, entre autres choses, sur l'amitié.

J'avais peu participé à la discussion, me gardant depuis quelque temps de parler d'abondance sur des sujets qui concernent d'abord le cœur, tant ma Diotime m'avait rendu peu loquace.

Au temps, s'écria finalement l'un d'entre eux, où vivaient Harmodios et Aristogiton [1], il existait encore de l'amitié quelque part. Ces paroles me réjouirent trop, je ne pouvais plus me taire.

---

1. Pendant les Panathénées de 545 avant notre ère, Aristogiton assassina le frère du tyran athénien Hippias, Hipparchos, qui avait des vues sur Harmodios, le favori d'Aristogiton. Harmodios et Aristogiton perdirent ensuite la vie, et leur double mort entra dans la légende démocratique d'Athènes.

« On devrait pour cette phrase te tresser une couronne ! » m'exclamai-je à son intention. As-tu donc vraiment une idée de ce que c'était ? As-tu un point de comparaison avec l'amitié d'Aristogiton et d'Harmodios ? Pardonne-moi ! Mais, par l'Éther ! il faut être Aristogiton lui-même pour ressentir combien Aristogiton aimait, et il est vraisemblable qu'il ne redoutait pas la foudre celui qui voulait être aimé de l'amour d'Harmodios, car si je ne m'abuse, ce terrible jeune homme devait aimer avec toute la rigueur de Minos [1]. Peu d'êtres ont satisfait à pareille mise à l'épreuve, et il n'est guère plus aisé d'être l'ami d'un demi-dieu, que d'être comme Tantale, assis à la table des dieux. Mais il n'est rien non plus d'aussi merveilleux en ce monde qu'un couple d'êtres fier, comme l'étaient ces deux êtres, quand ils se sont à ce point assujettis l'un à l'autre.

C'est aussi ce que j'espère et ce qui me cause du plaisir dans les heures de solitude : que des accents aussi grands et de plus grands encore doivent nécessairement revenir dans la symphonie du cours du monde. L'amour a engendré des millénaires d'hommes pleinement vivants ; l'amitié les engendrera de nouveau. Les peuples autrefois ont surgi d'une harmonie d'enfants, l'harmonie des esprits sera le commencement d'une nouvelle histoire universelle. Les hommes ont commencé au hasard heureux des plantes, et ils ont grandi et grandi jusqu'à leur maturité ; et dès lors ils n'ont cessé de continuer à fermenter, du dedans et du dehors, jusqu'à ce que le genre humain, à force de s'être infiniment décomposé, soit dans un tel chaos que ceux qui ressentent et voient les choses sont pris de vertige ; mais la beauté s'échappe de l'existence des hommes et monte dans l'esprit. Devient Idéal ce qui était Nature, et quand bien même, à son pied, l'arbre est desséché et tout ravagé, une cime entièrement neuve y est née cependant, qui verdoie dans le soleil,

1. Roi mythique de Crète qui officie aux Enfers avec son frère Rhadamante.

comme le faisait jadis le tronc aux jours de la jeunesse. Est idéal ce qui était nature. Et en cet idéal, cette divinité rajeunie, ceux du petit nombre se reconnaissent et ils ne font plus qu'Un, car il y a en eux quelque chose qui est Un – et c'est à partir d'eux, oui, d'eux, que commence la deuxième Ère de l'univers – j'en ai dit assez pour qu'on comprenne bien ce que je pense.

Tu aurais dû voir comme Diotime bondit alors et me tendit les deux mains en s'écriant : j'ai compris, très cher, parfaitement compris, tout ce que ces mots disent.

L'amour a engendré le monde, l'amitié l'engendrera de nouveau.

Alors, ô vous les Dioscures de l'avenir, les nouveaux Dioscures, faites halte un instant lorsque vous passerez non loin du lieu où dort Hypérion, attardez-vous un peu et méditez sur la cendre de l'homme oublié, et dites : s'il était ici aujourd'hui, il serait comme l'un de nous.

Voilà les paroles que j'ai entendues, mon cher Bellarmin, voilà ce que j'ai appris, et je ne voudrais pas de moi-même aller à la mort ?

Eh oui, oui, je suis payé d'avance, j'ai vécu. Un dieu pouvait supporter plus de joie, pas moi.

HYPÉRION À BELLARMIN

Me demandes-tu comment je me suis trouvé pendant tout ce temps ? Comme quelqu'un qui a tout perdu pour tout gagner.

Souvent, c'est vrai, je suis sorti des bois de Diotime comme un homme ivre de victoire. Souvent il fallut impérieusement que je la quitte vite pour ne pas trahir auprès d'elle la moindre de mes pensées ; tant la joie se déchaînait en moi, ainsi que la fierté, et l'enthousiasme absolu de me croire aimé de Diotime.

Alors je recherchai les montagnes les plus hautes et les brises pures de leurs cimes, et tel l'aigle dont l'aile ensanglantée a guéri, mon esprit se mouvait librement dans l'espace, se dilatait comme si le monde visible lui appartenait. Ô merveille ! souvent il me semblait que les choses de la terre se purifiaient, fondaient comme l'or dans mon feu, et que de leur fusion avec moi surgissait quelque chose de divin, tant la joie se déchaînait en moi ; et comme je soulevais alors les enfants et les pressais sur mon cœur palpitant, comme je saluais les plantes et saluais les arbres ! j'aurais presque souhaité, tant j'étais pris d'amour fou pour toute chose, jouir de quelque sortilège qui m'eût permis de rassembler autour de mes mains généreuses, tel un petit peuple familier, les cerfs farouches et tous les oiseaux sauvages de la forêt.

Mais peu de temps après, telle la flamme d'une lampe, tout cela s'était éteint en moi, et je me retrouvais muet et triste comme une ombre, cherchant la vie évanouie. Je n'avais aucune envie de me plaindre, non plus que de me consoler. Je rejetai l'espoir comme le paralytique qui ne supporte plus ses béquilles ; j'avais honte de pleurer ; j'avais honte de l'existence en général. Ma fierté finit cependant par éclater en sanglots, et la souffrance que j'aurais voulu nier finit par m'être chère, et je la posai comme un enfant contre mon sein.

Non, criait mon cœur, non, ma Diotime ! je n'ai pas mal. Garde ta paix et laisse-moi aller mon chemin. Ne laisse pas s'altérer ta sérénité, douce et noble étoile, quand sous toi tout n'est que miasmes troubles.

Ô, empêche ta rose de pâlir, bienheureuse jeunesse des dieux ! ne laisse pas ta beauté vieillir dans les soucis de la terre. Car c'est ma joie, douce vie, de savoir que tu portes en toi-même le ciel insoucieux. Il ne faut pas que tu rencontres le manque, non, non, ni que tu connaisses en toi-même la pauvreté de l'amour [1].

---

1. Éros, dans *Le Banquet* de Platon, est fils de Poros (la richesse) et de Penia (la pauvreté).

Et quand je redescendais jusque chez elle – j'aurais voulu interroger la brise légère et le passage des nuages pour savoir comment je me trouverais dans une heure ! –, comme j'étais heureux alors de rencontrer en chemin quelque visage ami et que son « beau jour [1] ! » ne résonnât point trop sèchement à mes oreilles !

Quand une petite fille sortait de la forêt et me tendait pour me le vendre un bouquet de fraises, en me regardant comme si elle avait voulu me l'offrir, ou quand j'apercevais, passant non loin de lui, un paysan installé dans son arbre pour la cueillette des cerises, qui m'interpellait d'entre les branches pour savoir si je ne voulais pas en déguster une poignée : c'étaient autant de signes favorables pour mon cœur superstitieux.

Et si, tournée vers le chemin par où je descendais, l'une des fenêtres de Diotime était ouverte, comme je pouvais alors me sentir bien !

Peut-être avait-elle peu auparavant regardé à cette fenêtre.

Enfin je fus là devant elle, essoufflé et titubant, et pressai mes bras croisés contre mon cœur, pour ne pas sentir son tremblement, et pareil au nageur s'arrachant à des eaux qui l'emportent, mon esprit se débattait et luttait pour ne pas disparaître englouti dans l'amour infini.

De quoi allons-nous malgré tout parler rien qu'un peu ? pus-je encore lui dire, on a souvent quelque peine, on ne trouve pas d'objet auquel attacher les pensées.

Vont-elles donc de nouveau s'enfuir dans les airs ? répliqua ma Diotime. Il faut que tu leur fixes du plomb sur les ailes, ou alors je vais les lier à un fil, comme le gamin attache son cerf-volant, pour qu'il ne nous échappe pas.

---

1. Hölderlin écrit ici à la grecque « *Schönen Tag !* », c'est-à-dire le grec *Kalimera !* (et non *Guten Tag !*).

La chère enfant tentait de me venir en aide, ainsi qu'à elle-même, par quelque plaisanterie, mais sans grand succès.

Oui, oui m'écriai-je, comme tu voudras, comme tu le juges bon – veux-tu que je fasse la lecture ? Ton luth est sans doute encore accordé d'hier – et à dire vrai je n'ai rien à lire présentement…

Tu m'as, dit-elle, plus d'une fois promis de me raconter comment tu vivais avant que nous fassions connaissance, est-ce qu'aujourd'hui tu ne voudrais pas…

C'est vrai, lui ai-je alors répondu ; mon cœur se précipitait vers ce sujet et je lui ai alors parlé, comme à toi, d'Adamas et de mon séjour solitaire à Smyrne, d'Alabanda et de la façon dont j'avais été séparé d'avec lui, et de l'incompréhensible maladie qui avait affecté mon être, avant que je passe à Calaurée – maintenant tu sais tout, lui ai-je dit tranquillement, quand j'eus fini, maintenant tu te heurteras moins à ma nature ; maintenant, ajoutai-je en souriant, ne vous moquez pas de ce Vulcain [1] ! s'il boite, car par deux fois les dieux l'ont jeté du ciel sur la terre.

Tais-toi, s'exclama-t-elle d'une voix étouffée en dissimulant ses larmes dans son foulard, ô, tais-toi et ne plaisante pas sur ton destin, ni sur ton cœur ! car je le comprends, et mieux que toi.

Cher… cher Hypérion ! Il est sans doute difficile de t'aider.

Sais-tu, continua-t-elle en élevant la voix, sais-tu donc de quoi tu te languissais, la seule chose qui te manque, ce que tel Alphée cherchant Aréthuse [2] tu recherches, et de quoi tu portais le deuil au fond de toute ta tristesse ? C'est quelque chose qui n'a pas disparu voici seulement quelques années, on ne peut pas

1. *Vulkan* : le mot veut dire aussi « volcan ». Héphaïstos, fils de Zeus et d'Héra, boite…

2. L'Alphée, principale rivière du Péloponnèse, a sa source en Arcadie et se jette dans la mer Ionienne à l'ouest. Le mythe veut qu'il cherche au fond de la mer la nymphe Aréthuse, une source de l'île d'Ortygia, près de la Sicile.

précisément dire quand cela fut, ni quand c'est parti, mais ce fut, c'est, et c'est en toi ! C'est un temps meilleur, et tu le recherches, un monde plus beau. C'est uniquement ce monde que tu étreignais en tes amis, avec eux tu étais toi-même ce monde.

Avec Adamas, ce monde était né en toi ; et il était parti avec lui. Avec Alabanda sa lumière t'est apparue pour la deuxième fois, mais plus brûlante, plus ardente, et c'est pourquoi aussi, pour ton âme, ce fut comme minuit, quand pour toi il ne fut plus là.

Comprends-tu donc maintenant pourquoi chez toi le moindre doute au sujet d'Alabanda ne pouvait que devenir doute absolu et désespoir ? pourquoi tu l'as repoussé, parce que tout simplement il n'était pas un dieu ?

Ce ne sont pas des hommes que tu cherchais, crois-moi, tu voulais un monde. C'est la perte de tous les siècles d'or, tels que tu les ressentais condensés en un seul et même moment de bonheur, l'esprit de tous les esprits d'un temps meilleur, et la force de toutes les forces des héros qu'un seul individu, un être humain, était censé compenser ! Vois-tu combien tu es pauvre, combien tu es riche ? pourquoi tu ne peux t'empêcher d'être si fier, mais également aussi abattu ? pourquoi la joie et la souffrance alternent chez toi de si effrayante manière ?

C'est parce que tu possèdes tout et ne possèdes rien, parce que le fantôme des jours d'or qui sont censés advenir t'appartient, et cependant n'est pas là, parce que tu es un citoyen des territoires de la justice et de la beauté, parce que tu es un dieu parmi les dieux dans les beaux rêves qui t'effleurent en plein jour, et parce que lorsque tu t'éveilles, tu te trouves en fait sur le sol de la Grèce moderne.

Deux fois as-tu dit ? mais, en une seule et même journée, c'est soixante-dix fois que tu es précipité du ciel sur la terre. Faut-il que je te dise ? Je crains pour toi que tu supportes très difficilement la destinée de ces temps. Tu tenteras encore bien des choses, tu seras…

Ô Dieu ! Et ton dernier refuge sera une tombe.

Non, Diotime, m'écriai-je, non, par tous les dieux, non ! Aussi longtemps qu'une mélodie, une seule, résonne encore en moi, je ne redoute pas le silence de mort des terres désertiques qui sont sous les étoiles ; aussi longtemps que brillent le soleil ainsi que Diotime, il n'y aura pas de nuit pour moi.

Sonne le glas pour toutes les vertus ! car je t'entends, toi, toi le chant de ton cœur, toi mon amour, et je découvre une vie immortelle lors même que tout s'étiole et s'éteint.

Ô Hypérion, s'écria-t-elle, comment parles-tu ?

Je parle comme il faut que je parle. Je ne peux, je ne peux plus longtemps cacher tout le bonheur et la peur et le souci… Diotime ! Oui, tu le sais bien, tu ne peux pas ne pas le savoir, tu l'as compris depuis longtemps, que je mourrai, si tu ne me tends pas la main.

Diotime était touchée, troublée.

Et c'est sur moi, s'écria-t-elle, sur moi qu'Hypérion veut s'appuyer ? oui, je le souhaite, pour la première fois aujourd'hui je souhaite être plus qu'une simple jeune fille mortelle. Mais je ne suis pour toi que ce que je puis être.

Ô, mais tu es pour moi ainsi absolument Tout ! m'écriai-je.

Tout ? méchant hypocrite ! et l'humanité entière qu'en fin de compte tu aimes uniquement ?

L'humanité, dis-je, je voudrais que l'humanité fasse de Diotime sa devise et peigne ton visage sur ses étendards [1], et dise : que ce jour soit celui de la victoire du divin ! Anges du ciel ! C'en serait un jour, celui-là !

Va-t'en, s'écria-t-elle, et montre au ciel ta transfiguration ! car pour moi il vaut mieux qu'elle ne soit pas si proche.

N'est-ce pas, tu t'en vas, cher Hypérion ?

J'ai obéi. Qui n'aurait pas obéi alors ? Je partis. Je ne l'avais encore jamais quittée ainsi. Ô Bellarmin, ce fut

1. La formule convoque ici une locution, « écrire quelque chose sur son drapeau », de façon à ne pas oublier.

une joie, un silence de l'existence, une paix des dieux, une joie céleste, merveilleuse, inconnaissable.

Les mots sont vains ici, et celui qui demanderait à quoi la comparer fournirait bien la preuve ainsi qu'il ne l'a jamais rencontrée. La seule chose qui pouvait exprimer pareille joie, c'était le chant de Diotime suspendu dans l'or des harmonies du registre médian, entre les hauteurs et les basses.

Ô prairies des berges du Léthé ! sentiers rougis par le couchant dans les forêts de l'Élysée ! lys surgissant en lisière des ruisseaux dans la vallée ! couronnes de roses sur les collines ! je crois en vous en cette heure amie, et je parle à mon cœur : là-bas tu la retrouveras, ainsi que toute la joie que tu as perdue.

HYPÉRION À BELLARMIN

Je veux te parler de plus en plus de ce bonheur qui fut le mien.

Je veux mettre mon sein à l'épreuve des joies du temps passé jusqu'à ce qu'il soit dur comme l'acier, je veux m'exercer à leur aune, jusqu'à ce que je sois invincible.

C'est que, souvent ! tel un coup d'épée, elles s'abattent sur mon âme, mais je joue alors de l'épée tant que je n'y suis pas encore habitué, je garde la main sur le feu jusqu'à ce que je le supporte comme si c'était de l'eau.

Je ne veux pas mollir ; oui, je veux être fort ! je ne veux rien me dissimuler, je veux faire revenir du tombeau de tous mes bonheurs celui qui fut le plus grand.

Il est incroyable que l'homme doive ainsi redouter ce qu'il y a de plus beau ; mais c'est ainsi.

Ô n'ai-je pas cent fois fui pourtant ces instants, fui ce délice mortifère de mes souvenirs et détourné mes regards, comme un enfant fuit les éclairs ! mais dans le généreux jardin du monde il ne pousse rien de plus cher que mes joies, rien de plus noble que mes joies ne prospère dans le ciel et sur la terre.

Mais c'est à toi seul, mon Bellarmin, c'est seulement à une âme libre et pure comme la tienne que je raconte tout cela. Je ne veux pas être aussi prodigue que le soleil l'est de ses rayons ; je ne veux pas jeter mes perles à la foule imbécile.

Depuis le dernier dialogue entre nos âmes, je me connaissais chaque jour de moins en moins bien. Je sentais qu'il y avait un mystère sacré entre Diotime et moi.

J'étais frappé d'étonnement, je rêvais. Comme si autour de minuit un esprit bienheureux m'était apparu et m'avait élu comme compagnon : ainsi en allait-il de mon âme.

Ô l'étrange mélange de félicité et de mélancolie quand se révèle ainsi que nous sommes à jamais sortis de l'existence ordinaire.

Il ne m'avait jamais, depuis ce jour, été possible de voir Diotime seule. Il fallait toujours qu'un tiers vînt nous déranger, nous séparer, et le monde s'étendait entre elle et moi comme un vide infini. Six journées d'angoisse mortelle s'écoulèrent ainsi sans que j'apprisse rien de Diotime. C'était comme si notre entourage paralysait mes sens, comme s'il tuait toute ma vie extérieure, afin que par aucun chemin mon âme enfermée ne pût se rendre jusqu'à elle.

Quand je voulais la chercher du regard, la nuit tombait devant moi, quand je voulais m'adresser à elle en disant un moindre mot, il s'étouffait dans ma gorge.

Ah ! bien souvent cette sainte langueur sans nom fut près de me déchirer la poitrine, et souvent mon puissant amour s'est encoléré en moi comme un Titan captif. Jamais mon esprit ne s'était insurgé si profondément, si intensément et irréparablement contre les chaînes que le destin lui avait forgées, contre l'impitoyable loi de fer qui faisait de lui un être séparé, qui l'empêchait de constituer une âme unique avec sa chère moitié [1].

---

1. Hypérion reprend ici le mythe développé par Aristophane dans *Le Banquet* de Platon, où deux corps autrefois unis et aujourd'hui séparés s'efforcent de se retrouver.

La nuit étoilée était désormais mon élément. Alors, quand le silence était aussi intense qu'au fond des entrailles de la terre où croît l'or mystérieux, alors renaissait peu à peu la vie plus belle de mon amour.

Alors mon cœur exerçait son droit de poésie. Me disait comment l'esprit d'Hypérion avait joué avec sa douce et noble Diotime dans l'antichambre de l'Élysée, avant de descendre sur la terre, pendant une enfance divine bercée par le chantonnement harmonieux de la source, sous des rameaux pareils à ceux que nous voyons sur la terre, quand ils scintillent embellis dans les reflets d'un fleuve d'or.

Et, comme le passé, la porte de l'avenir s'ouvrait en moi.

Et nous volions, Diotime et moi, nous voyagions comme les hirondelles d'un printemps de la terre à l'autre, par les vastes contrées du soleil et au-delà encore, vers les autres îles du ciel, le long des rivages dorés de Sirius, dans les vallées d'Arcturus [1], où séjournent les esprits…

Ô, c'est bien une chose parfaitement désirable que de boire dans le même calice avec l'aimée le bonheur de tout l'univers !

Enivré par la berceuse bienheureuse que je me chantais, je m'endormais parmi ces splendides visions.

Mais lorsque au rayon de l'aurore la vie de la terre se rallumait, je levais les yeux et cherchais les rêves de la nuit. Ils s'étaient évanouis, comme les belles étoiles, et seul le délice de la mélancolie témoignait en mon âme de leur existence.

J'étais triste ; mais je crois que chez les Bienheureux aussi il arrive qu'on soit triste de la sorte. Cette tristesse, c'était la messagère de la joie, elle était la grisaille qui précède l'aube et d'où surgissent les roses innombrables de l'aurore.

---

1. Sirius est la plus claire des étoiles fixes dans la constellation du Chien, Arcturus est une autre étoile très claire dans la constellation du Navire, visible en septembre.

Puis le jour brûlant de l'été avait enfin repoussé tout cela dans les ombres obscures. Autour de la maison de Diotime tout n'était également que vide et silence, et toutes les fenêtres étaient tendues de rideaux envieux qui me faisaient obstacle.

Je vivais dans la pensée de Diotime. Me demandais : où es-tu, où mon esprit solitaire pourra-t-il te trouver, tendre enfant ? As-tu les yeux perdus dans le vague de quelque état pensif ? As-tu mis ton travail de côté, posé le coude sur ton genou, et la tête dans ta petite main pour t'abandonner aux pensées les plus charmantes ?

Ah, que rien ne vienne troubler ma Paisible, quand elle rassérène son cœur de tendres images intérieures, que rien vraiment ne touche cette grappe de raisin, ni n'effleure la rosée rafraîchissante de ses grains délicats !

Ainsi rêvais-je. Mais tandis que mes pensées aux aguets tentaient de percer les murs de la maison et d'aller jusqu'à elle, mes pieds la cherchaient ailleurs, et avant que j'eusse pris conscience de ce que je faisais, je marchais déjà sous les arcades de la forêt sacrée, derrière le jardin de Diotime, là même où je l'avais vue la première fois. Mais que se passait-il ? J'avais, en effet, si souvent fréquenté ces arbres entre-temps, ils m'étaient plus familiers, et j'étais moins inquiet sous leurs branches maintenant ; une force prenait possession de moi, comme si j'entrais dans l'ombre de Diane pour aller mourir aux pieds de la divinité présente [1].

Cependant j'allai plus loin. À chaque pas un merveilleux sortilège grandissait en moi. J'aurais voulu voler, et mon cœur me poussait en avant ; mais on eût dit que j'avais des semelles de plomb. Mon âme m'avait précédé sans attendre, elle avait quitté mon corps terrestre. Je n'entendais plus rien, et devant moi

---

1. Diane, l'Artémis des Grecs, est la farouche chasseresse, sœur d'Apollon, qui transforme en cerf, déchiré par les chiens, le chasseur Actéon, coupable de l'avoir surprise au bain ; voir Ovide, *Les Métamorphoses*, III, 131-252.

toutes les formes se confondaient et vacillaient. Mon esprit était déjà chez Diotime. La cime de l'arbre jouait dans la lumière de l'aurore, cependant que ses branches basses étaient encore plongées dans le froid de l'aube naissante.

Ah, mon Hypérion, s'écria alors une voix qui venait à ma rencontre. Je me précipitai vers elle : « Ma Diotime ! oh, ma Diotime ! » et les autres mots me manquèrent, et le souffle et la conscience des choses.

Disparais, disparais, vie mortelle, affairement besogneux où l'esprit solitaire n'est bon qu'à contempler et compter les pfennigs amassés ! nous sommes tous appelés à connaître la joie de la divinité !

Il y a ici un temps vide dans mon existence. Je mourus, et comme je revenais à la vie, j'étais contre le cœur de cette céleste enfant.

Ô vie de l'amour ! comme tu avais grandi chez elle à pleines fleurs gracieuses. Sa petite tête charmante, comme bercée et endormie par le chant de génies bienheureux, reposait sur mon épaule, souriait d'une paix délicieuse, puis elle leva vers moi son regard éthéré avec un étonnement empreint de joyeuse innocence, comme s'il se portait alors pour la première fois sur le monde.

Longtemps nous restâmes ainsi à nous regarder dans un bel oubli de nous-mêmes, ignorant l'un et l'autre ce qui nous arrivait, puis la joie se mit à déborder en moi et la parole que j'avais perdue revint à son tour au milieu des larmes et des accents de ravissement, ramenant aussi entièrement à l'existence ma silencieuse enthousiasmée.

Enfin nous regardâmes de nouveau autour de nous.

Ô mes vieux arbres, mes bons amis ! s'écria Diotime comme si elle les avait longtemps quittés des yeux, et le souvenir des jours passés où elle avait été solitaire jouait adorablement autour de ses joies, comme les ombres sur la neige vierge quand elle rosit dans la lumière joyeuse du couchant.

Ange du ciel ! m'écriai-je, qui peut concevoir ton être ? qui peut dire qu'il t'a jamais entièrement comprise ?

T'étonnes-tu, reprit-elle, que j'aie tant de bonté pour toi ? Très cher ! fier modeste ! suis-je donc moi aussi de ceux qui ne peuvent croire en toi, ne t'ai-je pas sondé jusqu'aux tréfonds, n'ai-je pas reconnu le génie dans ses nuées ? Voile-toi donc, et cesse de te voir toi-même ; c'est moi qui vais te faire apparaître, je vais…

Mais il est là, que dis-je, il a surgi comme une étoile, il a brisé la gangue et le voici tel un printemps ; il a surgi comme une source cristalline de la grotte ténébreuse ; ce n'est pas le sombre Hypérion, ce n'est plus la tristesse farouche – ô mon majestueux jeune homme[1] !

Tout cela était pour moi comme un rêve. Pouvais-je croire à ce miracle de l'amour ? le pouvais-je ? la joie m'aurait presque tuée.

Ô Divine, m'écriai-je, parles-tu avec moi ? peux-tu nier ainsi ton être, ô bienheureuse fille libre[2] ? peux-tu ainsi éprouver de la joie en moi ? Ô, je vois maintenant, je sais maintenant ce que j'ai souvent pressenti, l'homme est une parure dont un dieu souvent s'habille, un calice où le ciel verse son nectar pour faire goûter à ses enfants ce qu'il y a de meilleur. –

Oui, oui, m'interrompit-elle avec un sourire exalté, ton frère par le nom, le majestueux Hypérion des cieux, il est en toi.

Laisse-moi, m'écriai-je, laisse-moi être tien, fais-moi oublier ce qui est mien, que toute vie en moi et tout esprit ne vole plus que vers toi ! vers toi seule, et te contemple avec bonheur éternellement ! ô Diotime ! je me suis déjà trouvé jadis ainsi devant la divine image que mon amour se créait, devant l'idole de mes rêves solitaires. Je la nourrissais avec confiance ; je la

1. *Junge* : ce substantif désigne plutôt le *garçon*. Hölderlin l'emploie ici pour *Jüngling*.

2. *Selbstgenügsame* : littéralement, « ce qui se suffit à soi ».

faisais vivre de ma propre vie, je la rafraîchissais, je la réchauffais des espoirs de mon cœur, mais elle ne me donnait rien alors que ce que j'avais donné, et quand je me trouvais appauvri, elle me laissait pauvre, et maintenant ! maintenant c'est dans mes bras que tu es, et je perçois le souffle de ton sein, et ton œil dans mon œil, cette belle présence envahit tous mes sens, et je résiste, je possède ainsi ce qu'il y a de plus magnifique et je ne tremble plus – oui, je ne suis vraiment plus celui que j'étais jadis, Diotime ! je suis devenu ton semblable, et désormais c'est le divin qui joue avec le divin, comme jouent des enfants. –

Mais j'aimerais quant à moi que tu t'apaises un peu, dit-elle.

Tu as bien raison, ô ma toute aimable ! m'écriai-je avec joie, sinon, en effet, les Grâces ne m'apparaîtront pas ; sinon, je n'apercevrai pas sur la mer de beauté les discrets mouvements gracieux de ses ondes. Ô je veux encore apprendre à ne rien laisser m'échapper de ton être. Donne-moi seulement le temps !

Flatteur ! s'écria-t-elle, mais c'est tout pour aujourd'hui, cher flatteur ! l'or du nuage du soir m'a mise en garde. Ô, ne sois pas triste ! Garde en toi et en moi cette joie pure ! Continue de la faire résonner en toi jusqu'à demain et ne va pas la tuer par quelque humeur chagrine – les fleurs du cœur réclament des soins amicaux. Leurs racines sont partout, mais elles-mêmes ne prospèrent que dans une atmosphère sans nuage. Adieu [1], Hypérion !

Elle s'éclipsa. Et de la voir ainsi disparaître dans l'embrasement de sa beauté tout mon être s'enflamma en moi.

Ô écoute ! m'écriai-je en courant après elle et déposant mon âme en baisers infinis au creux de ses mains.

Dieu ! s'écria-t-elle, que sera-ce à l'avenir !

Ces mots me touchèrent. Pardonne-moi, Céleste, lui dis-je, je m'en vais. Bonne nuit, Diotime ! pense encore à moi quelque peu !

---

1. *Leb wohl* : littéralement, « vis bien ».

Je n'y manquerai pas, s'écria-t-elle, bonne nuit !

Et plus un mot maintenant, Bellarmin ! Ce serait trop pour mon cœur patient. Je suis tout ébranlé de ce que je ressens. Mais je vais maintenant sortir un peu, aller marcher parmi les plantes et les arbres, et m'allonger sous leurs branches et prier, implorer la nature qu'elle me conduise, moi aussi, jusqu'à ce repos.

HYPÉRION À BELLARMIN

Nos âmes vivaient désormais de concert une liberté et une beauté de plus en plus grandes, et tout en nous, tout autour de nous s'unissait en une paix dorée. On eût dit que l'ancien monde était mort et qu'un autre monde commençait avec nous, tant tout était devenu force, esprit, amour et facilité, et nous voguions et tous les êtres avec nous voguaient comme suspendus dans une bienheureuse unité, tel un chœur de mille notes indissociables, à travers l'éther infini.

Nos dialogues glissaient sans obstacle, coulaient comme une eau azur où le sable d'or scintille par moments, et la paix où nous étions était celle d'un sommet de montagne, quand dans la splendeur solitaire de la cime, loin au-dessus des zones de tempêtes, ne bruisse plus que le souffle divin dans les mèches bouclées de l'audacieux marcheur.

Et cette sainte et merveilleuse tristesse, quand l'heure de la séparation venait résonner au cœur de notre enthousiasme, quand souvent je m'écriais : nous voici de nouveau mortels, Diotime ! Et quand elle me disait : la condition mortelle est une apparence, elle est comme ces couleurs qui tremblent devant nos yeux quand ils ont contemplé trop longuement le soleil !

Ah, et tous ces jeux bienheureux de l'amour ! Les mots flatteurs, les moments de souci, les réactions de la sensibilité, le mélange de rigueur et d'indulgence.

Et cette connaissance absolue qui nous rendait transparents l'un à l'autre, et la foi infinie avec laquelle nous nous magnifiions l'un l'autre !

Oui, c'est vrai, l'homme est un soleil qui voit tout, qui éclaire tout quand il aime, et quand il n'aime pas, il est une demeure obscure où brûle mal et fume un maigre lumignon.

Il faudrait que je me taise, il faudrait que j'oublie et me taise.

Mais la flamme attirante me tente irrésistiblement jusqu'à ce que je me jette sur elle tout entier et périsse comme l'insecte.

Au milieu de tout ce bienheureux échange sans retenue, je sentis un jour que Diotime était plus silencieuse, de plus en plus silencieuse.

Je demandai, je suppliai. Mais cela ne semblait que l'éloigner davantage et pour finir ce fut elle qui me supplia de ne plus lui poser de question, de partir, et de l'entretenir d'autre chose quand je reviendrais. Ce qui provoqua chez moi aussi un silence douloureux, où je ne me retrouvais pas moi-même.

J'avais l'impression qu'un destin inconcevablement brutal avait juré la mort de notre amour, que toute vie était enfuie, hors de moi, hors de tout.

À dire vrai cela me faisait honte ; je savais assurément que le cœur de Diotime n'était pas gouverné par le Hasard. Mais elle ne cessait d'être pour moi un objet d'émerveillement, et mon esprit trop gâté et jamais satisfait voulait un amour toujours manifeste et présent ; pour lui, les trésors fermés étaient des trésors perdus. Ah, dans mon bonheur, j'avais désappris d'espérer et en ce temps-là j'étais encore pareil aux enfants impatients qui pleurent pour une pomme encore dans l'arbre, comme si ce fruit n'existait pas tant qu'il ne baisait pas leurs lèvres. Je n'eus de cesse ni repos, j'implorai de nouveau, impétueux et humble, tendre et coléreux, l'amour m'armait de son éloquence toute-puissante et modeste, et alors,... ô ma Diotime ! Alors je l'eus, l'aveu charmant, et maintenant je l'ai et le garderai jusqu'au jour où moi aussi, avec tout ce qui est de moi, la vague de l'amour me ramènera au pays, à l'antique séjour, dans le sein de la nature.

L'innocente ! Elle ne connaissait pas encore la puissante plénitude de son cœur, elle était adorablement effrayée par la richesse qui était en elle, elle l'enfouissait dans les tréfonds de son sein – et sa façon alors d'avouer, ô l'ingénuité sainte, d'avouer dans les larmes qu'elle aimait trop, et de prendre congé de tout ce que jadis elle avait bercé contre son cœur, et de s'exclamer : me voici infidèle maintenant au mois de mai et à l'été et à l'automne et je ne tiens plus compte comme jadis du jour et de la nuit, je n'appartiens plus au ciel et à la terre, je n'appartiens plus qu'à un être, à un seul, mais les fleurs de mai et la flamme de l'été et les fruits mûrs de l'automne, et la clarté du jour et la gravité de la nuit, et la terre et le ciel sont pour moi tout entiers réunis en ce seul être ! C'est ainsi que j'aime – et comme alors, en la pleine allégresse de son cœur, elle m'a regardé, m'a enlacé dans ses jolis bras avec une joie audacieuse et sainte, comme elle a baisé mon front et ma bouche, ah ! Et comme sa tête s'est enfouie, divine, et défaillant de volupté, dans mon cou dénudé, comme ses lèvres douces se sont posées sur mon sein palpitant, insinuant jusqu'en mon âme son souffle adorable – ô, Bellarmin ! Je défaille et mon esprit s'échappe.

Je vois, je vois comment tout cela ne peut que finir. Le gouvernail est tombé dans le flot et le navire, tel un enfant attrapé par les pieds, est emporté et lancé sur les rochers.

HYPÉRION À BELLARMIN

Il y a de grandes heures dans la vie. Nous levons les yeux vers elles comme nous levons les yeux vers les figures colossales de l'avenir et de l'Antiquité, nous menons avec elles un magnifique combat, et quand elles ne nous mettent pas à genoux, elles deviennent alors comme des sœurs et ne nous quittent plus.

Un jour que nous étions assis tous ensemble dans notre montagne, sur une des pierres [1] de l'antique cité de cette île, et parlions de la fin qu'avait connue ici le lion Démosthène [2], et de la mort sacrée qu'il avait choisie en ce lieu pour se libérer des chaînes et des poignards macédoniens, l'un d'entre nous s'écria : ce grandiose esprit a quitté ce monde en plaisantant. Et pourquoi pas, dis-je alors, il n'avait plus rien à rechercher ici ; Athènes n'était plus que la catin d'Alexandre, et le monde entier était comme un cerf traqué à mort par le grand chasseur.

Ô Athènes, s'écria Diotime ; plus d'une fois la tristesse m'a envahie quand je regardais là-bas au loin et voyais monter le fantôme de l'Olympion [3] dans le bleu indistinct de l'horizon.

À quelle distance en sommes-nous ? demandai-je.

Une journée de mer, peut-être, répondit Diotime.

Une journée, m'écriai-je, et je n'y suis pas encore allé ? Il faut que nous fassions la traversée sans tarder, tous ensemble.

Parfaitement, s'écria Diotime ; ce sera belle mer demain, et tout est encore mûr et verdoyant.

Il faut pour ce pèlerinage le soleil éternel et la pleine vie de la terre immortelle.

Eh bien, demain ! dis-je, et tous acquiescèrent.

Nous partîmes tôt, et le coq chantait quand nous quittâmes la baie. Nous étions radieux, et le monde

---

1. Chandler signale l'usage, dans cette ville quasi abandonnée, de transformer les pierres des ruines en banquettes pour promeneurs.

2. L'orateur Démosthène (384-322 avant J.-C.) se suicida dans le temple de Poséidon sur l'île de Calaurée, pour échapper aux Macédoniens après la défaite d'Athènes ; Plutarque rapporte l'anecdote de ses derniers mots, adressés à un ancien comédien macédonien : « Tu peux jouer le rôle de Créon maintenant et jeter mon corps sans l'ensevelir […] » (chap. XXIX des *Vies exemplaires*).

3. Temple de Zeus olympien, dont il subsiste de très hautes colonnes.

avec nous brillait d'une fraîche clarté. Une jeunesse paisible et dorée habitait nos cœurs. Il y avait en nous comme la vie d'une île qui vient de naître de l'océan, et où commence le premier printemps.

Depuis longtemps déjà, grâce à l'influence de Diotime, il y avait davantage d'équilibre en mon âme. Je ressentais cela aujourd'hui deux ou trois fois plus purement, et les forces éparses de mon exaltation s'étaient toutes concentrées en un unique point d'or.

Nous discutions de l'excellence de l'antique peuple athénien, nous demandant d'où elle venait, en quoi elle consistait.

L'un de nous dit que c'était l'œuvre du climat ; un autre que c'était celle de l'art et de la philosophie ; un troisième qu'on la devait à la religion et à l'organisation politique.

L'art et la religion, la philosophie et l'organisation politique, dis-je alors, sont les fleurs et les fruits de l'arbre, et non sa terre ou ses racines. Vous prenez les effets pour les causes.

Mais si quelqu'un me dit que c'est le climat qui a fait tout cela, qu'il songe que nous aussi nous vivons toujours dans ce climat.

Le peuple d'Athènes a grandi en étant moins troublé, sous tous les rapports, que n'importe quel peuple de la terre, plus libre de quelque influence extérieure violente. Aucun conquérant ne l'affaiblit, aucun hasard de la guerre ne l'enivre, aucun culte étranger ne l'endort, aucune philosophie bâclée ne l'entraîne à une maturité trop précoce. Son enfance, telle celle du diamant en formation, est laissée à elle-même. On n'entend pratiquement pas parler des Athéniens avant l'époque de Pisistrate et d'Hipparque [1]. Ils ne participent que peu à la guerre de Troie, qui joua le rôle d'une serre en échauffant et en poussant à l'action prématurément la plupart des peuples grecs. – Aucune destinée exceptionnelle n'engendre un homme. Si les fils de ce genre de mère sont grands et colossaux,

1. Deux des derniers Tyrans.

jamais ils ne deviennent des êtres beaux, ou ce qui revient au même, des hommes, ou alors ils ne le deviennent que bien plus tard, quand les contrastes s'affrontent trop durement pour ne pas devoir, finalement, conclure une paix.

Avec son arrogante puissance, Lacédémone [1] se hâte de précéder les Athéniens, et se serait d'ailleurs, pour cette raison même, dispersée et désagrégée plus tôt si Lycurgue [2] n'était apparu et n'avait, en lui imposant sa discipline, contenu cette nature excessive. Dès lors, en effet, tout chez le Spartiate avait pris forme, toute excellence était atteinte, arrachée et payée du prix de l'ardeur et des efforts conscients, et pour autant qu'on puisse, en un certain sens, parler de la simplicité des Spartiates, il n'y eut cependant pas complètement chez eux à proprement parler, je veux dire, comme un don de la nature, de simplicité enfantine. Les Lacédémoniens ont brisé trop précocement l'ordre de l'instinct, ils sont sortis trop tôt de leur nature, et du coup la discipline a dû commencer chez eux trop tôt aussi ; car toute espèce de discipline et d'art intervient trop précocement quand la nature de l'homme n'a pas encore assez mûri. Il faut qu'ait vécu chez l'enfant des hommes une nature accomplie, avant qu'il aille à l'école, afin que l'image qu'il aura de l'enfance lui montre la voie du retour de l'école vers une nature accomplie [3].

Les Spartiates sont à jamais restés à l'état de fragment, car celui qui n'a pas d'abord été parfaitement enfant devient difficilement un homme parfait.

Certes, comme pour tous les Grecs, le ciel et la terre ont joué un rôle pour les Athéniens, ils ne leur ont fait don ni de la pauvreté ni de l'abondance. Les rayons du ciel ne sont pas tombés sur eux comme une pluie de feu. La terre ne les a pas cajolés, ne les a pas enivrés

---

1. Nom souvent donné à Sparte dans l'Antiquité.
2. Fondateur mythique de la constitution de Sparte.
3. Hölderlin étend aux peuples les thèses de Rousseau sur l'éducation des individus.

de caresses et de cadeaux excessivement généreux, comme le fait parfois sans doute une mère déraisonnable.

À cela s'est ajoutée la grandiose action de Thésée, qui délibérément restreignit son propre pouvoir royal [1].

Ah, pareille graine semée dans les cœurs du peuple ne pouvait qu'engendrer un océan d'épis dorés, et on la voit encore agir et se propager longtemps après chez les Athéniens.

Et donc, je le redis ! Que les Athéniens aient été si libres de toute espèce d'influence extérieure violente, qu'ils aient grandi si modérément nourris, voilà ce qui les a rendus si exceptionnels, et cela seul pouvait parvenir à ce résultat !

Qu'on laisse les hommes tranquilles dès leur prime enfance, qu'on ne les expulse pas du bourgeon protecteur qui enserre leur être, de la petite cabane de leur enfance ! Qu'on ne fasse pour eux ni trop peu, pour qu'ils ne soient pas en manque de vous et ne vous distinguent ainsi d'eux-mêmes, ni trop, pour qu'ils n'aient pas le sentiment de votre puissance, ni de la leur propre, et ne vous distinguent ainsi d'eux, bref, qu'on fasse en sorte que l'homme apprenne seulement tard qu'il y a des hommes, qu'il y a quelque chose, peu importe quoi, en dehors de lui : car c'est seulement ainsi qu'il deviendra un homme. Mais une fois qu'il est homme, l'homme est un dieu. Et s'il est un dieu, il est beau.

Étonnant discours ! s'écria l'un des amis.

Tu n'as jamais parlé avec tant de profondeur depuis le cœur de mon âme, ajouta Diotime.

C'est de toi que je tiens tout, répondis-je.

Je continuai. C'est ainsi que l'Athénien est devenu homme, et ne pouvait que le devenir. Il a surgi dans toute sa beauté des mains de la nature, beau de corps et d'âme, comme on dit.

---

1. Aristote, Plutarque et la tradition font de Thésée le père de la démocratie athénienne.

Le premier enfant de la beauté humaine, de la beauté divine, est l'art. En lui l'homme divin se régénère et réengendre lui-même. Il veut se percevoir, et pour ce faire, il s'oppose à lui-même sa propre beauté. Et c'est ainsi que l'homme s'est donné ses dieux. Car au commencement, l'homme et les dieux ne faisaient qu'un, quand la beauté, inconnue à elle-même, la beauté éternelle, était tout simplement. – Je dis là des mystères, mais ils sont bel et bien.

Le premier enfant de la beauté divine est l'art. Ainsi en a-t-il été chez les Athéniens.

Le deuxième enfant de la beauté est la religion. La religion est l'amour de la beauté. Le sage l'aime pour elle-même, l'Infinie, la Toute-embrassante. Le peuple aime ses enfants, il aime les dieux, qui lui apparaissent sous des figures multiples. Il en fut également ainsi chez les Athéniens. Et sans cet amour-là de la beauté, sans cette religion, toute espèce d'État est un squelette desséché, dépourvu de vie et d'esprit, toute pensée et toute action est un arbre sans cime, une simple colonne découronnée de son chapiteau.

Qu'il en ait été réellement ainsi chez les Grecs et en particulier chez les Athéniens, que leur art et leur religion soient les véritables enfants de la beauté éternelle – de la nature humaine accomplie – et qu'ils n'aient pu procéder que d'une nature humaine accomplie, est une évidence pour peu qu'on veuille bien regarder avec des yeux non prémunis à la fois les objets de leur art sacré et la religion dans et par laquelle ils aimaient et honoraient ces objets.

Il y a partout des manques et des faux pas, et ici aussi. Mais ce qui demeure sûr, c'est que dans ces objets de leur art on trouve malgré tout le plus souvent l'homme mûr. On n'a pas affaire ici à la petitesse du détail ou à la monstruosité colossale des Égyptiens et des Goths, on a là un sens, une dimension, une figure humaine. Ils débordent moins que les autres vers les extrêmes du suprasensible et du sensible. Plus que d'autres, leurs dieux demeurent dans le juste et beau milieu de l'humanité.

Et il en va de l'amour comme de l'objet de leur art. Il n'est ni trop servile, ni par trop confiant ! –

Et de la beauté d'esprit des Athéniens a résulté aussi leur sens nécessaire de la liberté.

L'Égyptien endure sans souffrance le despotisme de l'arbitraire, le fils du Nord supporte sans mauvaise grâce le despotisme de la loi, supporte l'injustice sous la forme juridique [1]. L'Égyptien, en effet, encore dans le ventre de sa mère, est déjà en proie à un instinct de vénération et d'idolâtrie ; dans le Nord on croit trop peu à la pure vie libre de la nature pour ne pas être accroché avec superstition à la dimension légale des choses.

L'Athénien, quant à lui, ne peut supporter l'arbitraire, parce que sa nature divine ne veut pas être troublée. Il ne peut supporter la présence en tous lieux de la légalite, parce qu'il n'a pas partout besoin d'elle. Dracon [2] n'est pas l'homme qui lui convient. Il veut être traité avec délicatesse, et il n'a pas tort.

D'accord ! m'interrompit l'un des nôtres, cela, je le conçois, mais ce que je ne comprends pas maintenant, c'est comment ce peuple poétique et religieux a pu également être un peuple philosophique.

Eh bien, au contraire, repris-je, sans la poésie ils ne seraient même jamais devenus un peuple philosophique !

Mais qu'est-ce que la philosophie, répliqua-t-il, qu'est-ce que le caractère froid et sublime de cette science a à voir avec la poésie ?

La poésie, dis-je, sûr de mon fait, est l'alpha et l'oméga de cette science. Telle Minerve [3] surgissant de la tête de Jupiter, elle surgit de la poésie d'un Être [4]

1. Dans une recension de 1847, Wolfgang Menzel « interprète » les Égyptiens comme représentants du catholicisme, et les Goths comme représentants du protestantisme, en déplorant l'attitude peu chrétienne de Hölderlin.

2. Dracon, le législateur athénien, auteur d'un droit pénal (621 avant J.-C.) qui ne fut adouci que par Solon quelques décennies plus tard. On « lui doit » l'adjectif « draconien »…

3. Nom latin d'Athéna.

4. « […] *eines unendlichen göttlichen Seins* ». Il s'agit ici du concept de l'Être.

divin infini. Et de la même façon, à la fin, le non-réunissable fait retour en elle, dans la source mystérieuse de la poésie.

Voilà bien un homme paradoxal, s'écria Diotime, mais je devine ce qu'il veut dire. Je trouve pourtant que votre discussion s'égare. Il était question d'Athènes.

L'homme, repris-je, qui n'a pas ressenti en lui-même, une fois au moins dans sa vie, la pleine et pure beauté, lorsqu'en lui toutes les forces de son être, telles les couleurs de l'arc-en-ciel, jouent les unes dans les autres, l'homme qui n'a jamais éprouvé combien tout n'était en intense accord que dans certaines heures d'enthousiasme, cet homme-là ne deviendra pas même un douteur philosophique, son esprit n'est même pas fait pour démolir, et encore moins pour construire. Car, je vous l'assure, si le douteur découvre en tout ce qui est pensé contradiction et lacune, c'est parce qu'il connaît l'harmonie de la beauté sans défaut, laquelle n'est jamais pensée. S'il dédaigne le pain sec que la raison humaine lui tend croyant bien faire, c'est uniquement parce qu'en secret il fait bombance à la table des dieux.

Exalté ! s'écria Diotime, c'est sans doute pour cette raison que tu fus, toi, un douteur. Mais les Athéniens !

Je suis très proche d'eux, répondis-je. La magnifique formule d'Héraclite, *εν διαφερον εαυτῳ* (l'Un différencié en lui-même) [1], seul un Grec pouvait l'inventer, car c'est l'essence de la beauté, et tant qu'elle ne fut pas trouvée, il n'y a pas eu de philosophie.

Grâce à elle désormais on a pu procéder à des définitions, tout était là. La fleur avait mûri : on pouvait maintenant décomposer en éléments.

Le moment de la beauté [2] s'était donc fait connaître parmi les hommes, il existait dans la vie et dans l'esprit, l'infiniment Un était.

---

1. La formule est citée par Platon dans *Le Banquet* (187a). Hölderlin en modifie un peu la lettre, mais se corrige dans la traduction qu'il en donne.

2. *Der Moment*, sens principalement temporel.

On pouvait le désarticuler, le diviser en esprit, puis penser de nouveau l'unité de ce qui avait été divisé, le rassembler, et ainsi connaître de mieux en mieux l'essence de ce qu'il y a de plus haut et de meilleur, et proposer ce qui désormais était connu comme une loi applicable aux multiples domaines de la vie de l'esprit.

Voyez-vous donc maintenant pourquoi les Athéniens, tout particulièrement, ne pouvaient pas ne pas être non plus un peuple philosophique ?

Pour l'Égyptien c'était impossible. Quand on ne vit pas dans un égal amour partagé et réciproque avec le ciel et la terre, quand on ne vit pas, en ce sens, dans l'unité avec l'élément où l'on se meut, on n'est pas non plus par nature aussi unifié en soi-même que l'est un Grec, et l'on ne peut à tout le moins éprouver aussi aisément que lui la beauté éternelle.

Tel un somptueux despote, les cieux orientaux avec toute leur force et toute leur magnificence jettent à terre leurs habitants. Avant même que l'homme ait appris à marcher, il doit déjà se mettre à genoux, avant même qu'il ait appris à parler, il faut qu'il prie ; avant que son cœur ait acquis un équilibre, il faut qu'il s'incline, et avant que son esprit soit suffisamment fort pour porter des fleurs et des fruits, le destin et la nature lui retirent toute espèce de force par l'effet d'une chaleur brûlante. L'Égyptien est adonné à autre chose avant d'être un tout, et c'est pour cette raison qu'il ne sait rien du Tout, rien de la Beauté, et ce qu'il nomme de plus haut est une puissance voilée, une énigme terrifiante ; son seul alpha et son seul oméga, c'est la ténébreuse et muette Isis [1], cette infinité vide, et de cela il n'a jamais rien surgi de rationnel. Du Néant le plus sublime ne naît également que le Néant.

Le Nord, en revanche, pousse trop tôt ses pupilles à entrer en eux-mêmes, et tandis que l'esprit du fou-

---

1. Isis : divinité égyptienne (son nom signifie « trône »), mère du souverain qu'elle tient dans ses bras, souveraine des Enfers, et reine du ciel. On célébra son culte jusqu'en Grèce. Schiller parle d'elle dans son cours de 1790 sur *La Mission de Moïse*.

gueux Égyptien se précipite dans le monde avec une excessive envie de voyage, dans le Nord l'esprit se dispose à faire retour en soi avant même d'être prêt au voyage.

Dans le Nord il faut faire preuve d'entendement avant même qu'un sentiment ait pu vraiment mûrir, on s'attribue la culpabilité de tout, avant même que l'ingénuité soit parvenue à sa belle fin ; il faut devenir raisonnable, devenir un esprit conscient de lui-même avant que d'être homme, adulte avisé, avant que d'être enfant : on ne laisse pas prospérer et mûrir l'unité de la totalité des dimensions de l'homme, la beauté, avant qu'il se soit cultivé et développé. Le seul et pur entendement, la seule et pure raison sont toujours les rois du Nord.

Or l'entendement seul, la raison seule n'ont jamais rien produit de rationnel ou de raisonnable.

Sans la beauté de l'esprit, l'entendement est comme un compagnon au service de quelqu'un d'autre : il taille les éléments de la barrière dans le bois brut, selon le dessin [1] qu'on lui a fait à l'avance, puis pour enclore le jardin que son maître veut aménager, cloue les uns aux autres les pieux qu'il a taillés. Tout le travail de l'entendement est sous le commandement d'une nécessité ; certes, en mettant de l'ordre, il nous protège des absurdités et de l'injustice ; mais ne pas avoir à redouter les absurdités et l'injustice n'est quand même pas le plus haut degré de l'excellence humaine.

Sans la beauté de l'esprit et du cœur, la raison est comme un contremaître que le maître et seigneur de la maison a mis aux basques des valets ; il sait tout aussi peu que ces derniers à quoi ce travail infini doit mener, ne fait rien d'autre que crier : bougez-vous un peu, et serait presque marri de voir que le travail avance, dès lors qu'une fois celui-ci achevé, le bon-

1. *Vorzeichnet* : Hölderlin insiste sur le caractère passif, obéissant, non inventif des opérations de l'entendement, fidèle en cela à Kant et à Rousseau.

homme n'aurait plus rien à faire tourner, il aurait joué son morceau.

Du seul entendement ne naît aucune philosophie, car la philosophie est plus que la connaissance limitée de ce qui existe.

De la seule raison ne naît aucune philosophie, car la philosophie est plus que l'exigence aveugle d'un progrès inatteignable dans le travail d'unification et de différenciation d'une quelconque matière.

Mais quand la raison au travail est illuminée par le divin *εν διαφερον εαυτῳ*, par l'idéal de la beauté, elle ne formule pas d'exigence aveugle, et sait pour quelle raison et pour quelle fin elle la pose.

Quand, tel le grand jour de mai dans l'atelier de l'artiste, le soleil du Beau brille pour l'entendement et l'assiste dans sa tâche, celui-ci n'ira certes pas bondir exalté hors de chez lui en laissant sa besogne en plan, mais pensera malgré tout avec un certain plaisir au jour de fête où il ira se promener dans la lumière revigorante du printemps.

J'en étais là de mon discours quand nous abordâmes aux rives de l'Attique.

Nous avions trop l'antique Athènes présente à l'esprit pour pouvoir parler beaucoup de manière ordonnée, et je m'étonnai moi-même maintenant du genre de propos que j'avais tenus.

Comment ai-je pu, m'écriai-je, en arriver à ces cimes desséchées sur lesquelles vous m'avez vu ?

Il en va toujours ainsi, repartit Diotime, quand nous nous sentons vraiment bien. La force débordante cherche à travailler. Quand les jeunes agneaux sont repus de lait maternel, ils se donnent des coups de tête.

Nous montions maintenant la pente du Lycabète [1] et malgré notre hâte, nous nous arrêtions parfois, pensifs, en proie à de merveilleuses attentes.

---

1. Du sommet de la colline du Lycabète, on a une belle vue générale sur la ville d'Athènes.

C'est une belle chose que l'homme ait tant de mal à se convaincre de la mort de ce qu'il aime, et personne sans doute ne s'est encore jamais rendu sur la tombe de son ami sans le discret espoir d'y rencontrer cet ami en chair et en os. Et moi, je fus saisi par le beau fantôme de l'antique Athènes, comme par l'apparition d'une mère revenant du Royaume des Morts [1].

Ô Parthénon ! m'écriai-je, fierté de l'univers ! le royaume de Neptune est couché à tes pieds comme un lion maîtrisé, et tous les autres temples sont rassemblés autour de toi, comme des enfants, avec l'éloquente Agora et le bois d'Académos [2]...

Tu peux donc à ce point de transporter dans l'Antiquité, constata Diotime.

Ne me rappelle pas ce temps, répondis-je. C'était celui d'une existence divine où l'homme était le centre de la nature. Où le printemps, quand il fleurissait tout autour d'Athènes, était comme une fleur modeste posée sur le sein d'une vierge ; où le soleil se levait rougissant de honte sur les splendeurs de la terre.

Les marbres de l'Hymète et du mont Pentélique [3] surgissaient de leurs berceaux pleins de sommeil, comme des enfants sortant du ventre maternel, et prenaient forme et vie sous les mains délicates des artistes d'Athènes.

La nature généreuse offrait le miel et les plus belles violettes et le myrte et les olives.

La nature était prêtresse et l'homme était son dieu, et toute vie en elle et toute figure et toute espèce de sonorité n'étaient qu'un seul et même écho enthousiaste du maître magnifique auquel elle appartenait.

C'est lui qu'elle célébrait, c'est à lui seul qu'elle sacrifiait.

---

1. Allusion sans doute à la rencontre d'Ulysse et de sa mère au chant XI de l'*Odyssée*.

2. Petite forêt au nord-ouest d'Athènes, à droite de l'horizon depuis le Lycabète. Le temple de Thésée et l'Agora (le « forum ») se trouvent ainsi entre le Parthénon et le bois d'Académos (nom d'un héros de l'Attique).

3. À l'est et au nord-est d'Athènes.

Et il en était digne, qu'il fût empli d'amour assis dans l'atelier sacré, enlaçant les genoux de l'image divine qu'il avait façonnée, ou au bout du promontoire, sur la pointe verdoyante du Sounion [1], allongé parmi les disciples attentifs, occupant tout son temps à de hautes pensées, ou encore en train de courir au stade, ou dardant depuis sa tribune d'orateur, tel le dieu de l'orage, la pluie et les éclairs et les rayons du soleil, et les nuages d'or…

Ô, regarde, me cria soudain Diotime [2].

Je regardai et défaillis presque devant la toute-puissance du spectacle…

Tel un naufrage immense, quand les ouragans se sont tus et que les marins sont enfuis, et que le cadavre de la flotte fracassée gît méconnaissable sur le banc de sable, Athènes gisait à nos pieds et les colonnes orphelines se dressaient devant nous comme les troncs dénudés d'une forêt encore verdoyante le soir, et qui, la nuit, aurait pris feu.

Ici, dit Diotime, on apprend à rester silencieux face à son propre destin, qu'il soit bon ou mauvais.

Ici, continuai-je, on apprend à rester silencieux face à Tout. Si encore les faucheurs qui ont moissonné ce champ de blé avaient rempli leurs granges de ses épis, rien n'eût alors été perdu, et je me satisferais bien d'être ici simple glaneur ; mais qui donc a récolté quelque chose ?

Toute l'Europe, répliqua l'un des amis.

Oh oui, m'écriai-je, ils ont embarqué les colonnes et les statues et se les sont vendues les uns aux autres, et ces nobles produits, eu égard à leur rareté, ils les ont estimés à plutôt bon prix, comme on fait pour les singes et les perroquets.

---

1. Dans le *Voyage du jeune Anacharsis en Grèce* de Barthélemy, une scène situe un enseignement de Platon à l'extrémité de ce cap, au sud-est de l'Attique. Une gravure illustre la scène.

2. Il y a ici une légère inconséquence topographique, sans doute due aux sources de Hölderlin. Les visiteurs auraient déjà dû voir la ville, puisqu'ils viennent de la mer…

Ne dis pas cela ! répliqua le même ami, et même s'il leur manquait vraiment l'esprit de toute cette beauté, ce serait parce que cet esprit ne pouvait être ni emporté ni vendu.

Eh oui, m'écriai-je. Cet esprit du reste avait déjà péri, avant même que les destructeurs fondent sur l'Attique. Les bêtes sauvages attendent que les maisons et les temples aient fini par disparaître, pour se risquer à passer sous les portes ou dans les rues des villes.

Quiconque a en lui cet esprit, ajouta Diotime, conciliante, voit encore Athènes debout devant lui, comme un arbre fruitier en fleur. L'artiste complète sans mal le torse mutilé.

Le lendemain, nous sortîmes de bonne heure, vîmes les ruines du Parthénon, l'emplacement de l'ancien théâtre de Bacchus, le temple de Thésée, et les seize colonnes encore debout du divin Olympion. Ce qui me saisit le plus, cependant, ce fut l'antique porte par où l'on passait jadis de la vieille ville à la ville nouvelle, et où, en une seule journée, des milliers d'êtres parfaitement beaux s'adressaient certainement le bonjour. De nos jours, par cette porte, on n'entre plus ni dans la vieille, ni dans la nouvelle ville, elle est là muette et désertée, comme une fontaine aux conduits asséchés d'où ne jaillit plus l'eau claire et fraîche qui y chantonnait jadis gentiment.

Ah, dis-je alors, tandis que nous nous promenions ainsi sans but, c'est sans doute un bien somptueux amusement du destin que d'abattre ici les temples et de donner leurs pierres fracassées aux enfants pour qu'ils les jettent en tous sens, de transformer les divinités mutilées en banquettes adossées aux cabanes des paysans, et les tombes en litières pour le repos du taureau en train de paître. Tout ce gaspillage est plus royal que les caprices de Cléopâtre ingurgitant sa dissolution de perles [1] ; mais

1. Pline rapporte dans son *Histoire naturelle* (IX, 119) que Cléopâtre s'était vantée auprès d'Antoine de pouvoir ingurgiter la valeur de dix millions de sesterces et le prouva en dissolvant des perles dans du vinaigre qu'elle mêla ensuite à sa boisson.

quel dommage, quand même, pour toute cette grandeur et toute cette beauté !

Mon bon Hypérion, s'écria Diotime, il est temps que tu t'en ailles d'ici ; tu es tout pâle et tes yeux sont très las, et tu cherches vainement du secours dans des idées de ce genre. Allons viens, partons dans la nature, partons dans les couleurs de la vie ! ça te fera du bien.

Nous passâmes dans les jardins tout proches.

Les autres étaient restés sur le chemin en conversation avec deux savants britanniques en train de faire leur moisson dans les antiquités d'Athènes [1]. Il n'y avait rien à faire pour les arracher de là. Je les y laissai volontiers.

Tout mon être reprit contenance, dès lors que je me voyais de nouveau seul avec Diotime ; elle avait soutenu un magnifique combat avec le chaos sacré qui régnait dans la cité athénienne. Telles les cordes de la muse céleste dominant l'élément discordant, les pensées silencieuses de Diotime dominaient les ruines. Son esprit s'élevait au-dessus d'une belle douleur comme la lune émergeant d'un nuage vaporeux ; la céleste enfant était là dans sa mélancolie, comme la fleur dont le parfum le plus charmant attend la nuit pour s'exhaler.

Nous continuâmes notre chemin, plus loin, plus loin encore, et à la fin nous ne regrettâmes pas d'avoir ainsi marché.

Ô, bois d'Angelé [2], où cyprès et oliviers mêlent leur murmure et s'ombragent amicalement de fraîcheur, où dans le feuillage obscur luisent les fruits d'or du citronnier, où le lourd raisin capricieux bascule pardessus les haies, où l'orange mûre, tel un enfant trouvé souriant, a roulé sur le chemin ! et vous, che-

1. Il s'agit peut-être de James Stuart et Nicolas Revett, auteurs d'une première description archéologique fiable (et riche en illustrations) des ruines d'Athènes (*The Antiquities of Athens*, Londres, 1762, 1787, 1794, 1816).

2. Jardins situés à l'est d'Athènes, de l'autre côté de l'Ilissos, décrits par Chandler, où les Athéniens se rendent en promenade ou possèdent des maisons.

mins secrets pleins d'odeurs, havres paisibles où le reflet du myrte vous sourit dans l'eau de la source ! je ne vous oublierai jamais.

Nous marchâmes encore un moment, au hasard, Diotime et moi, sous les arbres magnifiques, jusqu'au moment où nous vîmes s'ouvrir devant nous un vaste espace clair et riant.

Là nous nous assîmes. Un silence bienheureux régnait entre nous. Mon esprit voletait autour des formes divines de la douce enfant, comme un papillon autour d'une fleur, et tout mon être se rassérénait, se rassemblait dans la joie du spectacle enthousiasmant que je contemplais.

Es-tu déjà ragaillardi, tête sans cervelle ? demanda Diotime.

Eh oui, effectivement, répliquai-je. Ce que je m'imaginais perdu, je l'ai, les choses dont je me languissais, comme si elles avaient disparu de l'univers, je les ai devant moi. Non, Diotime, la source de la beauté éternelle n'est pas encore tarie.

Je te l'ai dit déjà, je n'ai plus besoin des dieux et des hommes. Je sais que le ciel est mort, dépeuplé, et que la terre qui jadis débordait de belle vie humaine est presque devenue comme une fourmilière. Mais il existe encore un lieu où le ciel d'autrefois et la terre d'autrefois me sourient. Car tous les dieux du ciel et tous les hommes divins de la terre, en toi, je les oublie.

Qu'ai-je à faire du naufrage du monde, j'ignore tout ce qui n'est pas mon île bienheureuse.

Il y a un temps de l'amour, dit Diotime avec une gentille gravité, de même qu'il existe un temps pour vivre dans le bonheur du berceau. Mais c'est la vie elle-même qui nous en chasse.

Hypérion – elle saisit alors ma main avec feu, et sa voix s'éleva avec grandeur –, Hypérion, j'ai comme le sentiment que tu es né pour des choses plus hautes. Ne te méprends pas sur ce que tu es. C'est le défaut de matière qui t'a retenu. Les choses ne sont pas allées assez vite. C'est ce qui t'a abattu. Tu as rompu trop vite, comme les jeunes escrimeurs, avant que ton but soit assuré et ton poignet assez exercé, et dès lors que tu fus, comme naturellement, davantage touché que tu n'as touché toi-même, tu es devenu farouche et as douté de toi et de toute chose. Car ton être est aussi sensible que, par ailleurs, impétueux. Mais rien n'est perdu pour autant. Si ton esprit et si tes actes avaient mûri aussi précocement, ton esprit ne serait pas ce qu'il est. Tu ne serais pas cet homme qui pense, tu n'aurais pas été cet homme qui souffre et fermente. Crois-moi, tu n'aurais jamais si purement connu l'équilibre de la belle humanité, si tu ne l'avais tant perdu. Ton cœur a enfin trouvé la paix ; je veux le croire, je le comprends. Mais penses-tu vraiment que tu aies désormais atteint le terme ? Veux-tu te retrancher dans le ciel de ton amour et laisser se dessécher et refroidir sous toi le monde qui aurait besoin de toi ? Il faut, tel le rayon de lumière, que tu descendes sur le monde, ou, comme la pluie qui rafraîchit tout, que tu tombes sur la terre des mortels ; tu dois illuminer comme Apollon, ébranler, faire vivre, comme Jupiter, sinon, tu n'es pas digne de ton ciel. Je t'en prie, retourne, entre dans Athènes, *une* fois encore, et regarde aussi les hommes qui errent parmi les ruines, les rudes Albanais [1] et les autres, ces braves Grecs avec leur innocence d'enfant, qui se consolent, en dansant gaiement et en se racontant quelque légende sacrée, de l'abominable violence qui les oppresse. Peux-tu dire : j'ai honte de cette matière-là ? J'ai l'impression qu'on peut encore la façonner. Peux-tu détourner ton cœur de ceux qui sont dans le besoin ? Ils ne sont pas mauvais, ils ne t'ont pas fait de mal !

Que puis-je faire pour eux ? m'écriai-je.

Donne-leur ce que tu as en toi, répondit Diotime, donne…

Ne dis plus rien, plus un mot, ô grande âme ! m'écriai-je, ou tu vas me faire céder, ou alors on dira que tu m'y as forcé en usant de violence…

---

1. Colonisés par les Turcs depuis le XVe siècle, et islamisés.

Ils ne seront pas plus heureux, mais ils seront plus nobles… non ! ils seront plus heureux aussi. Il faut qu'ils sortent, qu'ils surgissent, comme les montagnes jeunes sortant des flots quand leur feu souterrain les pousse vers le haut.

Certes, je suis seul et m'avance parmi eux dépourvu de toute renommée. Mais un homme seul, si c'est un homme, ne peut-il davantage que des centaines d'autres qui ne sont que des parties de l'homme ?

Sainte nature, tu es la même en moi et hors de moi. Il ne saurait être si difficile d'unir en moi au divin ce qui est à l'extérieur de moi. L'abeille réussit bien son modeste royaume, pourquoi n'irais-je pas, pour ma part, planter et cultiver ce qui manque ?

Eh quoi ! le marchand arabe [1] a bien semé son Coran et fait pousser, telle une forêt infinie, tout un peuple de disciples : pourquoi faudrait-il donc que demeure infertile le champ où la vérité d'antan fait retour avec une nouvelle jeunesse éclatante de vie ?

Que tout change de fond en comble ! Que des racines de l'humanité surgisse le monde nouveau ! Qu'une divinité nouvelle règne sur eux, qu'un avenir nouveau s'éclaire sous leurs yeux !

Que dans les ateliers, les maisons, les assemblées, les temples, que partout les choses changent !

Mais il faut encore que je parte, pour apprendre. Je suis un artiste, mais je manque d'habileté. Je façonne en esprit, mais je ne sais pas encore diriger ma main…

Tu iras en Italie, dit Diotime, en Allemagne, en France… combien d'années te faudra-t-il… quatre… je pense que trois suffisent : tu ne fais pas partie des lents, et tu ne cherches que ce qu'il y a de plus beau et de plus grand…

Et ensuite ?

Tu deviendras l'éducateur de notre peuple, tu seras, je l'espère, un grand homme. Et quand alors je

---

1. Il s'agit de Mahomet (570-632) qui épousa certes, en 595, la riche veuve d'un marchand, Chadischa, mais dont il n'est pas certain qu'il ait lui-même exercé la profession commerçante…

t'embrasserai comme je le fais ici, je rêverai que je suis une partie de cet homme magnifique [1], je jubilerai comme si tu m'avais offert, comme Pollux à Castor, la moitié de ton immortalité, ô ! je serai une fille emplie de fierté, Hypérion !

Je restai quelque temps sans rien dire. J'étais au comble d'une joie inexprimable. Enfin je repris la parole : y a-t-il donc un contentement entre la résolution et l'action, y a-t-il un repos avant la victoire ?

C'est le repos du héros, dit Diotime, certaines décisions, telles les paroles des dieux, sont à la fois commandement et accomplissement, et c'est le cas de la tienne. –

Nous rentrâmes, comme après la première étreinte. Tout était désormais étranger et nouveau à nos yeux.

Je me trouvais maintenant, au-dessus des ruines d'Athènes, comme le laboureur au-dessus de la friche. Couche-toi tranquillement, pensai-je, quand nous revînmes à bord du bateau, dors tranquillement, pays endormi ! Bientôt la vie nouvelle surgira verdoyante de ton sein, et grandira vers les bénédictions du ciel. Bientôt les nuages ne pleuvront plus en vain, bientôt le soleil retrouvera ses anciens disciples.

Nature, tu demandes des hommes ? Tu te plains comme les cordes de l'instrument sur lesquelles, parce que l'artiste qui les accordait est mort, ne joue plus guère que le vent, le frère du hasard. Ils viendront, tes hommes, Nature ! Un peuple rajeuni te rajeunira toi aussi, et tu seras alors comme son épousée au jour des noces, et l'antique alliance des esprits sera renouvelée avec toi.

Il n'y aura qu'une seule et même beauté ; et la nature et l'humanité se rassembleront en une seule et même divinité embrassant la totalité des choses.

1. *Der herrliche Mann* : avec une connotation de virilité.

TOME II

« μη φυναι, τον απαντα νικα λογον. το δ' επει φανη βηναι κειθεν, οθεν περ ηκει, πολυ δευτερον ως ταχιστα [1]. »

SOPHOCLE

1. « Ne pas être né est ce qui dépasse tout, mais une fois qu'on en est là, revenir le plus vite là d'où l'on est venu, est ce qu'il y a de mieux ensuite. » Citation d'*Œdipe à Colonne*, également utilisée par Heinse, dans le roman *Ardinghello ou les Îles bienheureuses*. Diogène Laërce rapporte qu'Épicure n'appréciait pas cette espèce de proverbe souvent cité dans la littérature de l'Antiquité. Il fait écho ici au désir de mort manifesté par Hypérion dans la deuxième partie du roman, qui commence ici.

LIVRE PREMIER

HYPÉRION À BELLARMIN

Après notre retour d'Attique, nous avons vécu au diapason des derniers beaux moments de l'année.

L'automne était pour nous comme un frère du printemps, brûlant d'un feu très doux, c'était un temps de fête pour le souvenir des souffrances et des joies passées de l'amour. Les feuilles des arbres prenaient en se fanant les couleurs du couchant, seuls les pins et les lauriers demeuraient dans leur verdure impérissable. Dans les brises limpides passait le vol hésitant des oiseaux migrateurs, d'autres s'abattaient en masse dans le vignoble et le jardin pour récolter gaiement ce que les hommes avaient laissé. Et des hauteurs du ciel grand ouvert la lumière céleste se déversait, plus transparente. À travers tous les branchages on percevait le sourire sacré du soleil, de ce bon soleil que je ne puis jamais nommer sans bonheur et gratitude, et qui souvent, au plus profond de la douleur, m'a guéri d'un seul regard, a lavé mon âme de sa morosité et de ses soucis.

Nous retournâmes, Diotime et moi, sur nos sentiers préférés, partout de bienheureuses heures enfuies venaient à notre rencontre.

Nous évoquions le mois de mai passé, nous répétant que jamais encore nous n'avions vu la terre comme en ces jours, qu'elle s'était métamorphosée, nuée argentée de floraisons, flamme de vie joyeuse, pure de toute matière un peu grossière.

Ah, s'écria Diotime, il y avait alors une telle plénitude de joie et d'espérance, une telle vitalité continue de la végétation, et dans le même temps une telle absence de la moindre peine [1], tant de félicité paisible, comme chez l'enfant qui joue, tranquille, sans penser à rien d'autre.

C'est à cela, m'écriai-je, que je la reconnais, l'âme de la nature, à ce feu silencieux, à cette lente indécision au sein même de son empressement majestueux.

Ils l'aiment tant cette indécision, les gens heureux, s'écria Diotime ; te souviens-tu ? un soir nous nous sommes arrêtés sur le pont, après un fort orage, les eaux rougies de la montagne filaient dans la pente comme une flèche sous nos pieds, et dans le même temps, juste à côté de nous, la forêt verdoyait paisiblement, et le feuillage clair des hêtres était presque immobile. Ils nous ont fait tant de bien, ce jour-là, ce verdoiement riche d'âme qui ne nous fuyait pas comme les eaux du torrent, et ce beau printemps qui nous retenait si paisiblement, tel un oiseau apprivoisé, et maintenant pourtant s'en est allé bien au-delà des montagnes.

Et ces mots nous firent sourire, bien que nous fussions plus proches maintenant de la tristesse.

Car notre propre bonheur, il allait lui aussi s'en aller de la sorte, et nous le savions déjà.

Ô Bellarmin ! qui peut donc dire qu'il se tient debout et ferme, quand le Beau lui-même connaît ce mûrissement et se rapproche de la mort qui l'attend, quand le Divin lui-même est contraint de s'humilier et partager la mortelle destinée avec tout ce qui meurt ?

---

1. *Mühelos* désigne chez Hölderlin un processus naturel spontané, ne requérant aucun effort, aucun artifice extérieur.

HYPÉRION À BELLARMIN

Je m'étais attardé encore avec la gracieuse enfant devant sa maison jusqu'à l'heure où les lumières de la nuit se mirent à briller dans la paix du crépuscule, puis je retournai chez Notara, plongé dans une foule de pensées, débordant d'une vie héroïque, tel que j'étais toujours au sortir des embrassements de Diotime. Une lettre d'Alabanda était arrivée.

Les choses bougent, Hypérion, m'écrivait-il, la Russie a déclaré la guerre à la Porte [1] ; une flotte entre dans l'archipel [2]. Si les Grecs se révoltent en même temps pour repousser le sultan sur l'Euphrate, ils seront libres. Les Grecs feront ce qu'ils ont à faire, les Grecs seront effectivement libres, et pour ma part, cela fait grand bien à mon cœur qu'il y ait de nouveau quelque chose à faire. Tant qu'il en allait autrement, je n'avais aucune envie de voir la lumière du jour.

Si tu es encore celui que j'ai connu, viens ! Tu me trouveras dans le village de Coron [3], quand on arrive de Mistra. J'habite à flanc de colline, la grande ferme blanche près de la forêt.

J'ai quitté les gens que tu avais rencontrés chez moi à Smyrne. Tu avais raison, avec ta clairvoyance plus subtile que la mienne, de ne pas t'engager dans leur sphère.

J'ai très envie que nous nous retrouvions tous les deux dans cette nouvelle existence. Le monde était trop mauvais pour toi jusqu'à présent pour que tu te fasses connaître de lui. Dès lors que tu refusais les tâches serviles, tu n'as rien fait du tout, mais ne rien faire te rendait chagrin et rêveur.

---

1. Nom donné traditionnellement par métonymie au pouvoir ottoman : la « Sublime-Porte » du palais était un lieu de délibération et de décision en matière de justice et de politique.

2. L'ensemble des îles grecques pour Hölderlin.

3. Village de la côte sud du Péloponnèse, où se sont regroupés les Grecs, selon le récit de Choiseul.

Tu n'as eu aucune envie d'aller nager dans le marécage. Mais viens maintenant, viens, et baignons-nous en pleine mer, au large !

Ça nous fera sûrement du bien, ô mon unique ami [1] !

Telle était sa lettre. Je fus touché dès le premier instant. La honte m'incendiait le visage, mon cœur bouillait comme les eaux d'une source brûlante, et je ne pouvais rester en place, tant il me faisait mal d'être ainsi survolé, dépassé par Alabanda, à jamais écrasé par lui. Mais je n'en eus que plus avidement à cœur de m'engager dans ces tâches à venir. –

Je suis devenu bien trop inactif, m'écriai-je, et d'humeur trop paisible, trop céleste, trop indolente – Alabanda, lui, regarde le monde avec les yeux d'un noble pilote, Alabanda s'active et pourchasse une proie sur la mer ; et toi, tu restes là, mains somnolentes croisées sur le ventre. Et tu voudrais t'en tirer avec des mots et subjuguer le monde à coups de formules magiques ! Mais ces mots que tu prononces sont aussi inutiles que des flocons de neige, il ne font que troubler l'air plus encore, et tes paroles magiques sont bonnes pour les braves croyants, alors que les incroyants ne t'entendent pas. – Ah certes, il est beau sans doute, d'être gentil, au bon moment, mais l'être quand ce n'est pas le moment est chose laide, parce que lâche ! – Mais c'est à ton myrte, Harmodios ! que je veux ressembler, à ton myrte où se cachait l'épée [2]. Je veux que mon retrait dans l'inaction n'ait pas été vain, et que le sommeil où j'étais soit comme l'huile quand la flamme la pénètre. Je ne veux pas me contenter de regarder, quand il y a pareil enjeu, je ne

---

1. *Geliebter* connote plus l'amour que l'amitié. Le terme a même pris le sens d'« amant ». Mais le français « ami », à la différence de *Freund*, demeure dans le paradigme du verbe « aimer ». *Geliebter* correspond ici au français « ami » dans les romans du XVIIIe siècle.

2. Allusion à l'assassinat du tyran Hipparque par Harmodios et Aristogiton en 515 avant notre ère, et autocitation du poème d'Athénée traduit par Hölderlin en 1793, *Relique d'Alcée*.

veux pas traîner çà et là à me demander ce qui se passe de neuf, quand Alabanda s'empare du laurier.

HYPÉRION À BELLARMIN

La pâleur soudaine de Diotime, quand elle lut la lettre d'Alabanda, me fendit l'âme. Sitôt achevée la lecture elle commença, sans emportement et gravement, à me déconseiller de franchir ce pas et nous discutâmes longuement du pour, du contre. Ah, vous les êtres de violence, finit-elle par s'exclamer, qui passez si rapidement aux extrêmes, pensez donc à Némésis [1] !

Quand on souffre l'extrême, dis-je, c'est l'extrême qui convient.

Même s'il convient, dit-elle, tu n'es pas né pour cela.

C'est ce qui semble, répondis-je ; mais je n'ai que trop tardé. Oh, je voudrais charger un Atlas sur mes épaules pour payer les dettes de ma jeunesse. Ai-je une conscience ? Ai-je quelque permanence en moi-même ? Ô Diotime, laisse-moi ! C'est précisément en accomplissant une tâche comme celle-ci que je pourrai conquérir l'une et l'autre !

Mais c'est pure vanité et présomption ! s'écria Diotime ; il n'y a pas si longtemps, tu étais plus modeste, il n'y a pas si longtemps, quand tu disais : il faut que je parte pour apprendre.

Chère sophiste [2], m'écriai-je à mon tour, il s'agissait alors de tout autre chose. Certes, aujourd'hui, je ne suis pas encore en mesure d'emmener mon peuple jusque dans l'Olympe du Beau divin, où des sources éternellement jeunes le Vrai jaillit en cascade avec tout ce qui est Bon. Mais me servir d'une épée, je l'ai

1. Némésis, déesse de la justice et de la punition.
2. Hypérion reprend ici une plaisanterie de Socrate dans *Le Banquet* (208c).

appris, et pour l'instant il n'en faut pas davantage. La nouvelle alliance des esprits ne peut pas vivre en l'air, il faut que la théocratie sacrée du Beau habite dans un État libre, et cet État veut une place sur la terre, et cette place, nous allons assurément la conquérir.

Tu vas conquérir quelque chose, s'exclama Diotime, puis oublier en vue de quoi tu as fait cette conquête. Si tout se passe bien, tu vas obtenir par la force un État libre, et tu ne te poseras qu'ensuite la question : pourquoi ai-je construit cela ? Ah, elle sera alors engloutie, toute la belle vie censée s'animer là même, elle sera consommée et consumée y compris en toi ! La violence déchaînée du combat te déchirera, belle âme, tu vieilliras, bienheureux esprit ! et au bout du compte, fatigué de la vie, tu demanderas : beaux idéaux de ma jeunesse, où êtes-vous donc maintenant ?

Comme il est cruel, Diotime, m'écriai-je, d'aller toucher ainsi au cœur, de m'accrocher ainsi à ma propre peur de la mort, et à mon envie suprême de vivre, mais non ! non ! non ! le travail servile tue, mais la guerre juste vivifie toute âme. En jetant l'or dans le feu on lui donne la couleur du soleil ! Un seul geste, un seul, confère enfin à l'homme la totalité de sa jeunesse : briser des chaînes ! La seule chose qui puisse le sauver, c'est qu'il s'insurge et piétine la vipère, ce siècle rampant qui empoisonne dans l'œuf toute espèce de belle nature ! – Et il faudrait que je vieillisse, Diotime, si je libère la Grèce, il faudrait que je vieillisse, que je devienne un pauvre hère, un homme ordinaire ? Ô, alors, c'est qu'il était sans doute bien insignifiant et vide et lâché par les dieux, le jeune Athénien messager de la victoire, le jour où il s'en vint de Marathon par les sommets du Pentélé et contempla sous lui les vallées de l'Attique !

Ô mon ami, mon cher ami, s'écria Diotime, ne parle plus ! je ne te dirai plus rien d'autre. Pars donc, pars, homme fier ! Ah, si tu es de cette trempe, alors je n'ai aucun pouvoir, aucun droit sur toi.

Elle pleurait des larmes amères et j'étais là, devant elle, comme un criminel ! Je m'écriai, tombant à ses genoux, pardonne-moi, belle enfant des dieux, ô pardonne moi cette nécessité où je suis ! je ne choisis rien, je ne réfléchis pas. Il y a en moi une force et je ne sais si c'est moi qui moi-même me pousse à franchir ce pas. C'est ton âme, répondit-elle, qui te l'ordonne, dans toute sa plénitude. Ne pas lui obéir mène souvent à la perte, et pourtant, lui obéir y mène sans doute aussi. Le mieux est que tu partes : c'est plus noble. Agis pour ta part ; je l'accepte et le supporterai.

HYPÉRION À BELLARMIN

De ce jour Diotime fut étonnamment transformée.

J'avais observé avec joie combien sa vie discrète, depuis que nous nous aimions, s'était épanouie en regards et paroles charmantes, et bien souvent la tranquillité de son bon génie [1] avait rencontré mon âme dans un enthousiasme éblouissant.

Mais qu'elle peut nous devenir étrangère la belle âme qui, passé la première éclosion, et l'aube de sa carrière, se voit inexorablement poussée vers les cimes du feu de midi ! On ne reconnaissait presque plus la radieuse enfant, tant elle était devenue et sublime et souffrante.

Ô, comme plus d'une fois, aux pieds de cette divine apparition en proie à la tristesse, dans la douleur que j'éprouvais alors pour elle, j'ai cru perdre l'âme à force de pleurs, puis me suis relevé empli d'admiration et de forces toutes-puissantes ! Une flamme était montée dans ses yeux depuis sa poitrine oppressée ; son sein plein de désirs et de peines était devenu trop étroit

1. *Genialisch* : au sens de « accordé par un bon génie », dominant au XVIIIe siècle.

pour elle ; et c'est ce qui rendait les pensées de cette enfant si magnifiques et si audacieuses. Il régnait désormais en elle une grandeur nouvelle, une puissance visible sur tout ce qui était susceptible de sentiment. Elle était un être supérieur. Elle ne faisait plus partie de l'humanité mortelle.

Ô ma Diotime, si j'avais pensé jadis à tout ce qui allait advenir de cela !

HYPÉRION À BELLARMIN

Le sage Notara lui-même fut enchanté de ces nouveaux projets, me promit l'aide d'un parti fort, espérant occuper bientôt l'isthme de Corinthe et attraper ainsi, par une sorte de prise, la Grèce tout entière. Mais le destin en avait décidé autrement et rendit sa tâche inutile avant même qu'elle parvienne à son but.

Il me conseilla de ne pas me rendre à Tina, de descendre tout droit le Péloponnèse, et ce, de manière aussi absolument discrète que possible. Il fallait qu'en chemin j'écrive à mon père. À son avis, ce vieillard soucieux pardonnerait plus facilement une démarche déjà engagée qu'un projet non engagé. Ce n'était pas tout à fait ce que j'aurais voulu, mais nous faisons volontiers le sacrifice de nos propres sentiments lorsque nous avons en vue un but grandiose.

Je doute, poursuivit Notara, que tu puisses compter en cette circonstance sur l'aide de ton père, c'est pourquoi je vais te donner ce qui sera malgré tout nécessaire par ailleurs pour que tu puisses vivre et agir, quoiqu'il arrive, pendant quelque temps. Si un jour tu en as les moyens, tu me rembourseras, et sinon, ce qui était à moi était aussi à toi. N'aie pas honte de cet argent, ajouta-t-il en souriant ; même les chevaux de

Phébus ne vivent pas que de l'air du temps, comme les poètes [1] nous le racontent.

HYPÉRION À BELLARMIN

Vint alors le jour des adieux.

J'étais resté pendant toute la matinée dans le jardin de Notara, dans l'air frais de l'hiver, sous la verdure pérenne des cèdres et des cyprès. J'étais résolu. Les forces suprêmes de la jeunesse me tenaient debout, et la douleur que je pressentais me portait, tel un nuage, plus haut encore.

La mère de Diotime avait prié Notara et les autres amis, ainsi que moi-même, de bien vouloir passer encore la dernière journée chez elle. Tous ces bons amis avaient été heureux de nous voir, Diotime et moi, ce qu'il y avait de divin dans notre amour ne leur avait pas échappé. Et maintenant ils allaient donc bénir aussi mon départ.

Je descendis. Je trouvai la chère enfant près du fourneau. C'était à ses yeux comme un office sacré de vaquer en ce jour aux tâches domestiques. Elle avait tout mis en place, tout embelli dans la maison, et personne n'avait été autorisé à l'aider. Elle avait recueilli toutes les fleurs encore présentes dans le jardin, elle avait encore rassemblé en cette tardive saison des roses et du raisin en grappe.

Elle reconnut mon pas tandis que je montais, et vint silencieusement à ma rencontre ; ses joues toutes pâles étaient rougies par la chaleur brûlante du fourneau, et ses yeux plus grands qu'autrefois et pleins de gravité étaient brillants de larmes. Elle vit combien j'étais

---

1. Ovide, que Hölderlin avait traduit, précise dans *Les Métamorphoses* (2, 120) qu'ils sont « *ambrosiæ succo saturos* »… Il est vrai que ce « carburant » céleste est le monopole des dieux…

touché. Entre, mon cher ami, dit-elle ; ma mère est à l'intérieur et j'arrive tout de suite.

J'entrai. La noble dame était assise et me tendit sa belle main – viens, dit-elle, viens, mon fils. Je devrais me fâcher et te faire des reproches, tu as pris mon enfant, tu m'as ôté par tes arguments toute espèce de raison, et maintenant tu fais ce qui te plaît et tu t'en vas ; mais pardonnez-lui tout cela, ô puissances divines, s'il a tort, et s'il a raison, alors n'hésitez pas à lui fournir votre aide, à ce très cher ! Je voulus dire quelque chose, mais à cet instant Notara entra avec les autres amis, suivi de Diotime.

Nous ne dîmes rien pendant quelques instants. Nous rendions hommage à l'amour affligé qui était en nous, nous avions peur de nous en détacher par des paroles et de fières pensées. Enfin, après quelques mots évasifs, Diotime me demanda de lui parler d'Agis et Cléomène [1], en me rappelant que je lui avais souvent nommé ces grandes âmes avec un respect enflammé, que je lui avais expliqué qu'ils étaient des demi-dieux aussi sûrement que Prométhée, et que leur combat avec le destin de Sparte était plus héroïque que tout ce qu'évoquaient les mythes éclatants. Que le génie de ces hommes était le soleil couchant du grand jour grec, de la même façon que Thésée et Homère en étaient l'aurore.

Je fis ce récit, et à la fin nous nous sentions tous plus forts et plus grands.

1. Agis et Cléomène sont deux rois de Sparte du IIIe siècle avant notre ère, dont Plutarque rapporte l'histoire dans ses *Vies comparées*. Hölderlin avait envisagé d'écrire un drame sur Agis. Ces deux rois se signalent à l'attention par leur progressisme politique, leurs réformes sociales, et l'échec de celles-ci. Agis fut roi de Sparte de 244 à 241, Cléomène de 235 à 221. Agis fut assassiné après l'échec d'une réforme foncière qui affrontait les cent grands propriétaires du pays. Cléomène reprit ses réformes et les mena à terme en répartissant la terre entre les quatre mille paysans du royaume. Mais la guerre avec la monarchie militaire de Macédoine eut raison de ces réformes. Il fut battu à Sellasia en 222.

Heureux, s'écria l'un des amis présents, celui dont l'existence voit alterner la joie du cœur et la vigueur de la bataille.

Eh oui, s'écria un autre, c'est cela l'éternelle jeunesse : c'est qu'il y ait toujours assez de forces en jeu et que nous nous conservions toujours tout entiers dans le plaisir comme dans la réalisation de sa tâche.

Ô, je voudrais partir avec toi, me lança Diotime.

Il est bon aussi que tu restes, Diotime ! lui dis-je. La prêtresse ne saurait quitter son temple. Tu vas garder la flamme sacrée, veiller en silence sur le Beau, pour que je le retrouve auprès de toi.

Oui, mon cher ami, tu as raison, cela vaut mieux, dit-elle, et sa voix trembla, et ses yeux lumineux comme l'éther se cachèrent dans un mouchoir, pour que nul ne puisse voir leurs larmes et leur désarroi.

Ô, Bellarmin, j'étais entièrement déchiré de l'avoir rendue si rougissante de honte. Ô les amis, m'écriai-je, veillez pour moi sur cet ange. Plus rien ne m'est connu, si je ne sais plus qu'elle existe. Ô ciel ! Mieux vaut ne pas songer à ce dont je serais capable si je ne l'avais plus.

Sois tranquille, intervint alors Notara.

Tranquille ? m'écriai-je, ah braves gens, vous pouvez, vous, chaque fois que vous le voulez prendre soin du jardin et voir s'il est en fleur et ce que donnera la récolte, vous pouvez prier pour votre vigne, et moi, il faudrait que sans nourrir d'espérances je me sépare du seul être que mon âme veut servir ?

Non, mon bon Hypérion ! s'écria Notara, ému, non ! je ne veux pas que tu te sépares d'elle sans nourrir d'espérances ! non ! par l'innocence divine de votre amour ! soyez assurés de ma bénédiction.

Tu dis bien, m'écriai-je promptement. C'est elle qui doit nous bénir, cette mère si chère – viens, Diotime, c'est ta mère qui doit témoigner avec vous tous de notre alliance, jusqu'au jour où la belle communauté que nous espérons nous mariera.

Je tombai alors sur un genou, les yeux grands ouverts, rougissant, tandis qu'elle s'inclinait elle aussi, avec un sourire solennel, à mes côtés.

Ô nature, m'exclamai-je, il y a longtemps que notre vie ne fait qu'un avec toi, et l'amour donne à notre propre univers une jeunesse aussi céleste que la tienne et celle de tous tes dieux.

Nous avons cheminé dans tes bois, poursuivit Diotime, et nous étions semblables à toi, nous nous sommes assis au bord de tes sources, et nous étions semblables à toi, nous sommes allés là-bas par les montagnes, avec tes enfants, les étoiles, semblables à toi.

Quand nous étions éloignés l'un de l'autre, m'écriai-je, quand, tel un murmure de harpe, le ravissement qui nous était promis a commencé de frémir, quand nous nous sommes rencontrés, quand il n'y a plus eu de sommeil et qu'en nous tous les sons se sont éveillés pour composer les accords pleins de la vie, divine nature ! nous étions alors toujours semblables à toi, et aujourd'hui encore, en ce moment même où nous nous séparons et où la joie se meurt, nous sommes comme toi, pleins de peine et cependant bons, et c'est pourquoi il faut qu'une bouche pure atteste devant nous que, comme toi, notre amour est éternel et sacré.

Je l'atteste, dit la mère.

Nous l'attestons, s'exclamèrent les autres.

Il n'y avait plus de mots désormais pour nous. Je sentais mon cœur au plus haut ; je me sentais prêt aux adieux. Maintenant, je vais partir, ô mes chers amis, dis-je alors, et la vie s'effaça de tous les visages. Diotime restait debout, telle une statue de marbre, et je sentis sa main défaillir dans la mienne. J'avais tout fait mourir autour de moi, j'étais seul et pris de vertige face au silence illimité où ma vie débordante ne trouvait plus d'appui.

Ah, m'écriai-je, j'ai le cœur en feu, et vous êtes tous là, si froids, mes chers amis ! faut-il que seuls les dieux de la maison tendent l'oreille ? – Diotime !– Tu ne dis rien, tu ne vois rien ! – Ô tant mieux pour toi si tu ne vois pas !

Eh bien, pars donc, soupira-t-elle, puisqu'il le faut ; pars, ô mon cher cœur !

Ô la douce musique de ces lèvres délicieuses, m'exclamai-je, immobile comme un homme en prière devant la noble statue ; douce musique ! caresse-moi, une fois encore, luis pour moi, une fois encore, chère lumière de ses yeux !

Ne parle pas ainsi, mon cher ami, s'écria-t-elle, parle plus sérieusement, parle-moi avec un cœur plus grand !

Je voulais garder une contenance, mais j'étais comme dans un rêve.

Ah, malheur, m'écriai-je, ce n'est pas un adieu dont on revient.

Tu vas la tuer, s'écria Notara. Regarde comme elle reste douce, et toi, tu es hors de toi.

Je la regardai, et des larmes jaillirent de mes yeux brûlants.

Adieu donc, Diotime, m'écriai-je, adieu, ciel de mon amour ! – Soyons forts, mes chers amis, chère mère ! je t'ai donné de la joie et de la peine. Adieu, vous tous, adieu !

Je m'éloignai en titubant. Diotime me suivit, seule.

Le soir était tombé et les étoiles montaient dans le ciel. Nous restâmes silencieux au pied de la maison. Il y avait en nous, au-dessus de nous, quelque chose d'éternel. Diotime m'enlaça, délicate comme l'éther. Fou que tu es, qu'est-ce donc que la séparation, me chuchota-t-elle mystérieusement, avec un sourire d'immortelle.

Moi aussi, je me sens tout différent maintenant, dis-je, et je ne sais pas ce qui est la part du rêve, si c'est ma peine ou ma joie.

Les deux, répondit-elle, et les deux sont une bonne chose.

Ô parfaite créature, m'écriai-je, je parle comme toi. Nous nous reconnaîtrons dans le ciel étoilé. Qu'il soit le signe qui nous lie, aussi longtemps que nos lèvres se tairont.

Qu'il le soit ! dit-elle d'une voix lente que je ne lui avais jamais entendue – et ce fut la dernière que je perçus. Je vis son image s'évanouir dans la lueur du crépuscule, et je ne sais si c'était encore elle vraiment, quand me retournant une dernière fois je vis quelques instants encore ses contours tressaillir puis disparaître dans la nuit.

HYPÉRION À BELLARMIN

Pourquoi te raconter ces choses et faire revivre ma douleur, pourquoi raviver en moi cette jeunesse inquiète ? ne suffit-il pas d'avoir traversé une fois tout l'espace de l'expérience mortelle ? pourquoi ne pas rester tranquillement dans la paix de mon cœur ?

Eh bien, mon cher Bellarmin, si le moindre souffle de vie conserve une valeur pour notre cœur, c'est que toutes les transformations de la pure nature font également partie de sa beauté. Notre âme, quand elle se défait des expériences mortelles et ne vit plus que dans un repos sacré, n'est-elle pas semblable à un arbre sans feuillage ? à une tête sans chevelure ? cher Bellarmin, je me suis reposé pendant quelque temps ; comme un enfant j'ai vécu parmi les paisibles collines de Salamine, oublié du destin et de l'affairement des humains. Et depuis, bien des choses ont changé à mes yeux, et il règne en moi maintenant assez de paix pour que je demeure tranquille, à chaque regard que je porte vers l'existence des hommes. Ô mon ami, à la fin l'esprit nous réconciliera avec tout. Tu ne croiras pas cela, pas de ma bouche en tout cas. Mais je pense que même mes lettres devraient te permettre de percevoir combien chaque jour mon âme est plus apaisée. Et à l'avenir j'entends bien t'en dire toujours assez pour que tu finisses par le croire.

Je te joins des lettres que Diotime et moi-même nous nous sommes écrites après que j'eus pris congé de Calaurée. Elles sont ce que je te confie de plus cher. L'image la plus chaleureuse de tous ces jours de ma vie. Elles te feront peu entendre la rumeur de la guerre. Mais elles ne t'en diront que davantage sur ma propre vie, et c'est bien là ce que tu veux. Ah, et puis, il faut aussi que tu voies combien j'étais aimé. Je n'ai jamais pu te dire cela, seule Diotime le dit.

HYPÉRION À DIOTIME

Je me suis réveillé de la mort des adieux, ma Diotime, mon esprit se relève, raffermi, comme s'il sortait du sommeil.

Je t'écris depuis un sommet dans les montagnes d'Épidaure [1]. Au loin, tout en bas, on aperçoit vaguement ton île, Diotime, et là-bas, de l'autre côté, je distingue mon stade, celui où je dois vaincre ou tomber. Ô Péloponnèse ! et vous sources de l'Eurotas et de l'Alphée [2]. C'est là que les choses se décideront. C'est des forêts de Sparte que, tel un aigle, l'antique génie du pays va jaillir avec notre armée, comme dans un grand bruissement d'ailes.

Mon âme est pleine d'une envie d'agir et pleine d'amour, Diotime, et mon regard s'envole vers les vallées grecques, comme s'il pouvait ordonner par magie : relevez-vous, villes des dieux !

Il y a sûrement un dieu en moi : notre séparation, je la ressens à peine. Mon âme, telles les ombres bienheureuses sur les rives du Léthé, vit désormais avec la

1. Sur la côte nord-est du Péloponnèse.
2. Ces deux rivières sont aussi des « localisations » antiques importantes : Sparte se dressait au bord de l'Eurotas, et Olympie sur les rives de l'Alphée.

tienne dans une liberté céleste et les hasards du Destin n'ont plus de prise sur notre amour.

HYPÉRION À DIOTIME

Je me trouve au milieu du Péloponnèse. La cabane dans laquelle j'ai passé la nuit est celle-là même où je passais la nuit jadis, quand jeune garçon encore ou presque je parcourais ces contrées en compagnie d'Adamas. Quel bonheur, je me souviens, que de rester assis sur le banc devant la maison guettant les sonnailles des caravanes qui arrivaient du lointain [1] et le chantonnement de la fontaine toute proche déversant ses eaux d'argent dans le bassin, sous les acacias en fleur.

Aujourd'hui, de nouveau, je suis heureux. Je parcours ce pays comme j'aurais parcouru la forêt de Dodone, où l'on entendait les chênes prononcer des paroles annonciatrices de gloire. Et je n'aperçois que des exploits, passés, futurs, quand bien même je ne fais que marcher du matin au soir sous le ciel [2]. Crois-moi, quiconque traverse ce pays et supporte cependant le moindre joug sur le col, et ne devient pas Pélopidas [3], est soit dépourvu de cœur, soit profondément démuni de toute intelligence.

Les choses ont-elles si longuement dormi ? le temps s'est-il si longuement traîné, tel le fleuve des Enfers, triste et muet, dans une désolante nonchalance ?

Et pourtant, tout est prêt. Un peu partout le peuple des montagnes déborde de forces vengeresses, il est là telle une nuée d'orage taciturne qui n'attend que le coup de vent qui l'emmènera. Diotime ! laisse-moi

1. Ces caravanes sont évoquées par Chandler.
2. *Unter freiem Himmel* : la locution peut aussi connoter la liberté.
3. Pélopidas (mort en 364 avant J.-C.), chef de guerre thébain, réfugié à Athènes après la conquête de son pays par Sparte en 383, y organisa la reconquête de Thèbes en 379.

souffler parmi eux l'haleine des dieux, laisse-moi leur dire un mot du cœur. Ne crains rien ! Ils ne seront pas si déchaînés que cela. Je connais la brutalité de la nature. Elle dédaigne la raison, mais elle est en alliance avec le souffle de l'enthousiasme [1]. Pour peu qu'un homme œuvre de toute son âme, il ne se trompera jamais. Il n'a pas besoin de réfléchir intensément, car aucune force ne s'oppose à lui.

HYPÉRION À DIOTIME

Je serai demain chez Alabanda. C'est pour moi un vrai plaisir de demander le chemin de Coron [2], et je le demande plus souvent qu'il est nécessaire. J'aimerais m'emparer des ailes du soleil et voler vers lui, mais je me plais tellement aussi à ne pas me décider, à tarder en me demandant : comment vais-je le trouver ?

Ce jeune homme royal ! pourquoi suis-je né après lui ? pourquoi n'ai-je pas surgi d'un seul et même berceau à ses côtés ? Je ne puis supporter la différence qui nous distingue l'un de l'autre. Ah, pourquoi ai-je vécu, tel un pâtre indolent, dans l'île de Tina, ne faisant que rêver à des gens de sa trempe, tandis que lui, tout à une tâche [3] pleine de vie, éprouvait déjà la nature, luttait déjà avec la mer, avec l'air et avec tous les éléments ? n'étais-je pas moi aussi tendu vers la volupté de l'action ?

---

1. *Die Begeisterung* : le terme introduit dans l'alternative l'exaltation de l'esprit face aux arguments raisonnables.

2. La ville assiégée puis abandonnée par le comte Théodore Orlov au début du printemps 1770.

3. Hölderlin utilise ici le mot *Arbeit* dans un sens quasi mythologique, qui évoque peut-être les travaux d'Hercule, lesquels étaient en réalité des tâches ou missions à accomplir. Le sens philosophique à venir, notamment hégélien, n'est pas très éloigné par ailleurs.

Mais je le rattraperai, j'irai vite ! par le ciel ! je suis plus que mûr pour la tâche. Mon âme ne fera plus que se déchaîner contre elle-même si je ne me libère pas bientôt dans une vivante besogne.

Noble enfant ! comment ai-je pu face à toi manifester quelque consistance ? comment as-tu pu aimer un être aussi inactif ?

HYPÉRION À DIOTIME

Je l'ai enfin, chère Diotime !

Plus rien ne pèse sur ma poitrine et tous mes muscles sont vifs à se mouvoir, ohé ! Et l'avenir m'attire vers lui, telle une eau transparente et profonde qui nous incite à plonger et refroidir dans la fraîcheur du bain un sang par trop fougueux. Mais trêve de bavardage. Mon Alabanda et moi sommes l'un à l'autre plus chers que jamais. Nous sommes plus libres dans notre relation, et pourtant, comme jadis, elle est tout entière plénitude et profondeur de la vie.

Ô comme ils avaient raison, les tyrans des temps anciens, d'interdire les amitiés comme la nôtre ! On y est aussi fort qu'un demi-dieu, on ne tolère pas la moindre impudence dans tout son secteur…

Le soir était tombé quand j'entrai dans sa chambre. Il venait de se distraire quelque peu de sa tâche et restait assis à la fenêtre dans un coin de la pièce, éclairé par la lune, absorbé dans ses pensées. J'étais dans l'obscurité, il ne me reconnut pas, regarda avec distraction dans ma direction. Dieu sait pour qui il pouvait bien me prendre. Alors, comment ça va ? s'écria-t-il. Comme ça, comme ça, ai-je répondu. Mais il ne servait à rien de faire semblant : ma voix était pleine d'une jubilation secrète. Eh quoi ? bondit-il, c'est toi ? Eh bien sûr, aveugle que tu es, m'écriai-je, en me jetant dans ses bras. Ô désormais, dit enfin Alabanda, désormais, les choses vont changer, Hypérion !

C'est bien ce que je pense, dis-je en lui serrant joyeusement la main.

Me connais-tu donc encore, reprit-il au bout d'un instant, nourris-tu encore cette bonne vieille foi en ton Alabanda ? Ah, valeureux, depuis je ne me suis jamais senti aussi bien qu'aux temps où je me sentais dans la lumière de ton amour.

Eh quoi ? m'écriai-je, c'est Alabanda qui pose cette question ? Ce n'était pas là une parole bien fière, Alabanda. Mais c'est un signe des temps que l'antique nature héroïque s'aille mendier l'honneur et que le cœur vivant des hommes ait souci, tel un orphelin, d'une petite goutte d'amour.

Mon cher garçon ! s'écria-t-il, justement, j'ai vieilli. La vie molle et sans ressort un peu partout et l'histoire avec ces gens d'autrefois [1] chez qui je voulais te mener à l'école, à Smyrne…

Ô que cela est amer à entendre, m'écriai-je, même sur cet homme-là, la déesse de la mort, la Sans-Nom qu'on appelle Destinée [2], a osé exercer son emprise.

On apporta de la lumière et nous pûmes de nouveau nous examiner l'un l'autre avec une discrète et amoureuse attention. L'aspect extérieur du très cher ami avait beaucoup changé depuis les jours d'espérance. Tel le soleil de midi dans un ciel livide, les grands yeux éternellement vifs qui me regardaient maintenant étincelaient au fond d'un visage flétri.

Mon bon ami ! s'écria Alabanda, tout à la fois aimable et contrarié que je le regarde ainsi, laisse là les regards de la mélancolie, mon bon garçon ! je sais bien, j'ai baissé. Ô mon Hypérion, j'aspire fortement à quelque chose de grand et de vrai, et j'espère y parvenir avec toi. Te voilà plus grand que moi maintenant, plus libre, plus fort qu'autrefois, eh bien, vois-

1. Il s'agit sans doute des visiteurs inquiétants de la première partie. L'expression *die Alten*, « les Anciens », est un peu surprenante…

2. *Moira*, chez Homère, dans l'*Iliade* notamment. Il se pourrait que « *an diesen wagte sich die Todesgöttin* […] » concerne les Anciens.

tu : cela me réjouit le cœur. Je suis la terre aride, et te voici qui arrive comme un orage heureux. – Ô, quelle merveille que tu sois là !

Tais-toi ! dis-je, tu me fais perdre la tête, et nous ne devrions pas parler de nous tant que nous ne sommes pas encore au cœur de la vie et de l'action.

Parfaitement ! s'écria Alabanda tout joyeux, c'est seulement quand le cor retentit que les chasseurs savent ce qu'ils sont.

Est-ce qu'alors ça va bientôt commencer ? demandai-je.

Ça va commencer, s'écria Alabanda, et je te le dis, mon cœur ! ce devrait faire un sacré beau feu. Ô, que oui ! s'il pouvait monter jusqu'à la pointe de la tour et y faire fondre son enseigne, et se déchaîner tout autour d'elle jusqu'à ce qu'elle explose et s'effondre ! Surtout ne sois pas heurté par nos alliés. Je sais parfaitement que nos braves Russes aimeraient nous utiliser comme on utiliserait des fusils ! Mais bon ! dès que nos robustes Spartiates auront eu l'occasion de découvrir qui ils sont et de quoi ils sont capables, et qu'ainsi nous aurons conquis le Péloponnèse, nous nous rierons du pôle Nord et conduirons notre vie selon notre guise.

Une vie selon notre guise, m'écriai-je, une vie nouvelle, digne. Sommes-nous donc nés du marais putride comme les feux follets, ou de la souche des vainqueurs de Salamine ? Où en sommes-nous maintenant ? qu'as-tu fait, ô libre nature grecque, pour devenir cette servante ? comment t'es-tu à ce point avilie, race de nos pères, dont les statues de Jupiter et d'Apollon n'étaient jadis que la copie ? – Entends-moi, ciel d'Ionie, entends-moi, terre de la patrie, toi que voici à moitié nue, vêtue comme une mendiante des guenilles de ton antique magnificence, je ne supporterai pas cela plus longtemps !

Ô soleil qui nous éduquas, s'écria Alabanda, tu vas voir notre courage grandir au cœur même de la tâche entreprise, notre projet prendre forme sous les coups du destin, comme le fer se façonne sous le marteau.

Nous nous enflammions l'un l'autre tour à tour.

Et qu'il ne subsiste surtout pas la moindre salissure, m'écriai-je, ni l'un de ces masques grotesques dont le siècle nous affuble, comme la populace grime ses murs ! Ô, s'écria Alabanda, c'est pour cela aussi que la guerre est si bonne...

Comme l'est précisément, Alabanda, m'écriai-je, toute tâche majeure où ce qui concourt à la réussite c'est la force et l'esprit de l'homme, non les béquilles ou les ailes de cire [1] ! Nous ôtons alors les habits d'esclave où le Destin nous avait imprimé ses armoiries...

Dès lors, plus rien de vain ou d'imposé n'a plus la moindre valeur, s'écria Alabanda, nous allons droit au but sans ornements, sans chaînes, nus, comme les athlètes dans la course aux Jeux de Némée [2].

Droit au but, m'écriai-je, là où point l'aurore du jeune État libre et où le Panthéon de toute la beauté s'élève au-dessus de la terre grecque.

Alabanda demeura silencieux un instant. Une rougeur nouvelle apparut sur son visage, et tout son corps grandit comme la plante qu'on vient d'abreuver.

Ô jeunesse ! jeunesse ! s'écria-t-il, je veux boire alors à ta source, je veux vivre alors et aimer. Me voici, ciel de la nuit, parfaitement joyeux, poursuivit-il, comme ivre, en s'avançant sous la fenêtre, ta vaste voûte me recouvre comme la vigne d'une tonnelle, et tes étoiles pendent comme des raisins.

HYPÉRION À DIOTIME

C'est ma bonne fortune, de vivre ainsi absorbé par ma tâche. Sinon je me précipiterais d'une folie dans

1. Allusion au mythe de Dédale et d'Icare.
2. Jeux athlétiques parallèles à ceux d'Olympie dans la Grèce ancienne.

l'autre, tant mon âme est comblée, tant je suis enivré par cet homme, cet être merveilleux et fier qui n'aime rien d'autre que moi et dépose sur moi et sur moi seul toute l'humilité qui est en lui. Ô Diotime ! ce valeureux Alabanda a pleuré devant moi, il m'a, comme un enfant, supplié d'oublier ce qu'il m'avait fait à Smyrne.

Qui suis-je donc, mes très chers, pour oser vous dire miens, pour avoir le droit de dire que vous m'appartenez, que je suis parmi vous tel un conquérant et vous capture comme si vous étiez ma proie.

Ô Diotime ! Ô Alabanda ! ô nobles personnes pleines de tranquille grandeur ! comment faut-il que j'achève parfaitement ma tâche, si je ne veux pas prendre la fuite devant ce bonheur, devant vous !

À l'instant même, tandis que j'écrivais, très chère, j'ai reçu ta lettre. Ne sois pas triste, douce et noble enfant, ne sois pas triste ! Épargne-toi, reste hors d'atteinte du chagrin, réserve-toi pour les fêtes de la patrie ! Diotime ! réserve-toi pour l'ardent jour de fête de la nature, et pour l'allégresse de toutes les journées dédiées aux dieux !

Ne vois-tu pas déjà la Grèce ?

Ô, ne vois-tu pas comme les étoiles éternelles, joyeuses de leur nouveau voisinage, sourient au-dessus de nos villes et de nos bois, comment l'antique mer de toujours, voyant notre peuple déambuler tranquillement sur le rivage, se souvient des beaux habitants d'Athènes et de nouveau nous apporte le bonheur, comme jadis sur la vague joyeuse elle l'apportait à ses préférés ?

Belle enfant ardente et sensible, tu es déjà si belle aujourd'hui, comme tu fleuriras dans une gloire ravissante, quand tu seras nourrie de l'authentique climat !

DIOTIME À HYPÉRION

Je m'étais enfermée le plus clair du temps depuis que tu es parti, cher Hypérion ! Aujourd'hui, pour la première fois, je suis de nouveau sortie.

Dans l'air subtil et agréable de février j'ai recueilli un peu de vie et t'apporte ce que j'ai recueilli. Ce frais réchauffement du ciel m'a encore fait du bien à moi aussi, et je l'ai encore ressentie en moi-même, la volupté neuve du monde des plantes, si pur et toujours semblable, où tout s'afflige, puis de nouveau se réjouit en son temps.

Hypérion ! Ô mon Hypérion ! pourquoi n'allons-nous pas nous aussi par les chemins paisibles de la vie ? Ce sont des noms sacrés, hiver, printemps, été, automne ! mais nous, nous ne les connaissons pas. N'est-ce pas un péché que d'être triste au printemps ? et pourquoi cependant le sommes-nous malgré tout ?

Pardonne-moi ! les enfants de la terre ne vivent que du soleil ; moi je vis de toi, j'ai d'autres joies, est-ce donc un miracle si j'ai une autre tristesse, et faut-il que je sois triste ? le faut-il ?

Mon cher, mon courageux ami ! faudrait-il que je m'étiole tandis que tu resplendis ? et que mon cœur ternisse, quand le plaisir du triomphe se réveille dans toutes les fibres de ton corps ? si l'on m'avait jamais dit qu'un jeune Grec se mettait en chemin pour tirer le bon peuple de son déshonneur, pour le ramener à la beauté maternelle dont il est issu, comme alors j'aurais été frappée d'étonnement et tirée du rêve de l'enfance, et me serais languie de l'image de cette chère personne ! et maintenant qu'il est là, maintenant qu'il est mien, puis-je encore pleurer ? sotte fille que je suis ! n'est-ce donc pas bien réel ? n'est-il pas cet homme magnifique et n'est-il pas mien ! ô vous les ombres des heures bienheureuses ! ô vous mes souvenirs les plus chers et si présents !

Il me semble en effet, malgré tout, que c'était hier encore à peine, cette soirée magique où ce saint inconnu m'a rencontrée pour la première fois, quand tel un génie affligé il est entré de toute sa lumière dans les ombres de la forêt où se trouvait la jeune enfant insoucieuse, plongée dans ses rêves de jeunesse – il est venu dans l'air de mai, dans l'air magique du mai d'Ionie qui me le rendait plus resplendissant encore, qui lui dégageait les cheveux, lui ouvrait comme aux fleurs la corolle des lèvres, dénouant en sourire son humeur douloureuse, et comme vous m'illuminiez alors, ô rayons du ciel, depuis le fond de son regard, depuis ces sources enivrantes où dans l'ombre d'arches protectrices palpite et luit une éternelle vie ! –

Dieux pleins de bonté ! que ce regard tendu vers moi l'a rendu beau ! je l'ai vu alors tout entier cet homme jeune, soudain plus grand d'une toise [1], avec ses muscles déliés, laissant tomber les bras, ses chers, ses si modestes bras, comme s'ils n'étaient rien ! et il a levé ses yeux ravis vers le ciel comme si je m'y étais envolée et n'étais plus devant lui, ah ! comme il a souri et rougi avec toute la grâce de son cœur quand son regard s'est de nouveau posé sur moi et qu'entre les larmes qui montaient dans ses yeux son regard de soleil a rayonné soudain pour me demander est-ce toi ? est-ce toi vraiment ?

Et pourquoi est-il venu à moi avec tant de piété au cœur, tant d'adorable crédulité [2] ? pourquoi a-t-il d'abord incliné la tête, pourquoi ce jeune enfant des dieux était-il à ce point empli de langueur et de tristesse ? Son génie était trop bienheureux pour qu'il restât seul, et trop pauvre était le monde pour le comprendre. Ô ce fut une image chère, tissée de grandeur et de souffrance ! Mais il n'en va plus de même aujourd'hui ! il n'est plus question de souffrance ! Il a quelque chose à faire maintenant, il n'est plus cet être malade ! –

Je n'étais que soupirs en commençant cette lettre, mon aimé ! Et maintenant je ne suis plus que joie. Les

---

1. Littéralement : « d'un empan ».
2. Le mot signifie aussi « superstition ».

mots qu'on dit, passant par toi, rendent heureux. Et voilà ! il faudrait aussi que cela dure. Adieu !

HYPÉRION À DIOTIME

Nous avons encore eu le temps de te fêter, belle vie ! avant que commence le vacarme ! Ce fut une journée céleste. Le printemps gracieux nous envoyait ses brises et sa lumière depuis l'Orient, faisait éclore ton nom sur nos lèvres, comme aux arbres les fleurs nouvelles, et tous les bienheureux mystères de l'amour respiraient avec moi. Un amour comme le nôtre, cet ami n'en avait jamais vu, et c'était un ravissement de voir combien cet homme noble était attentif et comme s'embrasaient son regard et son esprit pour saisir ton image, ton être.

Ô, s'écria-t-il enfin, il vaut bien la peine alors de se battre pour notre Grèce, s'il y pousse encore ce genre de plante !

Pour sûr, mon Alabanda, ai-je dit ; nous marchons sereins au combat, un feu céleste nous pousse à des exploits quand notre esprit est régénéré, rajeuni par l'image de pareilles natures, dès lors, on ne court pas vers quelque but infime, on ne se soucie pas de ceci ou cela, on ne discutaille plus abstraitement, oublieux de l'esprit, en buvant le vin par amour du récipient ; nous n'aurons de repos, Alabanda, que le jour où la volupté du génie ne sera plus un mystère, que lorsque les regards se transformeront en arcs de triomphe où l'éclatante lumière de l'esprit humain, du si longtemps absent, jaillira par-delà les errances et les souffrances et saluera heureux et victorieux l'éther paternel. – Allons ! ce n'est pas au seul drapeau que l'on doit reconnaître notre peuple à venir. Il faut que tout retrouve une jeunesse, et change de fond en comble ; que le plaisir soit plein de gravité et que le travail déborde de félicité ! qu'au plus humble et au plus quotidien ne manquent ni l'esprit ni les dieux ! que l'amour et la haine et le moindre des sons venus de nous effare le monde ordinaire, et puis, qu'aucun instant n'aille une seule fois nous rappeler l'insipide passé.

HYPÉRION À DIOTIME

L'éruption du volcan a commencé. Les Turcs sont assiégés à Coron et Modon [1] et nous faisons route avec nos montagnards vers le haut du Péloponnèse.

Toute ma mélancolie se dissipe à présent, Diotime, et mon esprit est plus ferme et rapide depuis que je suis pris par une tâche vivante, et, vois ! j'ai désormais aussi un ordre du jour.

Je commence avec le soleil. Je sors alors et me rends aux lieux où mes gens sont couchés dans l'ombre de la forêt, et salue les mille regards clairs qui s'ouvrent devant moi, amicaux et farouches. Une armée qui s'éveille ! je ne connais rien de comparable : à côté de cela, toute espèce de vie dans les villes et les villages fait songer à un essaim d'abeilles.

L'homme ne peut nier qu'il ait été heureux jadis, comme les cerfs des forêts, et d'innombrables années plus tard monte encore en nous une nostalgie de ces jours du monde premier, où chacun parcourait la terre comme un dieu avant que je ne sais quoi eût domestiqué l'homme, où plutôt que des murs et du bois mort, c'était l'âme du monde, l'air sacré qui l'entourait encore en tous lieux de toute part.

Diotime ! bien souvent je suis comme frappé d'étonnement quand je passe au milieu de notre peuple insoucieux, et que telles des plantes surgissant du sol mes gens se lèvent l'un après l'autre et s'étirent

1. Le comte Orlov assiégea vainement par mer la ville de Coron jusqu'au 16 avril 1770 ; la ville de Mothone fut elle aussi vainement assiégée par les Russes et les Grecs jusqu'au début de mai 1770.

en direction du soleil levant, et qu'au milieu de ces meutes d'hommes monte la flamme crépitante, cependant que la mère reste assise avec son enfant grelottant, et que cuisent les aliments revigorants, que les chevaux flairant le jour s'ébrouent et crient, puis que la forêt résonne d'une musique de guerre qui fait tout trembler, et qu'alentour luisent et bruissent les armes – mais ce ne sont là que des mots, le plaisir bien particulier de ce genre de vie ne se raconte pas.

Après cela, ma horde se rassemble autour de moi, avec une joie impatiente et c'est un émerveillement de voir comment même les plus vieux et les plus valeureux me rendent les honneurs malgré toute ma jeunesse. Nous nous connaissons de mieux en mieux et beaucoup me racontent ce qu'ils ont vécu et bien souvent mon cœur se gonfle quand j'entends raconter la destinée de beaucoup d'entre eux. Je me mets alors à parler de jours meilleurs, et leurs yeux brillants s'écarquillent quand ils songent à l'alliance qui doit nous unir : ils entrevoient confusément la fière image de l'État libre en train de naître.

Tous pour un, un pour tous ! Il règne un esprit joyeux au cœur de ces paroles, qui toujours saisit mes gens comme un commandement divin. Ô Diotime, voir comment alors les espérances redonnent consistance et vie à la nature engourdie, combien tous les organes palpitent en elle plus puissamment, et comme les projets déridant et illuminent les fronts assombris, se trouver là au milieu d'une sphère d'hommes, environné de foi et d'ardeur, c'est plus encore que de contempler dans toute leur gloire la terre et le ciel et la mer.

Après cela je les exerce au maniement des armes et à la marche jusque vers midi. Leur humeur valeureuse et gaie en fait de bons élèves, à mesure qu'elle fait de moi un maître. Tantôt ils se tiennent là serrés les uns contre les autres en phalange macédonienne [1] et ne

1. Cet ordre de bataille, introduit par Philippe de Macédoine (le père d'Alexandre le Grand), évoque un peu la « tortue » des soldats romains.

font que bouger les bras, tantôt ils se dispersent comme une volée d'oiseaux pour des combats plus audacieux en hordes isolées où la force souple se modifie à chaque endroit et où chacun est à soi son propre chef de guerre, puis se rassemblent en un point plus sûr – cependant que toujours, où qu'ils aillent ou se tiennent durant ces danses guerrières, ils ont tout comme moi la vision des valets des tyrans et du champ de bataille plus sérieux qui les attend.

Puis, quand le soleil est plus brûlant, on délibère au sein de la forêt et c'est une joie de gouverner ainsi en silence et de sang-froid le sort des grandes choses de l'avenir. Nous prenons au hasard sa puissance, nous dominons le destin. Nous faisons naître la résistance à notre guise, nous attirons l'adversaire là où nous sommes prêts et armés pour le recevoir. Ou alors nous ne faisons qu'observer et donnons l'impression d'avoir peur, nous le laissons s'approcher jusqu'à ce que sa tête soit assez proche pour que nous puissions frapper, nous lui faisons perdre rapidement toute contenance, telle est ma panacée [1]. Cela étant, les médecins plus expérimentés ne pensent pas grand bien de ce genre de remèdes universels.

Si tu savais comme alors je me sens bien, le soir, auprès de mon Alabanda, lorsque par pur plaisir nous parcourons sur nos montures joueuses les collines rougies par le couchant, quand sur tous les sommets où nous nous attardons l'air vient jouer dans les crinières de nos bêtes et que le murmure amical du feuillage se mêle à nos conversations, tandis que nous regardons au loin les horizons de Sparte, l'enjeu de notre combat, et quand ensuite, une fois rentrés, nous restons assis tous les deux dans la fraîcheur exquise de la nuit, quand nos coupes exhalent un bouquet parfumé et que la lune illumine notre repas frugal, et qu'alors au sein de notre silence souriant, tel un nuage montant du sol sacré qui nous porte, s'élève la

1. En français dans le texte, plus près du grec *panakeia*.

mémoire, l'histoire des Anciens, quel bonheur merveilleux de se tendre la main en de pareilles heures.

Alabanda peut alors évoquer la destinée de mainte personne accablée par l'ennui de son siècle, de mainte existence à la trajectoire étonnamment tordue, que la vie se fraie après qu'on l'a empêchée de marcher droit, et je songe alors soudain à mon Adamas, et à tous ses voyages et à son propre désir de pénétrer au cœur de l'Asie – et voudrais lui crier : ce ne sont là que des expédients, mon vieil ami, viens donc, et construis ton monde ! avec nous ! car notre monde est aussi le tien.

Et le tien aussi, Diotime, car il est le calque de toi-même. Ô Diotime, toi et ton calme élyséen, puissions-nous créer ce que tu es !

HYPÉRION À DIOTIME

Nous venons de remporter trois victoires de suite dans de petits assauts où les combattants se croisaient comme des éclairs et où tout n'était plus qu'une seule et même flamme dévorante. Nous avons pris Navarin [1] et sommes maintenant devant la citadelle de Mistra, tout ce qui reste de l'ancienne Sparte. J'ai aussi planté sur une ruine devant la ville le drapeau que j'avais arraché à une horde d'Albanais, jeté mon turban dans l'Eurotas et je porte depuis le casque grec.

Et maintenant je voudrais te voir, ô belle enfant, je voudrais te voir et prendre tes mains et les presser contre mon cœur, dont la joie peut-être sera bientôt trop grande ! bientôt, dans une semaine peut-être, il sera libéré, le beau et noble et saint Péloponnèse.

---

1. Aujourd'hui Pylos, sur la côte sud-ouest du Péloponnèse ; Navarin fut prise en avril par le comte Orlov.

Et alors, ô très chère, apprends-moi la piété ! enseigne une prière à mon cœur exultant ! je devrais me taire, car qu'ai-je fait ? et si j'avais fait quelque chose dont je voulusse parler, que reste-il cependant ? Mais qu'y puis-je si ma pensée est plus rapide que le temps ? je voudrais tellement que ce fût l'inverse et que le vol de l'action dépasse la pensée et que la victoire ailée arrive plus vite encore que l'espérance elle-même.

Mon Alabanda est resplendissant comme un fiancé. Dans chacun de ses regards je perçois le rire du monde qui s'approche, et tâche d'y apaiser encore mon impatience.

Diotime ! je ne voudrais pas échanger ce bonheur naissant contre toute la plus belle époque de la vie de la Grèce antique, et la moindre de nos batailles m'est plus chère que Marathon, et les Thermopyles et Platée [1]. N'est-il pas vrai que la vie convalescente vaut plus pour un cœur que la vie pure qui ne connaît pas encore la maladie ? C'est seulement après que la jeunesse s'en est allée que nous l'aimons, et seulement quand la Disparue s'en revient qu'elle comble de bonheur les profondeurs de l'âme tout entière.

Ma tente est dressée au bord de l'Eurotas, et quand je me réveille après minuit, j'entends rouler l'antique dieu du fleuve, comme s'il me signifiait quelque chose, et je cueille en souriant les fleurs de la rive, et les répand sur le miroir de ses eaux en lui disant : prends donc ceci comme un signe, ô solitaire ! Bientôt la vie d'antan refleurira autour de toi.

1. Trois des batailles les plus célèbres de l'histoire grecque : Marathon, en 490 avant notre ère, victoire sur les Perses ; le défilé des Thermopyles, défaite contre les Perses dix ans plus tard ; Platée, 489 avant notre ère, victoire sur les Perses, qui mit fin aux guerres médiques.

DIOTIME À HYPÉRION

J'ai reçu les lettres, mon Hypérion, que tu m'as écrites en chemin. Tu m'impressionnes grandement par tout ce que tu me dis, et au sein même de mon amour je frissonne souvent à l'idée de voir le délicat jeune homme qui avait pleuré à mes pieds transformé en cet être énergique.

Dis-moi, ne vas-tu point désapprendre d'aimer ?

Mais bon, transforme-toi ! je te suivrai. Même s'il advenait que tu pusses me haïr, je crois que même alors je pourrais encore suivre tes sentiments, je me donnerais la peine de te haïr et nos deux âmes continueraient ainsi d'être égales, et ce que je dis là, Hypérion, n'est pas une vaine outrance.

Moi aussi, je suis complètement différente de ce que je fus jadis. J'ai perdu le regard serein sur le monde et le libre plaisir de tout ce qui est vivant. Il n'est plus que le champ des étoiles pour attirer encore mes yeux. En revanche, je n'en préfère que davantage songer aux grands esprits d'antan et à la fin qu'ils ont connue sur cette terre, et les nobles femmes de Sparte ont conquis mon cœur [1]. Ce n'est pas pour autant que j'oublie les nouveaux, les solides combattants dont l'heure est venue. J'entends souvent, et de plus en plus près, mugir la clameur de leurs victoires dans la remontée du Péloponnèse, et souvent je les vois telle une cataracte se déverser là-bas dans les forêts d'Épidaure, je vois leurs armes scintiller au loin dans le soleil qui les accompagne comme un hérault, ô mon Hypérion, et te voici qui passes bien vite sur l'île de Calaurée et tu viens saluer les forêts silencieuses de notre amour, et me saluer moi, et tu t'envoles de nouveau vers la tâche qui t'attend ; et penses-tu que je redoute la fin de tout cela ? Très cher, si c'est une

1. Plutarque (dans *Moralia*, 242d), rapporte des *Apophtegmata Lakonika*, qui montrent que les femmes de Sparte plaçaient l'amour de la patrie au-dessus de l'amour pour leurs propres fils.

crainte qui parfois pourrait me submerger, j'ai des pensées plus hautes qui retiennent comme des flammes ce soudain froid glacial. –

Adieu ! achève la guerre, comme te le commande l'esprit, et fais en sorte qu'elle ne dure pas trop, pour l'amour de la paix, Hypérion, pour l'amour de la belle, de la nouvelle paix, de la paix dorée dans laquelle, comme tu me le disais, les Lois de la Nature seront inscrites un jour sur notre grand Livre du Droit, et où la vie elle-même, où la divine nature, celle qui ne peut être écrite en aucun livre, sera dans le cœur même de la communauté. Adieu.

HYPÉRION À DIOTIME

Tu aurais dû me tempérer, ma Diotime, tu aurais dû m'enjoindre de me garder de toute précipitation, me dire qu'il fallait prendre peu à peu la victoire au destin, comme on récupère une somme auprès de débiteurs indigents. Ô belle enfant, rester calme est pire que tout. Le sang me sèche dans les veines, tant j'ai soif d'aller plus loin, alors que je suis contraint présentement de rester là inactif, de faire le siège et encore le siège, jour après jour. Notre peuple veut partir à l'assaut, mais cela échaufferait jusqu'à l'ivresse les esprits déjà énervés, et malheur alors à tous nos espoirs si le fond sauvage qui les habite fermente de plus en plus et déchire les entraves de la discipline et de l'amour.

Je ne sais pas vraiment, les choses ne peuvent plus durer que quelques jours encore et Mistra devra se rendre, mais je voudrais que nous soyons déjà au-delà de cette conquête. Dans le camp, il me semble respirer comme une atmosphère d'orage. Je suis plein d'impatience, et par ailleurs mes gens ne me plaisent pas. Il règne chez eux une terrible envie méchante d'en découdre.

Mais il n'est pas très sage de ma part de faire tant de cas de mon humeur. Et l'antique Lacédémone vaut bien la peine qu'on supporte un peu de souci avant qu'on l'ait conquise.

HYPÉRION À DIOTIME

Tout est fini, Diotime ! nos hommes ont pillé, assassiné sans distinction [1], et nos frères aussi, les Grecs de Mistra, ces innocents, ont été tués, ou alors ils errent désemparés dans la région et leurs visages morts de douleur implorent le ciel et la terre de les venger de ces barbares dont j'étais le chef

Je peux partir à présent et prêcher ma bonne cause ! Ô tous les cœurs voleront alors vers moi !

Pourtant, je n'ai pas manqué de sagacité. J'avais percé mes gens. De fait ! C'était un projet bien peu commun de faire mettre en terre mon Élysée par une bande de brigands.

Non ! Par la sainte Némésis ! j'ai mérité ce qui m'arrive et je l'accepterai, l'accepterai jusqu'à ce que la douleur m'arrache ma dernière conscience.

Penses-tu que je perde la tête ? J'ai reçu une blessure honorable qu'un de mes fidèles m'a infligée alors que je voulais empêcher ces atrocités. Si je perdais la tête, j'arracherais le pansement et mon sang s'écoulerait là où il doit s'écouler, dans cette terre endeuillée.

Cette terre endeuillée ! nue ! que je voulais vêtir de bois sacrés, que je voulais orner de toutes les fleurs de la vie grecque !

Ô, comme ç'eût été beau, ma Diotime.

Diras-tu que je perds courage ? Chère enfant ! c'est trop de malheur. Dans tous les coins du pays des

1. Voir Choiseul, I, 8, qui rapporte comment les Grecs déchaînés ont massacré des milliers d'habitants de la ville, dont de nombreux Grecs…

hordes furieuses font irruption. La folie prédatrice se déchaîne dans la Morée [1] et ceux qui ne prennent pas l'épée à leur tour sont pourchassés et massacrés, ce qui n'empêche pas ces fous furieux de dire qu'ils combattent pour notre liberté. Le sultan, quant à lui, a recruté d'autres éléments de ce peuple fruste, qui se comportent exactement comme les premiers.

À l'instant, j'apprends que notre armée sans honneur est maintenant dispersée. Ces lâches ont rencontré près de Tripolis [2] une horde d'Albanais moitié moins nombreuse qu'eux. Mais comme il n'y avait rien à piller, les misérables sont partis. Les Russes, qui avaient osé participer avec nous à cette campagne, quarante braves des braves [3], ont tenu bon seuls, et tous pareillement ont trouvé la mort.

Et me voici de nouveau seul avec mon Alabanda, comme avant. Depuis que ce fidèle compagnon m'a vu tomber et perdre mon sang à Mistra, il a oublié tout le reste, ses espérances, son désir de vaincre, son désespoir. Lui qui, bouillant de colère, fondait sur les pillards comme un dieu châtieur, m'a alors sorti avec délicatesse du tumulte, et ses larmes ont inondé mes vêtements. Il est aussi resté auprès de moi dans la cabane où je me trouve depuis, et j'en suis vraiment très heureux à présent. Car si j'avais continué avec les autres, je serais aujourd'hui couché dans la poussière de Tripolis.

Quant à ce qui adviendra maintenant, je n'en sais rien. Le destin me repousse dans l'Incertain et je l'ai mérité ; ma propre honte me bannit de toi, qui sait pour combien de temps ?

Ah ! je t'avais promis un pays, une Grèce, au lieu de quoi tu n'as droit qu'à des lamentations. Sois toi-même ton propre réconfort !

---

1. Vieux mot slave pour désigner le Péloponnèse.
2. Ville du centre du Péloponnèse, où les Grecs subirent en avril 1770 une sévère défaite et prirent la fuite dans les montagnes, tandis que les habitants étaient massacrés par les Albanais.
3. Tous ces chiffres ne correspondent pas à la réalité connue. Hölderlin se fie ici à la traduction erronée de Choiseul par Reichard.

HYPÉRION À DIOTIME

J'ai du mal à prendre la parole.

On aime parler, on jase comme les oiseaux, aussi longtemps que le monde, telle une brise de mai, vous effleure avec douceur. Mais entre midi et le soir les choses peuvent changer, et qu'a-t-on, en fin de compte, perdu ?

Crois-moi et songe, je te le dis du plus profond de mon âme : le langage est une grande chose superflue. Le mieux, eh oui, reste toujours pour soi et repose dans ses profondeurs, comme la perle au fond de la mer. – Mais ce qu'à dire vrai je voulais t'écrire, parce qu'il faut malgré tout que le tableau ait son cadre et l'homme son ouvrage quotidien, c'est que je veux encore prendre du service pendant quelque temps dans la flotte russe, car avec les Grecs, je n'ai plus rien à faire.

Ô ma très chère enfant ! il fait très noir maintenant tout autour de moi.

HYPÉRION À DIOTIME

J'ai hésité, combattu. Mais finalement, il faut qu'il en soit ainsi.

Je vois ce qui est nécessaire, et parce que je le vois, il faut aussi que cela advienne. Ne te méprends pas sur ce que je dis ! ne me condamne pas ! Je ne peux pas ne pas te conseiller de m'abandonner, ma Diotime.

Je ne suis plus rien pour toi, noble et douce personne ! Ce cœur est tari pour toi et mes yeux ne voient plus ce qui vit. Ô mes lèvres sont sèches ; le tendre souffle de l'amour ne surgit plus dans ma poitrine.

Une seule journée m'a emporté toute espèce de jeunesse ; sur les rives de l'Eurotas ma vie s'est épuisée à pleurer, ah ! sur les rives de l'Eurotas qui roule en gémissant une honte sans issue près des ruines de Lacédémone. C'est là que le destin a fauché jusqu'à mes dernières forces. – Dois-je posséder ton amour comme on garde une aumône ? – Me voici moins que rien, aussi pauvre de gloire que le plus misérable des valets. Je suis banni, maudit comme un vulgaire rebelle et bien des Grecs de Morée raconteront un jour comme une histoire de voleurs nos exploits héroïques aux enfants de nos enfants.

Ah, il y a encore quelque chose que je t'ai tu longtemps. Mon père m'a renié solennellement, m'a chassé sans espoir de retour de la maison de ma jeunesse. Il ne veut plus jamais me voir, ni en cette vie, ni dans l'autre, ce sont ses mots. C'est en gros sa réponse à la lettre où je lui écrivais dans quoi je m'engageais.

Cela étant, ne laisse jamais la pitié t'induire en erreur. Crois-moi, il y a toujours encore quelque part une joie qui nous attend. La douleur véritable inspire. En foulant aux pieds son malheur, on se dresse plus haut. Et c'est là quelque chose de magnifique : qu'il faille être dans la souffrance pour percevoir véritablement la liberté de notre âme. Liberté ! pour qui comprend ce mot… c'est un mot profond, Diotime, je suis si profondément touché, blessé de manière si inouïe, sans espoir, sans but, complètement indigne : et pourtant il y a une force en moi, une puissance incoercible qui inonde tous mes os d'agréables frissons, chaque fois qu'elle se manifeste en moi.

Et puis, j'ai toujours mon Alabanda. Il a tout aussi peu à gagner que moi-même. Je peux sans dommage le garder pour moi. Ah, ce royal jeune homme aurait mérité meilleur sort. Il est si doux et discret à présent. Souvent, cela me déchire le cœur. Mais chacun tient et soutient l'autre. Nous ne nous disons rien. Et que nous dirions-nous ? mais il y a cependant une bénédiction dans de nombreux petits services d'amour que nous nous rendons.

Il dort à l'heure qu'il est et sourit béatement, au beau milieu de notre amère destinée. Brave garçon ! il ignore ce que je suis en train de faire, il ne le supporterait pas. Il faut absolument que tu écrives à Diotime, m'a-t-il ordonné, et que tu lui dises de prendre la route sans tarder avec toi, pour fuir dans un pays acceptable. Mais il ignore qu'un cœur ayant autant appris à désespérer que le sien et le mien n'est plus rien pour l'aimée. Non ! Non ! tu ne trouverais jamais de paix auprès d'Hypérion, il faudrait que tu deviennes infidèle, et cela, je veux te l'épargner.

Et donc, adieu, ma tendre enfant ! adieu ! je voudrais te dire : pars, pars là-bas, pars là où chantonnent les sources de la vie. J'aimerais te montrer un pays plus libre, un pays plein de beauté et d'âme et te dire : va là-bas trouver ton salut ! Mais, ô ciel, si je pouvais cela, c'est que je serais un autre et non point obligé de prendre congé ? Ah ! je ne sais pas ce que je fais. Moi qui me pensais si résolu, si lucide. La tête me tourne maintenant et mon cœur se tourne et retourne comme un malade impatient. Que le malheur fonde sur moi ! J'anéantis ma dernière joie. Mais il ne peut pas ne pas en être ainsi et le cri de douleur de la nature ne sert ici de rien. J'ai cette dette envers toi et suis né, de toute façon, pour n'avoir ni pays, ni repos. Ô terre, et vous étoiles ! habiterai-je jamais nulle part enfin ?

Je voudrais revenir, une fois encore, une seule, où que ce soit, revenir m'appuyer contre ton sein ! Une fois encore me rencontrer dans l'éther lumineux de ton regard ! être suspendu à tes lèvres, ô mon Adorée ! mon Indicible ! et abreuver mon être à la source de ta vie ravissante, de ta douce et sainte vie – mais n'écoute pas ces mots ! je t'en prie ! n'en tiens pas compte ! si tu les entendais, je dirais que je suis un vil séducteur. Tu me connais, tu me comprends. Tu sais combien en n'ayant pas le regret de moi, en ne m'écoutant pas, tu me respecteras profondément.

Je ne peux, je ne dois plus… comment le prêtre pourrait-il vivre encore quand son dieu n'est plus ? Ô génie de mon peuple ! Âme de la Grèce ! il faut que je descende, il faut que je te cherche au royaume des morts.

HYPÉRION À DIOTIME

J'ai longtemps attendu, je veux t'en faire l'aveu, je me suis langui de l'espoir d'une parole d'aide que prononcerait ton cœur, mais tu te tais. C'est là encore un langage de ta belle âme, Diotime.

Ce n'est pas pour autant, n'est-ce pas, que les harmonies plus sacrées vont cesser de résonner ? N'est-il pas vrai, Diotime, quand bien même disparaît du ciel le tendre clair de lune de l'amour, n'est-il pas vrai que plus haut les étoiles luisent toujours au firmament ? Ô, c'est là ma dernière joie, que nous soyons inséparables, quand bien même aucun son de ta bouche ne revient plus à moi, aucune ombre des beaux et nobles jours de notre jeunesse.

Je regarde au loin sur la mer l'horizon rougeoyant du couchant [1], je tends les bras vers la contrée où tu vis loin de moi et mon âme se chauffe une fois encore aux joies de l'amour et de la jeunesse.

Ô terre, ô mon berceau ! il y a dans l'adieu que nous t'adressons toute la volupté et toute la souffrance.

Vous, chères îles d'Ionie, et toi, ma Calaurée, et toi, ma Tina, je vous vois toutes du fond d'un même regard, si loin que vous soyez et mon esprit s'envole avec les brises légères au-dessus des eaux agitées, et vous que vaguement l'on distingue là-bas sur les bords, rives de Téos et d'Éphèse, que jadis aux jours d'espérance je parcourais avec Alabanda, j'aperçois de nouveau, comme autrefois, votre lisière claire, et je voudrais traverser la mer jusqu'à votre terre ferme et baiser votre sol et réchauffer ce sol contre mon sein et bredouiller tous les tendres mots d'adieu devant la terre silencieuse avant de m'envoler là-haut.

---

1. Hypérion se trouve dans la région de Navarin : le couchant se trouve dans la direction de la Sicile, tandis que Diotime se trouve au nord-est, sur l'île de Calaurée : la deuxième proposition n'est pas redondante avec la première.

Il est dommage, dommage que les choses aujourd'hui n'aillent pas mieux parmi les hommes, sinon je resterais volontiers sur ce bon astre. Mais je peux me passer de ce globe terrestre. Et cela est bien plus que ce qu'il peut donner.

« Ô mon enfant, endurons la servitude sous la lumière du soleil » dit la mère de Polyxène[1] à son enfant ! et son amour de la vie ne pouvait pas formuler les choses avec plus de beauté. Mais la lumière du soleil est précisément ce qui me contre-indique la servitude, c'est elle qui m'empêche de demeurer sur la terre déshonorée, et ses rayons sacrés m'attirent comme des sentiers ramenant au pays.

Depuis longtemps la majesté de l'âme sans destin m'a été plus présente que n'importe quoi d'autre ; j'ai parfois vécu en moi-même dans une splendide solitude ; je me suis habitué à secouer de moi les choses extérieures, comme autant de flocons de neige ; pourquoi dès lors irais-je redouter de chercher ce qu'on nomme la mort ? ne me suis-je pas libéré en pensée, comment pourrais-je hésiter à le faire réellement ? Sommes-nous donc comme les serfs enchaînés au sol que nous labourons, ou comme la volaille peureuse qui ne peut quitter la basse-cour puisque c'est là qu'on donne à manger ?

Nous sommes pareils à ces jeunes aigles que leur père chasse du nid pour qu'ils aillent chercher une proie dans les hauteurs de l'éther.

Demain notre flotte va se battre et le combat sera assez acharné. Je vois dans cette bataille quelque chose comme un bain qui me lavera de la poussière ; et j'y trouverai bien ce que je souhaite ; les souhaits comme le mien trouvent aisément à se réaliser sur place. En sorte qu'au bout du compte j'aurai quand même atteint quelque chose dans toute cette campagne, et je vois que chez les hommes aucune peine n'est vaine.

1. Fille de Priam et d'Hécube. Citation déformée du vers 415 de l'*Hécube* d'Euripide.

Bonne âme ! j'aimerais dire : pense à moi, quand tu viendras sur ma tombe. Mais je serai sans doute jeté dans la mer, et je ne suis pas mécontent de songer que mes restes sombreront vers les fonds où se recueillent toutes les sources et tous les fleuves que j'aimais, et d'où montent les lourds nuages d'orage qui iront abreuver les montagnes et les vallées que j'aimais. Et nous, Ô Diotime ! Diotime ! quand nous reverrons-nous ?

Il n'est pas possible, et ma vie la plus intime se révolte à cette idée, quand j'y pense, que nous nous perdions. Je parcourrais pendant des millénaires les astres de l'univers, revêtirais toutes les formes, tous les langages de la vie pour te revoir une seule fois. Mais je me dis que ce qui est semblable finit par se retrouver bientôt.

Grande âme ! tu pourras te faire à cet adieu, aussi, laisse-moi partir. Salue ta mère ! Salue Notara et tous les autres amis !

Salue les arbres encore, auprès desquels je t'ai rencontrée le premier jour, et les ruisseaux joyeux que nous avons longés et les beaux jardins d'Angelé [1], et que mon image, mon amour, t'y soit partout présente. Adieu.

1. Il s'agit des jardins d'Angelekipos, à l'est d'Athènes, où les Grecs d'Athènes ont leurs maisons, mentionnés par Chandler dans ses récits.

LIVRE DEUXIÈME

HYPÉRION À BELLARMIN

En recopiant pour toi ces lettres que j'avais échangées jadis, j'étais plongé dans un beau rêve. C'est à toi maintenant que j'écris de nouveau, mon Bellarmin, et continue de t'emmener par les fonds, par les tréfonds de mes peines, et c'est toi, toi le dernier de mes amis chers, qui finira par sortir avec moi là où se lèvera pour nous la lumière d'un jour nouveau.

La bataille dont je parlais à Diotime dans ma lettre a commencé. Les navires des Turcs s'étaient réfugiés dans le détroit, pénétrant entre l'île de Chios et la côte d'Asie, et avaient jeté l'ancre devant la terre ferme à Tchesmé. Mon amiral sortit alors de l'escadre avec son navire, celui sur lequel j'étais, et engagea le prélude avec le premier navire turc. Dès la première attaque ce couple monstrueux fut aussitôt plongé dans un brasier hallucinant, ce fut un horrible tumulte, un déferlement de vengeance ivre. Bientôt les deux navires furent bord à bord, arrimés l'un à l'autre par le gréement ; le combat furieux fut de plus en plus rapproché.

Un profond sentiment de vie me parcourut encore. Une chaleur se répandait dans tous mes membres. Mon esprit, tel celui qui doucement quitte ce monde, se percevait une dernière fois en tous ses sens. Alors, plein du brûlant dépit de ne rien savoir faire de mieux que me laisser massacrer dans une mêlée confuse de barbares, pleurant des larmes de colère, je me jetai à l'assaut à l'endroit de la mêlée où j'étais sûr de trouver la mort.

Je fus bientôt assez près des ennemis, et en quelques instants il ne resta plus un Russe vivant de ceux qui combattaient à mes côtés. Je me retrouvai entièrement seul, plein de fierté, et précipitai ma vie, comme on jette un sou au mendiant, sur les barbares. Mais ils ne voulaient pas de moi. Ils me regardaient comme quelqu'un qu'on n'ose toucher de peur de commettre quelque sacrilège, et il semblait que dans mon désespoir le destin eût quelques égards pour moi [1].

L'un d'entre eux finalement, pur geste de défense, me frappa, me toucha, me faisant tomber. À partir de cet instant je perdis connaissance et ne me réveillai qu'à Paros, où un navire m'avait transporté.

Par la suite, j'appris du serviteur qui m'avait ramené de la bataille que les deux bateaux engagés dans le combat avaient sauté l'un et l'autre juste après que le chirurgien m'eut transporté ailleurs, dans une barque. Les Russes avaient fait feu sur le navire turc, et comme ils y étaient accrochés, il avait pris feu lui aussi.

Quant à l'issue de cette terrible bataille, tu la connais. C'est ainsi qu'un poison en châtie un autre, m'écriai-je quand j'appris que les Russes avaient brûlé la totalité de la flotte turque [2], c'est ainsi que les tyrans s'exterminent mutuellement.

---

1. Dans le récit de Choiseul, le navire russe explose en faisant feu de trop près sur la *capitana* turque.

2. Le 7 juillet 1770, à la suite d'une attaque de nuit, et grâce aux effets ravageurs d'un vent favorable, les Russes incendièrent toute la flotte ottomane (Choiseul).

HYPÉRION À BELLARMIN

Six jours après la bataille j'étais plongé dans un pénible sommeil léthargique. Ma vie était hachée d'éclairs douloureux, comme une nuit d'orage. La première chose que je reconnus en sortant de ce sommeil fut Alabanda. À aucun moment, comme je l'appris par la suite, il ne s'était écarté de moi, il était resté presque seul à me servir, d'une manière extraordinairement affairée, veillant à mille tendres soucis domestiques auxquels il n'aurait jamais songé pourvoir en d'autres circonstances, et on l'avait entendu s'écrier à mon chevet : ô vis, mon cher ami, vis pour que je vive !

Ce fut un réveil heureux, mon Bellarmin ! lorsque mon œil de nouveau s'ouvrit à la lumière et que je vis le Magnifique devant moi, les yeux baignés des larmes du revoir.

Je lui tendis la main, et ce fier homme la couvrit de baisers avec tous les ravissements de l'amour. Il vit, s'écria-t-il, ô Salvatrice, ô Nature ! ô bonne nature, toi qui guéris tout ! tu n'abandonneras pas ton pauvre couple sans patrie, condamné à l'errance ! Ô, je n'oublierai jamais, cette scène, Hypérion, ton navire en flamme devant moi, puis ce coup de tonnerre qui projette violemment les marins dans les flammes furieuses, et parmi les quelques survivants, pas d'Hypérion. J'étais hors de moi et le vacarme monstrueux de la bataille ne me calmait en rien. Mais bientôt j'ai eu de tes nouvelles et j'ai volé vers toi dès que nous en eûmes complètement fini avec les ennemis. –

Et comme il a veillé sur moi ! me gardant prisonnier avec une prudence affectueuse dans le cercle magique des soins les plus attentionnés dont il pouvait m'entourer ! m'apprenant sans dire un mot, avec l'impressionnante tranquillité qui est la sienne, à comprendre virilement et sans envie le libre cours des choses de ce monde.

Ô vous, fils du soleil ! vous les âmes plus libres ! beaucoup a été perdu avec Alabanda. J'ai cherché en vain, j'ai imploré la vie depuis qu'il est parti ; je n'ai plus jamais rencontré pareille nature de Romain. Pareille insouciance, pareille intelligence profonde des choses, pareille audace, pareille noblesse ! Où pourrait exister un homme digne de ce nom, s'il ne fut pas celui-là ? Et chaque fois qu'il montrait de l'amitié et de la gentillesse, on eût dit la lumière du couchant jouant dans l'obscurité majestueuse des grands chênes, quand s'égoutte sur le sol la pluie laissée sur les feuilles dans la journée par un orage.

HYPÉRION À BELLARMIN

Dans les belles journées de l'automne, ma blessure à moitié guérie, je pus une première fois m'approcher de nouveau de la fenêtre. Je revenais plus sereinement à la vie et mon âme désormais était plus attentive. Le ciel m'effleurait de ses sortilèges les plus subtils, et les rayons du soleil coulaient à flot gaiement, doux comme une pluie de fleurs. Il régnait en cette saison un esprit vaste, paisible, délicat. Et la paix de l'achèvement, le délice de la maturation à l'œuvre dans le murmure des rameaux m'enveloppaient comme cette jeunesse renouvelée que les Anciens espéraient dans leur Élysée.

Il y a bien longtemps que je n'avais joui avec une âme aussi pure de cette enfantine vie du monde, et mes yeux s'ouvraient maintenant avec toute la joie des retrouvailles, et la bienheureuse nature était restée inchangée dans sa beauté. Mes larmes coulaient devant elle comme un sacrifice d'expiation, un cœur neuf montait en frissonnant, laissant là mon ancien malêtre. Ô monde saint des plantes ! m'écriai-je, nous luttons pour construire de la beauté avec des forces mortelles, tandis qu'à côté de nous les choses poussent toutes seules sans se faire de souci ! n'est-ce pas, Alabanda ? les hommes sont faits pour pourvoir au besoin, le reste se donne tout seul. Et pourtant, je ne puis oublier combien j'avais voulu davantage.

Contente-toi, mon cher, du simple fait d'exister, s'écria Alabanda, et ne trouble pas davantage de tristesse ta silencieuse efficience.

Eh oui, je veux le repos, ajoutai-je. Ô je vais déchirer toutes ces requêtes, comme autant de lettres de créance. Je veux me garder pur, comme ferait un artiste, et toi je veux t'aimer, innocente vie, vie des bois et de la source ! Je veux t'honorer, ô lumière du soleil ! C'est de toi que je veux me nourrir, bel éther qui animes les étoiles, qui inspires aussi ces arbres de ton souffle et frôles ici même le cœur de notre être [1] ! Ah, l'entêtement des hommes ! J'ai courbé la nuque comme un mendiant et les dieux taciturnes de la nature avec tous leurs présents m'ont regardé sans rien dire ! Quoi, tu souris, Alabanda ? Ô comme bien souvent, aux premiers temps de notre rencontre, tu as souri ainsi, quand ton jeune gars de compagnon discourait devant toi, ivre de l'ardeur de la jeunesse, tandis que face à lui tu te dressais, droit et tranquille, comme une colonne de temple, au beau milieu des ruines du monde, et devais supporter que les vrilles sauvages de mon amour s'enroulent comme un lierre autour de toi – regarde, voilà qu'un bandeau tombe de mes yeux et que les jours dorés d'autrefois sont de nouveau vivants.

1. Hölderlin est très proche ici des théories du médecin et neurologue Samuel Thomas Sömmering sur l'éther, substance matérielle aux confins de l'immatériel, esprit subtil à l'œuvre dans les processus intellectuels, en correspondance avec le liquide cérébral où se « connectent » la sensibilité nerveuse et le monde de la pensée. Voir : S. Th. Sömmering, *Über das Organ der Seele*, Königsberg, 1796. Une édition de la totalité de son œuvre est en cours. Voir aussi sa biographie par Rudolph Wagner : *Samuel Thomas von Sömmerings Leben und Verkehr mit seinen Zeitgenossen*, Leipzig, 1844, Stuttgart-New York, 1986.

Ah, s'écria-t-il, cette gravité où nous vivions, et cette joie de vivre !

Quand nous chassions dans la forêt profonde, m'écriai-je, quand nous nagions dans la vague marine, quand nous chantions et buvions, et que dans l'ombre du laurier jouaient les lueurs du soleil et du vin et de nos yeux et de nos lèvres… quelle vie unique c'était alors, quand notre esprit, tel un ciel resplendissant, illuminait la jeunesse de notre bonheur ! C'est pour cela, dit Alabanda, qu'aucun de nous deux ne peut abandonner l'autre.

Ô, dis-je alors, j'ai un pénible aveu à te faire. Me croiras-tu si je te dis que j'ai voulu partir ? Te quitter ! Que j'ai de toutes mes forces voulu trouver la mort ! N'était-ce pas manque de cœur ? et démence ? Ah, et ma Diotime ! je lui ai écrit qu'il fallait qu'elle me laisse, puis une autre lettre encore, la veille de la bataille… et alors, s'est-il écrié, tu as écrit que tu voulais trouver la mort dans cette bataille ? Ô Hypérion ! Mais elle n'a sans doute pas encore reçu cette dernière lettre. Il faut simplement que tu te hâtes de lui écrire que tu es encore en vie.

Alabanda, meilleur des hommes, m'écriai-je, voilà qui me réconforte ! Je lui écris immédiatement et j'envoie mon serviteur lui porter la lettre. Ô, je vais lui offrir tout ce que je possède pour qu'il fasse vite et arrive encore à temps à Calaurée. –

Quant à l'autre lettre, ajouta-t-il, celle où tu parles de renoncement, cette bonne âme te la pardonnera.

Me la pardonnera ? m'écriai-je ; ô vous, tous mes espoirs, ah si je pouvais encore connaître le bonheur avec cet ange.

Mais tu le connaîtras, s'écria Alabanda ; il te reste encore toute la plus belle époque de la vie. Si le jeune homme est un héros, l'homme mûr qui peut vivre cela est un dieu.

Une merveilleuse aurore monta dans mon âme tandis que je l'écoutais.

Les cimes des arbres frissonnaient légèrement, et du sein de la nuit, telles des fleurs écloses de la terre obscure, des étoiles surgissaient, et tout le printemps du ciel posait sur moi le regard lumineux d'une allégresse sacrée.

HYPÉRION À BELLARMIN

Quelques instants plus tard, alors que je m'apprêtais précisément à écrire à Diotime, Alabanda pénétra de nouveau tout heureux dans la pièce. Une lettre, Hypérion ! me cria-t-il. Je frémis soudain et bondis vers lui.

Qu'il fut long, m'écrivait Diotime, le temps où il m'a fallu vivre sans un signe de toi. Tu m'as parlé dans une lettre de ce jour fatal à Mistra, et j'ai répondu sans tarder ; mais tout semble indiquer que tu n'as pas reçu ma lettre. Tu m'as écrit de nouveau peu de temps après une lettre brève et sinistre où tu me disais que tu songeais à rejoindre la flotte russe ; à quoi j'ai de nouveau répondu ; mais cette lettre, tu ne l'as pas reçue non plus ; et dès lors, moi aussi j'ai attendu en vain, de mai à la fin de l'été, jusqu'à ce qu'arrive voici quelques jours cette lettre qui me dit que je devrais renoncer à toi, mon très cher !

Tu as compté sur moi, tu m'as fait la confiance de croire que cette lettre ne pouvait pas me blesser. Cela a réjoui mon cœur, au fond même de mon affliction.

Ô noble, ô malheureux esprit ! Je n'ai que trop compris ton être. Il est parfaitement naturel que tu ne veuilles jamais plus aimer, parce qu'alors tes désirs plus hauts se mourraient. Ne faut-il pas, en effet, que tu dédaignes l'aliment quand tu es près de mourir de soif ?

Je l'ai su dès les premiers temps ; je ne pouvais être tout pour toi. Pouvais-je dénouer les liens de ta destinée mortelle ? Pouvais-je apaiser la flamme qui brûle dans ta poitrine, pour qui ne coule aucun ruisseau ni ne mûrit aucune vigne ? Pouvais-je te tendre dans une coupe les joies d'un monde ?

C'est là ce que tu veux. Ce dont tu as besoin. Et tu ne peux faire autrement. L'impuissance infinie de tes contemporains t'a privé de ta vie.

Ceux qui comme toi ont vécu l'offense de toute leur âme, ne reposeront plus jamais dans une unique joie singulière ; ceux qui ont comme toi perçu la fadeur du néant, ne peuvent connaître un peu de joie que dans l'esprit supérieur, ceux qui ont, comme toi, tant fait l'expérience de la mort, ne peuvent trouver de guérison que chez les dieux.

Ils sont heureux, tous ceux qui ne te comprennent pas ! L'être qui te comprend ne peut pas ne pas partager ta grandeur et ton désespoir.

Je t'ai trouvé tel que tu es. La première curiosité de la vie m'a poussé vers cet être merveilleux. Cette âme délicate m'a attirée d'une manière inexprimable, et j'ai joué avec l'innocence sans crainte de l'enfant tout près de ta flamme dangereuse. – Les belles joies de notre amour ne t'apaisaient, méchant homme ! que pour te rendre plus farouche encore. Moi aussi, elles m'ont apaisée, consolée, elles m'ont fait oublier que tu étais, au plus profond de ton être, inconsolable, et que moi-même, depuis que je pouvais lire dans ton cœur aimé, je n'étais pas loin de le devenir.

À Athènes, devant les ruines de l'Olympion, ce sentiment m'a de nouveau saisie. Car je m'étais malgré tout, le temps d'une heure légère, laissée aller encore à penser que le chagrin de ce jeune homme n'était sans doute pas si grave et impitoyable que cela. Il est si rare qu'un homme ait ainsi en un seul instant, dès son premier pas, aussi rapidement et profondément ressenti la destinée de son temps, et qu'il soit si indéfectiblement attaché à lui, ce sentiment, parce que cet homme n'est pas assez brutal pour l'expulser de lui, ni assez faible pour le noyer dans les pleurs, c'est là très cher une chose si rare qu'elle nous paraît presque non naturelle.

Mais bon, dans les ruines de la bienheureuse Athènes, j'eus presque une conscience trop proche de ce que la page s'était tournée, et que désormais c'étaient les morts qui marchaient là-haut sur la terre, tandis que les vivants, les hommes-dieux demeuraient en dessous, ce jour-là j'ai lu cette vérité presque trop littéralement inscrite sur ton visage, ce jour-là je t'ai donné à jamais raison. Mais en même temps tu me semblais aussi plus grand. Tu m'apparaissais comme un être empli de violence secrète, d'une intelligence profonde non encore développée, jeune homme unique et plein d'espoir. L'homme à qui le destin parle à voix si haute, je pensais qu'il avait aussi le droit de parler plus fort avec le destin ; plus sa souffrance est insondable, plus il est insondablement puissant. C'est de toi, de toi seul, que j'attendais toute guérison. Je t'ai vu partir et voyager. Je t'ai vu agir. Ô, cette métamorphose. Le bois de l'Académie, fondé par toi, verdissait de nouveau au-dessus des disciples attentifs et de nouveau, comme autrefois, l'érable [1] de l'Ilissos entendait des dialogues sacrés.

Bientôt dans ton école le génie de nos jeunes gens conquit la gravité des anciens, et ses jeux périssables devinrent immortels, car il avait honte, tenait le vol de papillon pour une captivité. –

Conduire un cheval, alors, lui aurait suffi ; et maintenant voici qu'il est chef de guerre. Il aurait alors, se contentant de trop peu, simplement chanté un petit air de rien ; et voilà que c'est un artiste à présent. Car tu avais déployé devant eux dans une lutte ouverte les forces des héros, les forces du monde ; tu leur avais donné à résoudre les énigmes de ton propre cœur ; et de la sorte, les jeunes gens apprenaient à réunir ce qui est grand, ils ont appris à comprendre le jeu, l'enthousiasmant jeu de la nature, et oublié la plaisanterie. – Hypérion ! Hypérion ! N'as-tu pas fait de moi, l'inapte à la parole [2], une muse ? Il en est allé de même pour les autres.

---

1. Au début du *Phèdre* de Platon, le « platanos » entend le dialogue de Socrate et de Phèdre, qui se sont assis au bord de l'Ilissos, rivière d'Attique située au sud d'Athènes.

2. *Unmündige*, l'épithète homérique désigne ici « celle qui n'est pas majeure » au sens juridique du terme, en jouant sur le radical *Mund*, la bouche. Diotime était silencieuse. Elle est devenue celle qui prend la parole (par écrit principalement). Hypérion apparaît donc comme celui qui, par la sienne, fait accéder autrui à la parole.

Ah ! Désormais les hommes, devenus sociables, ne se quittaient plus si facilement ; ils n'erraient plus les uns parmi les autres comme le sable du désert dans la tempête ; et les jeunes et les anciens ne se méprisaient plus, l'inconnu ne déplorait pas l'absence d'un ami hospitalier, et les compatriotes ne se séparaient plus, et les amants jamais ne se faisaient plus souffrir ; ils se désaltéraient à ta source, nature, ah ! Aux joies sacrées qui mystérieusement sourdent de tes profondeurs et rajeunissent l'esprit ; et les dieux ravivaient de gaieté l'âme flétrissante des humains ; les dieux gardiens des cœurs maintenaient entre eux le moindre pacte d'amitié. Cela parce que toi, Hypérion, tu avais guéri les yeux de tes Grecs, et ils voyaient ce qui est vie, parce que tu avais allumé en eux la flamme qui dormait, comme dort le feu dans le bois, la fougue de l'enthousiasme, en sorte qu'ils ressentaient l'enthousiasme permanent et silencieux de la nature et de ses purs enfants. Ah ! Les hommes ne prenaient plus le monde comme les profanes s'emparent du poème de l'artiste quand ils louangent les mots et y décèlent l'utilité. Nature, tu devenais pour les Grecs un exemple ensorcelant, et dès lors, enflammée par le bonheur des dieux éternellement jeunes, toute espèce d'activité humaine était, comme autrefois, une fête ; et plus belle qu'une musique de guerre, c'est la lumière d'Hélios qui accompagnait les jeunes héros.

Mais tais-toi ! tais-toi ! Ce fut mon plus beau rêve, mon premier, mon dernier rêve. Tu as trop de fierté pour t'occuper davantage de la race des coquins [1]. Et tu as bien raison. Tu les as menés à la liberté et eux pensaient rapine. Tu les ramènes victorieux dans leur vieille Lacédémone et ces monstres se livrent au pillage et te voici, fils illustre, maudit par ton père ! Et il n'est plus de déserts, plus de cavernes assez sûres pour toi sur cette terre grecque que tu honorais

1. *Bübisch* connote aussi der *Bub* : le garçon (par opposition à *das Mädchen*).

comme un sanctuaire, que tu as plus aimée que tu ne m'aimais moi.

Ô mon Hypérion ! Je ne suis plus la tendre enfant, depuis que je sais tout cela. L'indignation me pousse vers le haut, si haut que je ne puis presque plus regarder la terre, et mon cœur offensé ne cesse de trembler.

Nous allons nous séparer. Tu as raison. D'ailleurs, je ne veux pas d'enfants ; car je ne veux pas les vouer à ce monde d'esclaves, et de toute façon ces pauvres plantes flétriraient sous mes yeux dans ce désert aride.

Adieu, porte-toi bien ! cher jeune homme ! Va-t'en là où il te semble valoir la peine d'abandonner ton âme. Le monde a sans doute au moins une arène, un autel de sacrifice où tu pourras te délivrer. Il serait dommage que toutes ces bonnes forces s'évanouissent comme un songe. Mais quelle que soit la fin que tu connaisses, tu retourneras chez les dieux, tu reviendras dans la sainte, la libre, la juvénile vie d'où tu es venu, et c'est bien là, n'est-ce pas, la seule chose que tu as fortement désirée, et que moi aussi je désire.

Voilà donc ce qu'elle m'écrivait. Je fus ébranlé jusqu'au plus profond, empli de frayeur et de joie, mais j'essayai de dominer mon émoi et de trouver les mots pour lui répondre.

Tu consens, Diotime ? écrivai-je, tu donnes ton assentiment à mon renoncement ? Tu as pu le comprendre ? – Âme valeureuse et fidèle ! Tu as pu te résoudre à cela ? Tu as pu te résoudre aussi à mes errances ténébreuses, ô céleste patience ? Et tu t'es abandonnée, tu t'es par amour plongée dans le chagrin, heureux enfant choyé de la nature ! Et tu es devenue pareille à moi, tu as sanctifié mon deuil par ton assentiment ? Belle héroïne ! Quelle couronne tu mérites !

Mais il suffit maintenant, mon amour, ne t'afflige pas davantage ! Tu m'a suivi dans ma nuit, eh bien viens ! et laisse-moi te suivre dans ta lumière, retournons à ta grâce, beau cœur ! Ô que je revoie, bienheureuse nature, ton être tranquille ! Qu'à jamais face au paisible spectacle que tu m'offres j'endorme mon exaltation [1].

Dis-moi, ô chère, qu'il n'est pas déjà trop tard, n'est-ce pas, pour que je revienne à toi, et pour que tu m'accueilles de nouveau et puisses de nouveau m'aimer, comme autrefois ? Dis-moi, n'est-ce pas, que le bonheur des jours passés n'est pas encore perdu pour nous.

J'ai poussé les choses à leur extrême limite. J'ai agi de très ingrate façon à l'égard de la Terre maternelle. J'ai gaspillé comme un salaire de valet mon sang et tous les dons d'amour qu'elle m'avait donnés. Et comme à ton égard, ô sainte enfant ! j'ai mille fois montré plus d'ingratitude encore, toi qui jadis m'avais en ta paix accueilli, moi qui n'étais qu'un être déchiré et farouche dont la poitrine profondément oppressée laissait à peine surgir une vague lueur de jeunesse, comme pousse parfois un brin d'herbe sur les chemins piétinés et stériles. Ne m'avais-tu pas appelé à la vie ? N'étais-je pas à toi ? Comment ai-je donc pu… – Ô tu ne sais pas encore ce que j'espère, n'as-tu pas encore entre les mains cette lettre de malheur que je t'ai écrite à la veille de la dernière bataille. Je voulais mourir, Diotime, et je croyais entreprendre une œuvre sacrée. Mais comment appeler sacré ce qui sépare des gens qui s'aiment ? comment dire sacré ce qui ébranle et détruit le fervent bonheur de notre vie ? Diotime ! Vie belle-née ! Depuis, je ne t'en suis que devenu plus semblable en ce que tu as de plus propre, j'ai enfin appris à prendre en considération, j'ai appris à préserver ce qui est bon et profond sur cette terre. Ô, si je pouvais aborder aux îles resplendissantes du ciel, là-haut, y trouverais-je plus que ce que je trouve auprès de Diotime ?

Écoute maintenant, ô mon aimée !

Il n'est plus de séjour pour moi en terre de Grèce. Tu le sais. En nous quittant, mon père m'a légué de son abondance ce qui nous suffirait pour trouver

1. *Übermut* est quasi un équivalent allemand du grec Hypérion…

refuge dans une sainte vallée des Alpes ou des Pyrénées, et nous acheter là une paisible maison et autant de terre verdoyante qu'il en faut pour la modestie dorée d'une subsistance moyenne [1].

Si tu le veux, j'accours et je saisis ta main et celle de ta mère dans une main fidèle et nous baisons les rivages de Calaurée, et nous séchons nos larmes, et nous entrons sans tarder par l'isthme de Corinthe dans la mer Adriatique où un navire sûr nous emmènera plus loin.

Ô viens ! Le secret de nos cœurs reposera dans les profondeurs de la montagne, telle la pierre précieuse en sa gangue ; au sein des forêts qui montent jusqu'au ciel nous serons comme parmi les colonnades du temple le plus intime que les sans-dieux n'approchent pas, et nous nous arrêterons à la source, et nous contemplerons au miroir de cette eau notre monde, et le ciel, et la maison et le jardin et nous-mêmes. Et souvent dans la nuit sereine nous irons par l'ombre de nos grands vergers, à l'écoute du dieu aimant, du dieu qui est en nous, cependant que la plante relèvera sa tête affaissée par le sommeil de midi et que la vie secrète de tes fleurs épanchera sa soif en baignant dans la rosée leurs bras délicats, et que la brise rafraîchissante de la nuit les embrassera et pénétrera, tandis qu'au-dessus de nous fleurira de toutes ses scintillantes corolles la grande prairie du ciel et que sur le côté, là-bas, derrière la nuée d'ouest, la lueur de la lune, comme intimidée par l'amour, imitera le déclin du jeune soleil – puis le matin, quand notre vallée, tel le lit d'une rivière, s'emplira de chaude lumière, et que silencieusement le flot doré s'écoulera dans nos arbres pour venir submerger notre maison et ses charmantes chambres, embellira ta création, tandis que tu marcheras dans sa splendeur solaire et béniras ma journée de ta grâce, ô très chère ! Et quand, tandis que nous

1. Hypérion convoque les proportions idéales du nombre d'or pythagoricien pour définir la surface de l'exploitation agricole rêvée…

célébrerons les délices du matin, la vie besogneuse de la terre s'embrasera sous nos yeux tel un bûcher de sacrifice, et qu'alors nous nous approcherons de ce feu pour y jeter aussi notre ouvrage du jour, pour jeter aussi dans la flamme crépitante une partie de nous-mêmes, ne diras-tu pas alors : nous sommes heureux, nous sommes de nouveau pareils aux anciens prêtres de la nature, ces êtres saints et joyeux, déjà pleins de piété avant qu'existât un seul temple.

En ai-je dit assez ? décide maintenant de mon sort, chère enfant, et sans tarder ! C'est une chance que je sois encore pour moitié invalide, à cause de la dernière bataille, et qu'on ne m'ait pas encore dégagé de mon service ; sinon, je ne saurais rester en place, il faudrait même absolument que je parte, que je demande, et cela ne serait pas bon, cela signifierait te prendre d'assaut [1]. –

Ah, Diotime ! d'angoissantes et folles pensées me tombent sur le cœur et pourtant… je ne parviens pas à imaginer que cet espoir lui aussi soit voué à l'échec.

N'es-tu pas devenue trop grande pour pouvoir revenir encore au bonheur de la terre ? La flamme véhémente de l'esprit, qui s'est allumée à ta souffrance, ne brûle-t-elle pas pour toi tout ce qui est mortel ?

Je sais bien que ceux qui se fâchent sans mal avec le monde se réconcilient plus aisément encore avec lui. Mais toi, avec ta tranquillité d'enfant, toi jadis si heureuse en ta sublime humilité, Diotime ! qui te réconciliera si le destin te révolte ?

Chère vie ! N'y a-t-il plus en moi pour toi la moindre force de guérison ? De toutes les voix du cœur n'en est-il plus aucune qui te rappelle à la vie humaine où jadis, les ailes refermées, tu séjournas si adorablement ? Ô viens, ô demeure dans ce crépuscule ! Car ce pays d'ombres est l'élément de l'amour, le seul ici où du ciel de tes yeux s'écoule la rosée discrète de la mélancolie.

---

1. *Dich bestürmen* : l'expression militaire est forte.

Et ne te souvient-il plus des jours dorés que nous avons connus ? Des jours divinement mélodieux de délicieuse félicité ? Et tous les arbres des bois de Calaurée ne t'en murmurent-ils pas le message ?

Et puis, vois ! Bien des choses en moi ont fait naufrage, et il ne me reste plus beaucoup d'espérances. Mais je possède encore, tel un dieu familier sauvé de l'incendie, ton image et son sens céleste. Notre vie, la vie nôtre, respire encore en moi saine et sauve. Faut-il que je m'en aille sans but ni repos, et passe d'une terre étrangère dans une autre ? Est-ce pour cela que j'ai appris à aimer ?

Ô non ! toi la première et la dernière ! Tu fus mienne, tu resteras mienne.

HYPÉRION À BELLARMIN

J'étais assis avec Alabanda sur l'une des collines de la contrée dans l'adorable chaleur du soleil, autour de nous le vent jouait avec les feuilles tombées. Toute la campagne était muette ; çà et là seulement retentissait dans la forêt la chute d'un arbre, abattu par un paysan, et près de nous le murmure d'un éphémère torrent d'orage descendait jusqu'à la mer tranquille.

J'étais là, plutôt insouciant ; j'espérais voir ma Diotime sans tarder, vivre bientôt avec elle un bonheur paisible. Alabanda m'avait convaincu de la vanité de tous mes doutes ; tant il était lui-même assuré de ne pas se tromper sur ce point. Lui aussi était parfaitement serein ; mais en un autre sens. L'avenir n'avait plus aucun pouvoir sur lui. Ô, je l'ignorais, il était au bout de ses joies, se voyait, malgré tous les droits qu'il avait sur le monde, malgré cette nature de vainqueur qui était la sienne, se voyait inutile, inefficace et solitaire, et laissait cet état advenir comme s'il avait perdu à un jeu commencé pour tuer le temps.

Puis un messager vint nous trouver. Il nous apportait le congé des services de guerre que nous avions sollicité auprès de la flotte russe, dès lors qu'il n'y avait pour nous plus rien à faire qui semblât valoir la peine. Je pouvais donc quitter Paros quand je voulais. J'étais au demeurant suffisamment valide pour le voyage. Je ne voulais plus attendre la réponse de Diotime, mais me hâter d'aller la retrouver, on eût dit qu'un dieu m'emportait vers Calaurée. Quand Alabanda apprit mon dessein, il changea de couleur et me regarda douloureusement. Est-il donc si facile pour mon Hypérion, s'écria-t-il, de quitter son Alabanda ?

Le quitter, dis-je, et comment cela ?

Ô rêveurs que vous êtes ! s'écria-t-il, ne vois-tu donc pas que nous devons nous séparer ?

Et comment le verrais-je, répondis-je, toi, tu n'en parles pas ; et tout ce que j'ai pu çà et là percevoir chez toi évoquant quelque chose comme un adieu, j'ai préféré le prendre pour un moment d'humeur, le mouvement d'un cœur trop lourd…

Ah, je connais bien cela, s'exclama-t-il, ce jeu divin de l'amour riche qui se crée à soi-même quelque misère pour se soulager de sa plénitude, et je voulais qu'il en aille ainsi pour moi, mon bon ami ! Mais maintenant les choses sont sérieuses !

Sérieuses, m'écriai-je, et pourquoi donc ?

Et pourquoi, mon Hypérion, dit-il doucement, eh bien, parce que je ne voudrais pas troubler ton bonheur à venir, parce que je ne peux que redouter la proximité de Diotime. Crois-moi, il est bien audacieux de vivre autour de gens qui s'aiment, et un cœur inactif, comme c'est le cas du mien désormais, supporterait cela difficilement.

Ah, bon Alabanda ! dis-je en souriant, comme tu te méprends ! Tu n'es pas à ce point de cire molle et ton âme solide ne déborde pas si aisément ses limites. Pour la première fois de ta vie, tu rumines du souci. Tu faisais l'infirmier à mon chevet et l'on voit combien peu tu es né pour cela. De rester assis tranquillement t'a rendu peureux…

Eh bien, vois-tu, s'écria-t-il, c'est précisément cela. Vivrai-je de façon plus active avec vous ? Et encore si c'était une autre ! Mais cette Diotime ! puis-je faire autrement ? Puis-je éprouver sa présence avec une moitié d'âme, elle qui est si intensément et intégralement Une à tes yeux, une seule et même vie divinement indivise ? Crois-moi, c'est un projet bien puéril que de vouloir contempler cet être sans ressentir l'amour. Tu me regardes, comme si tu ne me reconnaissais pas ? C'est que ces derniers jours, depuis que son être est si vivant en moi, je ne me reconnais plus moi-même.

Ô, pourquoi ne puis-je pas t'en faire le présent, m'écriai-je.

Laisse cela, dit-il, ne me console pas, car il n'est point ici de consolation. Je suis seul, seul. Et ma vie se vide comme un sablier. Grande âme ! m'écriai-je, faut-il vraiment que tu en arrives là ?

Oublie cela, dit-il. J'ai commencé de dépérir le jour où nous nous sommes rencontrés à Smyrne. Eh oui ! À l'époque où j'étais encore un jeune mousse, où mon esprit et tous mes membres malgré leur pitance rudimentaire gagnaient en force et vivacité dans le travail courageux ! Quand dans l'air serein qui suivait une nuit de tempête je restais suspendu dans les hauteurs de la mâture, sous le pavillon flottant au vent, observant sous moi le vol des oiseaux de mer et partant avec eux sur les profondeurs éclatantes, ou quand, souvent, dans les combats, nos navires en colère labouraient lourdement la mer, tel le croc du sanglier affouillant la terre, et que je me tenais, regard clair, aux côtés de mon capitaine – ah comme je vivais alors, quelle vie je vivais vraiment ! Et lorsque, bien plus tard, sur le rivage de Smyrne, j'ai rencontré ce jeune Tiniote [1] avec son air grave, son amour, et que mon âme endurcie eut été de nouveau sortie de sa torpeur glacée par les regards de ce jeune homme, eut appris à aimer et à tenir pour sacré tout ce qui est trop bon pour être dominé, quand avec lui commença une vie

1. Habitant de l'île de Tina.

nouvelle et que germèrent en moi de nouvelles forces plus riches d'âme, toutes celles que requiert la jouissance du monde et de la lutte avec le monde, alors je me pris à espérer de nouveau... ah, tout ce que j'espérais et possédais était enchaîné à toi ; je te tirai à moi, voulus t'entraîner par la force dans ma propre destinée, puis te perdis, puis te retrouvai, et seule notre amitié était mon univers, ma valeur, ma gloire ; et maintenant cela aussi est terminé, à jamais, et toute mon existence est vaine.

Est-ce bien vrai ? repris-je, en soupirant.

Vrai comme le soleil est vrai, s'écria-t-il, mais laisse ! J'ai pourvu à tout.

Et comment cela ? mon Alabanda, dis-je.

Laisse-moi te raconter, dit-il. Il est une certaine chose dont je ne t'ai jamais parlé. Et puis... cela me calmera un peu, et toi aussi, que nous parlions du passé.

Un jour, dans le port de Trieste, je marchais sans but et désemparé. Le corsaire sur lequel je servais s'était échoué sur des récifs quelques années auparavant, et j'avais eu grand-peine avec quelques autres à me sauver du naufrage et gagner la côte de Séville. Mon capitaine s'était noyé, et tout ce qui me restait, c'était la vie sauve et un vêtement trempé. Je me dévêtis et m'allongeai au soleil tandis que mes vêtements séchaient sur les buissons. Après quoi je continuai par la route en direction de la ville. Avant d'arriver aux portes de la cité je vis dans les jardins des groupes de gens joyeusement réunis, entrai et entonnai une joyeuse chanson grecque. Je n'en connaissais pas de triste. Ce faisant j'étais rouge de honte et de la douleur de devoir exhiber ainsi mon malheur. J'étais un jeune gars de dix-huit ans, fougueux et fier, et je haïssais comme la mort le fait de devenir un objet pour les hommes. Pardonnez-moi, expliquai-je, quand j'eus fini ma chanson ; je viens juste de faire naufrage et ne sais de meilleur service à rendre au monde en ce jour que de lui chanter quelque chose ; j'avais dit cela, pour autant que je le pusse, en espagnol. Un homme alors s'approcha de moi. Il avait un visage extraordinaire, il me donna de l'argent et me dit dans notre langue avec un sourire : tiens ! achète-toi avec ça une pierre à aiguiser, apprends à affûter les couteaux, et parcours la terre ferme. Ce conseil me plut. Monsieur ! Répondis-je, c'est d'accord. Les autres aussi me comblèrent encore de dons et je fis ce que l'homme m'avait conseillé, traînai ainsi quelque temps en Espagne et en France.

Je t'ai souvent raconté avec joie tout ce que j'ai appris pendant cette époque, comment j'ai découvert combien mon amour de la liberté s'aiguisait en affrontant les multiples figures de la servitude, et comment plus d'une difficile situation de besoin avaient fait croître en moi le courage de vivre et l'intelligence des choses.

Je pratiquais avec plaisir mon innocent et pérégrin ouvrage, mais on finit par me le rendre insupportable.

On considérait comme une pose affectée de ma part le fait que je ne veuille pas paraître assez vulgaire dans le reste de mon existence, on s'imagina que je poursuivais en secret quelques besognes moins innocentes [1], et je fus par deux fois mis réellement en détention. Cela m'inclina à tout lâcher, et avec le peu d'argent que j'avais gagné je me mis en chemin pour rentrer au pays que j'avais jadis quitté. J'étais déjà arrivé à Trieste et comptais descendre par la Dalmatie. Mais la dureté du voyage me valut alors une maladie qui emporta mon maigre pécule. Me voici donc à moitié guéri déambulant sur les quais du port de Trieste. Tout à coup se dressa devant moi l'homme qui jadis, sur les rives de Séville, s'était ému de mon sort. Il fut extraordinairement heureux de me revoir, m'assurant que bien souvent il s'était souvenu de ma personne, puis me demanda ce qu'il était advenu de moi pendant tout ce temps. Je lui racontai tout. Je vois, s'exclama-t-il, qu'il n'était pas inutile de t'envoyer un peu à l'école du destin. Tu as appris à supporter les

1. Allusion, peut-être, aux engagements de Hölderlin pendant son temps d'étude.

choses, il faut maintenant que tu agisses, quand tu voudras.

Les propos qu'il tenait, le ton de sa voix, sa façon de me serrer la main, les expressions de son visage, son regard, tout cela toucha, telle la puissance d'un dieu, mon être plus irritable alors que jamais du fait précisément des nombreuses souffrances endurées, et je m'abandonnai.

L'homme dont je te parle, Hypérion, était l'un de ceux que tu as vus chez moi à Smyrne. Dès la nuit suivante il m'introduisit au sein d'une société en pleine réunion solennelle. Un frisson d'effroi me saisit lorsque j'entrai dans la salle et que, dès l'entrée, mon guide me montra les hommes graves en disant : voici la Ligue de Némésis. Enivré par la vaste sphère d'action qui s'ouvrait devant moi, je remis solennellement mon sang et mon âme entre les mains de ces hommes. Peu après l'assemblée fut levée, et appelée à se réunir de nouveau des années plus tard en un autre lieu, et chacun s'engagea sur le chemin qui lui avait été assigné et qu'il allait parcourir à travers le monde. Je fus associé aux gens que tu as rencontré à Smyrne quelques années plus tard.

La contrainte dans laquelle je vivais me mettait bien souvent à la torture, en outre, je ne constatais pas grand-chose de l'efficace prodigieuse de la Ligue, et ma soif d'action trouvait chichement de quoi s'apaiser. Mais jamais au point que je pusse envisager de déserter. C'est finalement la passion pour toi qui finit par me détourner d'eux. Je te l'ai souvent dit. Tout le temps où tu n'étais pas là, je fus comme privé d'air et de soleil. Et je n'avais d'autre choix ; il fallait que je te quitte ou que je quitte ma Ligue. Le choix que j'ai fait, tu l'as sous les yeux.

Mais toutes les actions de l'homme ont à la fin leur châtiment, et seuls les dieux ou les enfants échappent à la Némésis.

J'ai préféré le droit divin du cœur. Par amour pour celui que j'aimais, j'ai brisé mon serment. N'était-ce pas ce qu'il fallait faire ? Le désir le plus noble ne doit-il pas être aussi le plus libre ? – Mon cœur m'a pris au mot, je lui ai donné la liberté et tu vois, il en a besoin.

Manifeste un seul jour de ta vie ton allégeance au Génie, et il ne tiendra plus compte d'aucun empêchement mortel que tu pourrais connaître, il brisera tous les liens de ta vie.

J'ai brisé un engagement pour un ami, je briserais l'amitié pour un amour. Pour Diotime, je te tromperais et finirais par me donner la mort ainsi qu'à Diotime, parce que jamais nous ne serions unis [1]. Mais il ne faut pas que les choses commencent à se passer ainsi. S'il faut que j'expie pour ce que j'ai fait, que ce soit librement ; je me choisis mes propres juges ; je dois tomber entre les mains de ceux à qui j'ai manqué.

Parles-tu de tes frères de ligue ? m'écriai-je. Ô mon Alabanda, ne fais pas cela !

Que peuvent-ils me prendre d'autre que mon sang ? répliqua-t-il. Puis il me saisit tendrement par la main. Hypérion ! s'écria-t-il, mon temps est terminé, et le peu qu'il me reste n'est que celui d'une noble fin. Laisse-moi ! Ne m'impute aucune petitesse et crois ma parole ! Je sais aussi bien que toi que je serais capable de me construire une nouvelle existence, que je pourrais, dès lors que le repas de la vie est consommé, jouer encore avec les miettes, mais ce n'est pas là une cause pour moi ; ni pour toi non plus. J'ai soif d'air, de fraîcheur, Hypérion ! Mon âme déferle d'elle-même hors de moi, elle ne tient plus dans le cercle d'avant. Bientôt viendront les belles journées d'hiver où la terre obscure n'est plus que le repoussoir obscur du ciel lumineux, ce serait le bon moment, c'est l'époque où les îles de la lumière scintillent malgré tout de façon plus hospitalière ! – ces mots t'étonnent ? très cher ! Tous ceux qui prennent congé parlent comme des hommes ivres et aiment se conduire avec solennité. Quand l'arbre commence à

1. Chez Rousseau, Milord Edouard renonce à Julie par amour pour Saint-Preux…

se flétrir, toutes ses feuilles n'ont-elles pas la couleur de l'aurore ?

Ô, grande âme, m'écriai-je, faut-il que j'aie pitié de toi ?

Je sentais dans cette grandeur combien sa souffrance était profonde. Je n'avais de ma vie jamais connu pareille douleur. Et pourtant, ô Bellarmin ! Pourtant, je ressentais aussi la grandeur de toute la joie de tenir dans ses bras et d'avoir sous les yeux pareille image divine. Eh bien ! Meurs donc, criai-je, meurs ! Ton cœur est assez merveilleux, ta vie est mûre comme la vigne au jour d'automne. Pars, être parfait ! Je partirais avec toi, s'il n'y avait une Diotime.

Es-tu donc mien, à présent ? répondit Alabanda, est-ce bien toi qui parle ainsi ? Ah comme toute chose devient profonde et s'emplit d'âme dès lors que mon Hypérion les comprend ! Tu me flattes, m'écriai-je, tu veux m'extorquer pour la deuxième fois cette parole irréfléchie ! Dieux bons ! Tu veux ma permission pour marcher au supplice !

Non, je ne te flatte point, répondit Alabanda gravement, c'est un droit, pour moi, d'accomplir ce que tu veux empêcher, et pas un droit ordinaire ! Respecte cela !

Il y avait dans ses yeux un feu qui m'écrasait comme un commandement des dieux, et j'eus honte de prononcer encore fût-ce une seule parole face à lui.

Ils ne le feront pas, pensais-je cependant, ils ne peuvent pas. Il est trop absurde d'abattre une si magnifique existence, comme on abat une bête de sacrifice, et cette certitude me tranquillisait.

J'eus encore grand profit à l'entendre pendant toute la nuit qui suivit, après que chacun eut ainsi pourvu à son propre voyage et que nous fûmes de nouveau sortis avant le point du jour.

Sais-tu, dit-il entre autres choses, pourquoi je n'ai jamais prêté attention à la mort ? Je ressens en moi une vie qu'aucun dieu n'a créée, qu'aucun mortel n'a engendrée. Je crois que nous sommes par nous-mêmes, et que seul un libre désir nous unit si intensément au Tout.

Je ne t'ai jamais entendu dire ce genre de choses, répondis-je.

Et que serait donc, continua-t-il, que serait ce monde s'il n'était pas une harmonie d'êtres libres ? comme il serait morne, comme il serait froid, comme il ne serait qu'une construction sans cœur ni valeur, si, poussés par une joyeuse pulsion propre les vivants n'œuvraient en lui de concert dès le principe dans la direction d'une unique, d'une pleine vie polyphone.

Ainsi, répondis-je, il serait donc vrai, au sens le plus élevé du mot, que sans la liberté tout est mort.

Parfaitement, s'écria-t-il, on voit bien qu'il ne pousse pas le moindre brin d'herbe sans qu'un germe de vie propre n'existe d'abord en lui ! Et *a fortiori* en moi-même ! Et cela, mon cher, parce que je suis libre au sens le plus élevé, parce que je me sens dépourvu de tout commencement, c'est ce qui me fait croire que je suis infini, que je suis indestructible. Si c'était la main d'un potier qui m'avait fabriqué, celui-ci pourrait bien briser en morceaux son œuvre, comme bon lui semble. Mais ce qui vit ici doit être non engendré, doit être, en son germe, de nature divine, très haut au-dessus de toute puissance et de tout art, et par là même invulnérable, éternel.

Chacun a ses mystères, cher Hypérion, ses pensées très secrètes ; eh bien, ce furent les miennes, depuis que je pense.

Ce qui vit est ineffaçable, demeure libre au sein de sa plus profonde servitude, demeure Un quand bien même tu le scindes jusqu'en son fondement, demeure non blessé quand bien même tu le brises jusqu'à la moelle et que son essence t'échappe triomphalement des mains. – Mais voici que se lève la brise du matin ; nos navires sont réveillés. Ô, mon Hypérion ! J'y suis parvenu, j'ai eu la force de me dépasser et de prononcer moi-même la sentence de mort qui frappe mon cœur et de nous séparer toi et moi, ô préféré de ma vie ! Épargne-moi maintenant, ne me demande pas d'adieux ! faisons vite ! Allons !

Qu'il commençât ainsi me glaça tous les os.

Ô m'écriai-je, prosterné à ses pieds, faut-il, par ta valeureuse fidélité, faut-il qu'il en soit ainsi ? Tu m'as de peu honnête manière abasourdi, m'as emporté de force dans ton propre vertige. Frère, tu ne m'as pas laissé tant de claire réflexion que je pusse vraiment te demander : où vas-tu ?

Je ne peux te nommer cet endroit, mon cher cœur ! répliqua-t-il, peut-être nous reverrons-nous, malgré tout, un jour ou l'autre.

Nous revoir ? répondis-je, me voici riche au moins d'une croyance ! Et je serai de plus en plus riche en croyances, et à la fin tout ne sera plus pour moi que croyance.

Très cher ! s'écria-t-il, taisons-nous quand les mots ne sont plus de secours ! Finissons de virile façon ! Tu te gâches les derniers moments.

Nous nous étions, ce faisant, rapprochés du port.

Une chose encore ! dit-il quand nous fûmes devant son navire, salue ta Diotime ! Aimez-vous ! Soyez heureux, belles âmes !

Ô mon Alabanda, m'écriai-je, pourquoi ne puis-je partir à ta place ?

Ce qui t'appelle est plus beau, répliqua-t-il, demeure en cette vocation ! Tu lui appartiens, cet être de grâce est désormais ton univers – ah, s'il n'est aucun bonheur sans victime, accepte-moi comme tel, ô destin, et laisse à leur joie ceux qui s'aiment ! –

L'émoi de son cœur déjà le submergeait, il s'arracha de mes bras et sauta dans le bateau pour abréger les adieux, tant pour lui que pour moi. Je vécus cet instant comme un coup de tonnerre suivi d'une nuit noire et d'un silence de mort, mais au sein même de cet anéantissement mon âme se reprit, tenta de retenir le cher être qui s'en allait, et d'eux-mêmes mes bras se tendirent tout tremblants vers lui. Je m'écriais : Malheur ! Alabanda ! Alabanda ! et j'entendis un « adieu » étouffé qui venait du bateau.

HYPÉRION À BELLARMIN

Le hasard voulut que l'embarcation qui devait m'emmener à Calaurée demeurât jusqu'au soir à l'amarre, tandis qu'Alabanda avait pris la route le matin.

Je restai sur la rive, contemplai la mer en silence, pendant des heures, las des douleurs de l'adieu. Mon esprit récapitulait tous les jours de souffrance de ma jeunesse qui se mourait lentement, et se laissait planer sans but, comme la belle colombe, au-dessus de l'avenir. Je voulus me redonner des forces et sortis le luth que j'avais depuis longtemps délaissé, pour me chanter un chant du destin [1] que jadis en ma déraisonnable et heureuse jeunesse, m'avait fait répéter ce cher Adamas.

Vous cheminez là-haut dans la lumière
Sur un sol moelleux, génies bienheureux !
De lumineuses brises divines
Vous effleurent légèrement,
Comme les doigts de la harpiste
Effleurent les cordes sacrées.

Ils sont sans destinée, et respirent,
Tel le nourrisson endormi, les célestes.
Dans l'écrin pudique
Du modeste bourgeon
L'esprit éternellement
Leur fleurit,
Et leurs yeux bienheureux
Scrutent une clarté
Silencieuse, éternelle.

---

1. *Ein Schicksalslied.* Le chant du destin est une sorte de genre poétique personnel. Voir le « Chant des Parques » dans l'*Iphigénie en Tauride* de Goethe (IV, 5). Ici, il prend la forme de l'ode rhapsodique.

Mais à nous est donné
De ne jamais reposer nulle part,
Ils s'effacent, ils tombent,
Les hommes douloureux,
D'heure en heure,
Sans rien voir,
Comme une eau projetée
De rocher en rocher,
Tombent à longueur d'an
Dans l'abîme incertain.

Tels furent les mots que je chantai sur les accords. À peine avais-je fini qu'un bateau entra au port, sur lequel je reconnus aussitôt mon serviteur. Il m'apportait une lettre de Diotime.

Ainsi donc tu es encore de ce monde ? écrivait-elle, et tu vois encore la lumière du jour ? Je pensais te retrouver ailleurs, mon très cher ! J'ai reçu plus tôt que tu ne l'as souhaité par la suite, la lettre que tu avais écrite avant la bataille de Tchesmé, et du coup j'ai vécu une semaine dans l'idée que tu t'étais jeté dans les bras de la mort, avant l'arrivée de ton serviteur porteur de la joyeuse nouvelle que tu étais encore en vie. J'avais, au demeurant, entendu dire par ailleurs que le bateau sur lequel je te savais présent avait explosé avec tout son équipage.

Mais je t'ai entendu encore, ô douce voix, une fois encore la parole du très cher m'a émue comme une brise de mai, et l'espace d'un instant ta belle allégresse pleine d'espérance et le gracieux fantôme de notre bonheur à venir m'ont également abusée.

Pourquoi faut-il, cher rêveur, que je te réveille ? Pourquoi ne puis-je dire, viens et rend véritables les beaux jours que tu m'as promis ? Mais il est trop tard, Hypérion, il est trop tard. La jeune fille que tu connaissais s'est toute flétrie depuis que tu es parti, un feu intérieur m'a peu à peu consumée, et il ne reste plus grand-chose de moi. Ne sois pas épouvanté ! Toute nature se purifie, et partout les fleurs de la vie se libèrent de plus en plus des éléments plus grossiers de la matière.

Mon très cher Hypérion ! Tu ne pensais sans doute pas entendre cette année mon chant du cygne.

Suite

Cela a commencé peu après ton départ, et même dès les journées d'adieu qui l'ont précédé. Une force dans l'esprit, qui me faisait peur, une vie intérieure devant quoi la vie de la terre palissait et s'étiolait entièrement, comme les lampes de la nuit se perdent dans l'aurore – le dirai-je ? J'aurais aimé me rendre à Delphes et y construire un temple au dieu de l'enthousiasme [1] sous les falaises de l'antique Parnasse, et, nouvelle Pythie, rallumer les peuples endormis par des sentences divines, et mon âme sait que cette bouche virginale aurait ouvert les yeux de tous ces abandonnés des dieux et défroncé leurs visages assombris, tant avait de puissance en moi l'esprit de vie ! Hélas, mes membres mortels étaient de plus en plus las et cette pesanteur angoissante m'entraînait inexorablement vers le bas. Ah, que de fois dans l'ombre silencieuse de ma tonnelle j'ai pleuré les roses de la jeunesse ! Elles sont fanées, fanées, et seules les larmes rougissaient encore les joues de ta chère enfant. C'étaient toujours les mêmes arbres, c'était le même feuillage – c'est bien là qu'autrefois se tenait ta Diotime, ta chère enfant, Hypérion, fleur parmi les fleurs sous ton regard heureux, en laquelle se rassemblaient pacifiquement toutes les forces de la terre et du ciel. Et maintenant, elle s'en allait, comme une étrangère parmi les bourgeons de mai, tandis que ses confidentes, les chères plantes de son jardin, lui envoyaient des signes d'amitié ; mais elle ne pouvait plus que s'affliger encore ; cependant je n'en ai négligé aucune, j'ai pris congé de chacun des compagnons de jeu de

1. Il s'agit d'Apollon, dieu, entre autres, de l'inspiration poétique que signifie aussi l'allemand *Begeisterung*.

ma jeunesse, des bois et des sources et du murmure frémissant des collines.

Ah ! Bien souvent encore, autant que je l'ai pu, je suis péniblement, mais douce était cette peine, montée sur les hauteurs où tu as vécu chez Notara, et j'ai parlé de toi avec cet ami, aussi désinvoltement qu'il était possible, afin qu'il n'aille point t'écrire à mon sujet ; mais bientôt, quand son cœur se mettait à parler trop fort, l'hypocrite visiteuse s'éclipsait dans le jardin, et là je me trouvais alors au parapet qui surplombe les roches, d'où j'ai contemplé jadis avec toi l'abîme ouvert sous nos pieds et devant nous la nature déployée, où je ne bougeais plus, retenue que j'étais par tes mains, guettée par tes regards, dans la première chaleur frissonnante de l'amour, où j'ai voulu déverser la mer débordante de mon âme, comme un vin de sacrifice, dans l'abîme sans fond de la vie ; mais où désormais je ne tenais plus debout et contais au vent ma douleur, où mon regard, tel un oiseau effarouché, errait en tous sens, osant à peine regarder la beauté de la terre dont j'allais prendre congé.

Suite

Voilà, mon Hypérion, ce qu'il est advenu de ta chère enfant. Ne me demande pas comment ? Ne cherche pas à t'expliquer cette mort ! Quand on recherche les causes de ce genre de destin, on finit par se maudire soi-même, par tout maudire, quand ce n'est la faute d'aucune âme.

Dois-je dire que c'est le chagrin de ne plus te voir qui m'a tuée ? Ô non ! Non ! Ce chagrin, il m'était au contraire bienvenu. Il donnait à la mort que je portais en moi une forme et une grâce ; je pouvais me dire alors, tu meurs pour l'honneur de celui que tu aimes entre tous.

Ou bien mon âme aurait-elle trop mûri dans tous les enthousiasmes de notre amour et ne tient-elle plus à mes yeux désormais, tel un adolescent exubérant, dans l'espace modeste du pays ? Dis-moi ! Est-ce l'exubérance de mon cœur qui m'a mise en querelle avec la vie mortelle, serait-ce que la nature en moi, par ton entremise, ô Magnifique, serait devenue trop fière pour se complaire plus longtemps sur cet astre médiocre ? Mais si tu lui as appris à voler, pourquoi n'enseignes-tu pas non plus à mon âme comment revenir à toi ? Si tu as allumé le feu amoureux de l'éther, pourquoi ne l'as-tu pas gardé précieusement pour moi ? – Écoute-moi, très cher ! Par ta belle âme ! Ne t'accuse pas de ma mort !

Car pouvais-tu me retenir, quand ton destin te montrait le même chemin ? Et si dans l'héroïque lutte de ton cœur tu m'avais tenu quelque prêche : résigne-toi, mon enfant ! Et accepte le lot de ton temps… n'aurais-tu pas alors été le plus vaniteux d'entre les vaniteux ?

Suite

Je veux te dire avec franchise ce que je crois. Ton feu vivait en moi, ton esprit était passé dans mon être ; mais cela aurait pu difficilement me causer le moindre tort, et seul ton Destin m'a rendu funeste ma nouvelle existence. Tu avais rendu mon âme trop forte pour moi, par toi aussi elle aurait retrouvé la tranquillité. Tu avais enlevé ma vie à cette terre, tu aurais eu également le pouvoir de m'enchaîner à elle, tu aurais banni mon âmc, comme en un cercle magique, dans l'embrassement de tes bras ; ah ! un seul des regards de ton cœur m'aurait fermement retenue, un seul de tes propos amoureux eût suffi à faire de moi, de nouveau, une enfant joyeuse et pleine de santé ; mais lorsque ton propre destin t'a poussé dans la solitude spirituelle, comme un raz de marée emmène l'eau sur les sommets, ô alors, et seulement alors, quand j'ai définitivement estimé que l'orage du combat avait fait voler en éclats les murs de la prison et que mon Hypérion s'était envolé vers l'antique liberté, alors la décision s'est faite en moi et c'en sera bientôt fini.

J'ai délivré bien des paroles, et pourtant c'est par le silence qu'est morte la grande Romaine [1], quand son Brutus et la patrie étaient à l'agonie. Mais que pouvais-je faire de mieux dans les meilleurs des derniers jours de ma vie ? – Et puis, je suis toujours encline à dire bien des choses [2]. Ma vie fut silencieuse ; ma mort sera loquace. C'est assez !

Suite

Une chose, une seule, qu'il me faut encore te dire.

Il faudrait, dis-tu, que tu meures, il faudrait que tu désespères : mais l'esprit te sauvera. Tu ne seras pas consolé par le laurier et la couronne de myrte ; mais par l'Olympe, l'Olympe vivant, présent, dont l'éternelle jeunesse éclot sur tous tes sens. C'est le monde si beau, mon Olympe ; c'est en lui qui tu vivras, et c'est avec les créatures sacrées de ce monde, avec les dieux de la nature, c'est avec eux que tu seras dans la joie.

Ô bienvenue à vous, vous les bons, vous les fidèles ! vous dont on déplore la disparition, vous les méconnus ! Vous les enfants et vous, les plus vieux ! Soleil, Terre, Éther ainsi que toutes les âmes vivantes qui jouent autour de vous, autour desquelles vous jouez, dans un amour éternel ! Ô accueillez les hommes qui tentent tout, accueillez de nouveau les fugitifs dans la famille des dieux, accueillez-les au pays natal de la nature d'où ils s'étaient évadés ! –

Tu connais ces mots, Hypérion ! C'est toi qui as commencé à les dire en moi. Tu les achèveras en toi, et ensuite seulement tu te reposeras.

---

1. Porcia, fille de Caton d'Utique, épouse de Brutus, se donna la mort – selon Plutarque (*Vies des hommes illustres*, II, 1096) – en avalant des charbons ardents, se privant par là même de parole…

2. Voir l'ode tardive *Wenn aus der Ferne* [Si de là-bas, si loin…].

J'y trouve assez pour mourir dans la joie en jeune Grecque.

Les pauvres qui ne connaissent que leur ouvrage besogneux et médiocre, qui ne servent que le strict nécessaire et honnissent le génie, et ne te vénèrent pas, enfantine vie de la nature, peuvent, eux, avoir peur de la mort. Leur monde est devenu leur joug. Ils ne connaissent rien de mieux que leur servile service ; ils redoutent la liberté divine que la mort nous octroie.

Mais moi, non ! Je me suis dégagée de l'ouvrage partiel qu'ont fabriqué les mains des hommes, et je l'ai vraiment ressentie, cette vie de la nature plus haute que toutes les pensées – et dussé-je devenir plante, le dommage serait-il si grand ? – Je serai. Comment m'égarer hors de la sphère de la vie, où l'éternel amour qui est commun à tous garde ensemble toutes les natures ? Comment me séparer de l'alliance qui unit tous les êtres ? Elle n'est pas aussi facile à rompre que les liens distendus de notre époque. Elle n'est pas comme ces jours de foire où le peuple accourt sur la place, fait grand bruit et puis se disperse. Non ! Par l'esprit qui nous unit, par l'esprit divin propre à chacun et commun à tous ! Non ! Non ! Dans l'alliance de la nature la fidélité n'est pas un rêve. Nous ne nous séparons que pour être plus intensément unis, divinement en paix avec tous, avec nous-mêmes. Nous mourons pour vivre.

Je serai ; je ne demande pas ce que je deviendrai. Être, vivre, cela suffit, c'est l'honneur des dieux ; et c'est pourquoi tout ce qui n'est qu'une seule et même vie est égal dans le monde des dieux, et il n'y est ni maîtres, ni valets. Les natures [1] vivent les unes pour les autres, comme des amants ; elles partagent tout, l'esprit, la joie, et l'éternelle jeunesse.

Les étoiles ont choisi la permanence, elles poursuivent indéfectiblement leur course dans une silencieuse plénitude de vie et ne connaissent pas le vieillissement. Nous, nous représentons l'accomplissement dans le

1. L'emploi du mot *Natur* au pluriel est très rare en allemand.

changement ; nous fractionnons les grands accords de la joie en mélodies variées. Nous vivons, divins nous-mêmes, tels les harpistes autour des trônes des Anciens, autour des dieux silencieux du monde, tempérons par la fugace chanson de la vie la bienheureuse gravité du dieu Soleil et des autres.

Lève les yeux, regarde le monde ! N'est-il pas comme un cortège de triomphe changeant où la nature célèbre l'éternelle victoire sur tout ce qui se dégrade et meurt ? Et la vie n'entraîne-t-elle pas la mort avec elle pour cette célébration, dans des entraves d'or, tel ce chef de guerre qui jadis faisait défiler avec lui les rois prisonniers ? Et nous, nous sommes comme les vierges ou les jeunes garçons qui accompagnaient le cortège majestueux en dansant et chantant, alternant les figures et les sons.

Et maintenant, il faut que je me taise ! En dire plus serait trop. Nous nous retrouverons sans doute. –

Jeune homme triste ! Bientôt, bientôt tu seras plus heureux. Ton laurier n'a pas mûri et tes myrtes se sont fanés, car c'est de la divine nature que tu dois être le prêtre, déjà germent en toi les jours de poésie.

Ô que ne puis-je te voir en ta beauté future ! Adieu.

Je reçus en même temps une lettre de Notara, dans laquelle il m'écrivait ceci :

Le lendemain du jour où Diotime t'avait écrit pour la dernière fois, elle est devenue tout à fait calme, ne prononçant plus que quelques mots, puis elle a dit pourtant qu'elle préférait quitter cette terre dans les flammes, plutôt qu'être inhumée, que nous devions rassembler ses cendres dans une urne et déposer celle-ci dans la forêt, à l'endroit ou tu l'aurais rencontrée, toi, mon cher, pour la première fois. Peu après, comme il commençait à faire sombre, elle nous a souhaité bonne nuit, comme si elle voulait dormir, et a refermé les bras sur son beau visage ; nous l'avons entendue respirer jusqu'à l'aube. Puis, comme tout s'était tu et que je n'entendais plus rien, je suis entré chez elle et j'ai écouté.

Ô, Hypérion, que dire d'autre ? tout était terminé et nos lamentations ne l'ont plus réveillée.

C'est un effrayant mystère que pareille vie doive mourir, et je te fais l'aveu que je suis complètement égaré depuis que j'ai vécu cela.

Il n'empêche, mon Hypérion, une belle mort malgré tout est toujours préférable à une vie somnolente, comme est la nôtre désormais.

Notre tâche à venir sera de chasser les mouches, et notre seul plaisir au bout du compte sera de ronger les choses de ce monde comme les enfants mordillent les racines de violette desséchées [1]. Vieillir parmi des peuples jeunes me semble être un plaisir, mais vieillir là où tout est vieux me semble pire que tout. –

J'ai presque envie de te conseiller, mon Hypérion, de ne pas venir ici. Je te connais. Tu y perdrais la tête. Par ailleurs, tu n'es pas en sécurité ici. Mon très cher, aie une pensée pour la mère de Diotime, pour moi, et épargne-toi !

Je dois t'avouer que je frémis quand je songe à ton destin. Mais je suis d'avis également que l'été brûlant assèche seulement les torrents d'orage superficiels, et non les sources plus profondes. Je t'ai vu à certains moments, Hypérion, où tu me faisais l'effet d'un être supérieur. Te voici maintenant à l'épreuve et il faut que se manifeste qui tu es. Adieu.

Voilà ce qu'écrivait Notara. Et tu me demandes, mon Bellarmin, dans quel état je suis en te racontant tout cela ?

Cher ami, je suis calme. Car je ne veux rien de mieux que les dieux. Tout ne doit-il pas souffrir ? Et plus ce qui souffre est excellent, plus la souffrance est profonde. La nature sacrée ne souffre-t-elle pas ? Ô, ma divinité, longtemps je n'ai pu comprendre que tu puisses tout autant souffrir qu'être bienheureuse.

1. *Feigenwurzel* : littéralement, ce mot désigne la « racine de figuier », mais il s'agit en fait de la déformation souabe d'un mot désignant la « racine de violette » (*Veilchenwurzel*), bien connue des mâchoires de nourrisson dans toute l'Europe.

Mais le délice sans la souffrance n'est que sommeil, et il n'est pas de vie sans la mort. Faudrait-il que tu sois éternel à la manière d'un enfant et sommeilles, pareil au néant ? Te passer de la victoire ? Ne point parcourir tous les accomplissements ? Oui ! Oui ! La douleur est digne de séjourner dans le cœur de l'homme, et d'être ta confidente, ô nature ! Car elle seule mène d'une félicité à l'autre, et il n'est pas d'autre compagnon qu'elle. –

J'écrivis à Notara, quand je recommençai à vivre, de Sicile où un bateau de Paros m'avait d'abord transporté.

Je t'ai obéi, très cher ami ! Je suis déjà loin de vous et veux cependant te donner des nouvelles ; mais j'ai du mal à parler, il faut bien que j'en fasse l'aveu. Les bienheureux parmi lesquels Diotime se trouve désormais ne parlent guère ; et dans ma nuit, dans le fond de l'abîme où séjournent les affligés, c'en est fini aussi de la parole.

Ma Diotime est morte d'une belle mort ; tu as raison ; c'est cela aussi qui me réveille et me ranime.

Mais ce n'est plus dans le monde d'antan que je reviens. Je suis un étranger, comme les non-ensevelis quand ils remontent de l'Achéron, et même si j'étais dans mon île natale, dans les jardins de ma jeunesse, dont mon père m'interdit l'accès, ah, malgré tout, malgré tout je serais sur cette terre un étranger, et aucun dieu ne me rattache plus au passé.

Oui, tout est fini. Il faut bien que je me le rappelle souvent, que je lie mon âme avec ce constat, afin qu'elle reste calme et ne s'échauffe pas en d'absurdes tentatives puériles.

Tout est fini, et même si je pouvais pleurer, belle divinité, comme jadis tu pleuras sur Adonis [1], ma Diotime ne reviendrait pas, et la parole de mon cœur a perdu sa force, car seules les brises m'entendent.

Ô dieu ! Et que moi-même je ne sois rien, que l'artisan le plus ordinaire puisse dire qu'il en fait plus

1. Adonis, dont Aphrodite s'était éprise, fut tué par un sanglier.

que moi ! Qu'ils puissent se consoler, les pauvres en esprit, et sourire et me traiter de rêveur, puisque mes actions ne sont pas parvenues à maturité, puisque mes bras ne sont pas libres, que mon temps est pareil au furieux Procruste, qui jetait dans un berceau d'enfant les hommes qu'il attrapait, leur coupait les bras et les jambes pour qu'ils puissent tenir dans le lit exigu.

Ah, s'il n'était pas plus désespérant que tout de se précipiter seul dans la foule démente et d'être déchiqueté par elle ! s'il ne fallait pas qu'un sang noble conçoive de la honte de se mêler au sang des valets ! Ô s'il existait un drapeau, dieux ! sous lequel pourrait servir mon Alabanda, des Thermopyles où je pourrais le noyer dans le sang tout cet amour solitaire qui plus jamais ne pourra me servir ! Il vaudrait mieux encore, certes, que je puisse vivre, vivre, calmer par un grand plaisir le grand chagrin dans les nouveaux temples, dans l'agora de notre peuple nouvellement assemblé ; mais je ne parle pas de cela, car penser à tout cela ne fera qu'épuiser à force de pleurs toute mon énergie.

Ah, Notara, c'en est fini de moi aussi. Ma propre âme m'est devenue insupportable, parce que je ne peux pas ne pas lui reprocher que Diotime soit morte, et toutes les idées de ma jeunesse, que je trouvais grandes et respectais tant, n'ont plus de valeur à mes yeux. Ne sont-elles pas le poison qui a emporté ma Diotime !

Et dis-moi maintenant où je pourrais trouver quelque refuge ? Hier je suis monté au sommet de l'Etna. J'ai eu alors une pensée pour ce grand Sicilien qui, jadis, fatigué de calculer les heures, et familier de l'âme du monde, s'est jeté là poussé par son audacieux désir de vie, dans les flammes magnifiques, et s'il faut croire les dires d'un railleur, parce que ce froid poète aurait éprouvé l'impérieux besoin de se réchauffer à ce feu.

Ô comme j'aurais voulu décharger sur moi-même ce genre de railleries ! Mais il faut se tenir en plus haute estime que je ne le fais, quant à moi, pour s'élancer de la sorte dans le cœur de la nature sans y être appelé, dis la chose comme tu voudras, car en vérité, dans l'état où je suis, je n'ai pas de nom pour ces choses et je suis incertain de tout.

Notara ! Et dis-moi maintenant où je pourrais encore trouver refuge ?

Dans les forêts de Calaurée ? – Oui, là-bas, dans les ténèbres vertes où se dressent nos arbres, les confidents de notre amour, où tel le rougeoiement d'un soleil couchant leurs feuillages mourants tombent sur l'urne de Diotime, où leurs belles frondaisons inclinent la tête sur l'urne de Diotime, vieillissant peu à peu jusqu'à s'effondrer elles aussi sur la cendre aimée, – là, là-bas je pourrais sans doute vivre comme je l'entends !

Mais tu me conseilles de me tenir à distance, tu penses que je ne suis pas en sécurité à Calaurée, et il en va sans doute ainsi.

Je sais bien que tu vas me renvoyer vers Alabanda. Mais écoute-moi un peu ! Il est détruit ! Le tronc svelte et solide, lui non plus, n'a pas résisté aux orages : les gamins ramasseront les morceaux et en feront un amusant feu de copeaux. Il est parti. Il a certains bons amis qui le soulageront à leur manière ; ils ont un talent tout à fait particulier pour aider quiconque s'est vu chargé par la vie de quelque fardeau ; il est parti leur rendre visite, et pourquoi ? parce qu'il n'a plus rien d'autre à faire, ou encore, si tu veux tout savoir, parce que son cœur est rongé par une passion, et sais-tu pour qui ? pour Diotime, qu'il croit toujours en vie, mariée avec moi et heureuse… pauvre Alabanda ! désormais elle t'appartient comme à moi !

Il est parti vers l'est, et moi je m'embarque vers le nord-ouest, parce que l'occasion se présente ainsi. –

Adieu donc à vous tous, maintenant ! vous tous, mes chers amis qui me furent si proches, vous les amis de ma jeunesse et vous parents et vous tous, mes chers Grecs, vous qui souffrez !

Vous les brises qui m'avez nourri en ma tendre enfance, et vous sombres forêts de lauriers et vous berges rocheuses et vous majestueuses eaux, qui toutes avez enseigné à mon esprit comment pressentir de grandes choses – et vous aussi, hélas, images de tristesse, vous près de qui naquit ma mélancolie, murailles sacrées dont les cités de héros s'étaient ceintes, et vous portes antiques sous lesquelles est passé plus d'un beau voyageur, vous colonnes des temples, et vous gravats des dieux ! Et toi, ô Diotime ! et vous vallées de mon amour, vous ruisseaux qui jadis avez vu sa bienheureuse apparence, vous les arbres qui l'avez couverte de félicité, vous les printemps où elle vécut, être de grâce parmi les fleurs, ne vous séparez pas, ne vous séparez pas de moi ! Et pourtant, s'il faut que cela soit, vous mes doux souvenirs, effacez-vous aussi et laissez-moi, car l'homme ne peut rien changer, et la lumière de la vie vient et s'en va, comme elle veut.

HYPÉRION À BELLARMIN

Et donc j'arrivai chez les Allemands. Je ne réclamais pas grand chose et m'étais fait à l'idée de trouver moins encore. J'arrivais là aussi humble qu'Œdipe l'aveugle sans patrie parvenant à la porte d'Athènes, où il fut accueilli par le bois sacré ; et par de belles âmes venant à sa rencontre…

Tel ne fut pas, ô combien, le cas pour moi !

Des barbares de toujours, devenus plus barbares encore à force de travail et de science, voire de religion, profondément incapables du moindre sentiment divin, par trop gâtés jusqu'à la moelle pour connaître le bonheur des Grâces sacrées, outrageant par tous les degrés de l'excès comme de l'indigence la moindre âme bien constituée, épais et dépourvus d'harmonie, tels les débris d'un vase jeté… voilà quels étaient, mon cher Bellarmin ! les gens chargés de me consoler.

Ce sont là de dures paroles, et pourtant je le dis, parce que c'est la vérité : je ne puis imaginer de peuple plus déchiré que les Allemands. Tu vois là des ouvriers, mais pas d'êtres humains, des penseurs, mais pas d'êtres humains, des prêtres, mais pas d'êtres humains, des maîtres et des valets, des jeunes gens et des personnes d'âge mûr mais pas d'êtres humains… Ce pays n'est-il pas comme un champ de bataille où les bras, les mains et le reste des corps disjoints sont étendus pêle-mêle, taillés en pièces, tandis que le sang versé de la vie se répand dans le sol ?

Chacun, diras-tu, vaque à son affaire, et je le dis moi aussi. Simplement, il faut que chacun y vaque de toute son âme, sans qu'il doive pour autant étouffer en lui la moindre force qui ne s'adapte pas exactement au titre qui est le sien, sans qu'il doive nécessairement se contenter d'être, avec cette espèce d'angoisse mesquine, et de manière littéralement hypocrite, ce qu'on dit qu'il est ; ce qu'il est, il faut qu'il le soit avec gravité, avec amour, et de la sorte un esprit vit dans ce qu'il fait, tandis que s'il est comprimé dans une case où même l'esprit n'a pas le droit de vivre, qu'il la repousse avec mépris et apprenne à manier la charrue ! Mais tes Allemands aiment en rester au strict nécessaire, et c'est d'ailleurs précisément pourquoi il y a chez eux tant de travail mal fait et si peu de choses libres, authentiquement réjouissantes. Et encore, on pourrait surmonter cette douleur si seulement ce genre de gens n'étaient pas insensibles à toute beauté de la vie, si ne pesait partout sur ce genre de peuple la malédiction d'une non-nature abandonnée de Dieu. –

Je ne sais plus quelle méchante langue a dit un jour que les vertus des anciens n'étaient que de brillants défauts ; alors qu'au contraire, leurs défauts mêmes sont des vertus, dès lors qu'y vit encore un esprit d'enfance, de beauté, et que de tout ce qu'ils firent, rien ne fut accompli sans âme. Tandis que les vertus des Allemands sont un mal brillant et rien d'autre ; car elles ne sont qu'expédients arrachés par couardise, au prix d'une peine d'esclave, à leur cœur ravagé, et laissent désolée la moindre âme pure qui aime à se nourrir du beau et qui, trop accoutumée à la sainte harmonie des natures plus nobles, ne supporte pas les dissonances criantes de tout l'ordre mort qui règne chez ces gens.

Je te le dis : il n'est rien de sacré qui ne soit profané, qui ne soit abaissé chez ce peuple au rang de misérable expédient, et même ce qui chez les sauvages se conserve le plus souvent dans sa pureté divine, ces barbares calculateurs en tout le pratiquent comme un artisanat, et ils ne sauraient agir autrement, car une fois qu'un être humain a été ainsi orienté, il servira ses fins, il recherchera son profit, il n'aura plus d'exaltation, Dieu l'en garde ! Il se tient bien tranquille, et quand il fête quelque chose, et quand il aime, et quand il prie, et même quand la gracieuse fête du printemps, quand la saison des réconciliations du monde dénoue tous les soucis et fait magiquement surgir l'innocence au sein des cœurs coupables, quand enivré par les chauds rayons du soleil l'esclave oublie joyeusement ses chaînes et qu'adoucis par le souffle d'une brise divine les ennemis du genre humain sont paisibles comme les enfants – même quand la chenille se voit pousser des ailes et que l'abeille s'exalte, l'Allemand ne bouge pas de son casier et ne se préoccupe guère du temps qu'il fait.

Mais tu jugeras, sainte nature. Si seulement en effet ils étaient modestes, ces hommes, s'ils ne s'érigeaient pas en lois s'appliquant aux meilleurs d'entre eux ! Si seulement ils n'injuriaient pas ce qu'ils ne sont pas, et dût-on les laisser pratiquer l'injure, si seulement ils ne raillaient pas le divin ! –

Ou alors le divin n'est-il pas cela même que vous raillez et dites dépourvu d'âme ? L'air que vous buvez n'est-il pas meilleur que vos bavardages ? Les rayons du soleil ont-ils moins de noblesse que vous tous avec vos intelligences ? Les sources de la terre et la rosée du matin rafraîchissent vos bois ; en êtes-vous capables ? Ah ! Vous savez tuer, mais pas rendre vivant quand l'amour ne le fait pas, l'amour qui n'est pas de chez vous, que vous n'avez pas inventé. Vous vous souciez d'échapper au destin, vous demandez comment faire, et ne comprenez plus rien quand vos artifices infantiles y échouent, et dans le même temps l'astre là-haut accomplit ingénument sa course. Vous déshonorez, vous démolissez, partout où elle vous tolère, la patiente nature, et cependant elle continue de vivre d'une éternelle jeunesse et vous ne parvenez pas à repousser son automne et son printemps, et son éther, vous ne le corrompez pas.

Ah, faut-il qu'elle soit divine, pour que vous puissiez détruire sans que cependant elle vieillisse, ni que le beau cesse, malgré vous, d'exister ! –

Il est par ailleurs navrant de voir vos poètes, vos artistes, et tous ceux qui chez vous honorent encore le Génie, aiment le beau et le cultivent. Les pauvres ! Ils vivent dans le monde comme des étrangers dans leur propre maison, ils sont autant dans leur droit que l'était le patient Ulysse accroupi, déguisé en mendiant, à la porte de sa maison, pendant que les prétendants sans vergogne faisaient grand bruit dans la salle et demandaient qui donc nous a amené ce vagabond ?

Le peuple allemand met au monde, voit grandir et venir à lui, pleins d'amour, d'esprit et d'espoir, de jeunes enfants des Muses. Tu les vois sept ans plus tard errant comme des ombres, silencieux et froids, comme une terre que l'ennemi a ensemencée de sel afin que jamais n'y pousse le moindre brin d'herbe. Et quand ils parlent, malheur alors à qui les comprend et ne voit dans la puissance titanesque qui déferle, et dans les cent formes de leur art, que le combat désespéré engagé par leur bel esprit troublé contre les barbares auxquels il a affaire.

Tout est imparfait sur cette terre, voilà l'antienne des Allemands. Et pourtant, si quelqu'un pouvait dire à ces abandonnés de Dieu que tout n'est ainsi imparfait chez eux que parce qu'ils ne touchent rien de pur sans le corrompre, rien de sacré sans l'outrager de leurs grosses mains ! que rien ne fleurit chez eux parce qu'ils ne respectent pas la racine de toute floraison, la nature divine, qu'à dire vrai la vie chez eux est insipide et soucieuse et surchargée de discorde froide et muette, parce qu'ils honnissent le Génie qui apporte force et noblesse dans ce que font les hommes, la gaieté dans la souffrance, et l'amour et la fraternité aux villes et aux maisons.

Et c'est pourquoi aussi ils ont à ce point peur de la mort et endurent pour l'amour de leur existence d'huîtres toutes sortes de vicissitudes, parce qu'ils ne connaissent rien de plus élevé que le médiocre ouvrage dont ils font le misérable glanage.

Ô, Bellarmin, quand un peuple aime le Beau, quand il honore le génie en ses artistes, alors souffle, telle une brise vivifiante, un esprit universel, alors l'esprit craintif s'ouvre, la fatuité fond et tous les cœurs sont emplis de piété et de grandeur, et l'enthousiasme accouche de héros. Le pays natal de tous les êtres humains est présent chez ce genre de peuple, et l'étranger aime y séjourner. Mais quand la nature divine et ses artistes sont à ce point offensés, alors hélas le plus grand plaisir de la vie est enfui, et tout autre astre vaut mieux que la terre. Les hommes, alors qu'ils sont tous nés beaux, sont de plus en plus désolés, de plus en plus mornes ; l'esprit de servilité grandit, et avec lui la grossièreté, l'ivresse grandit avec les soucis, comme croissent avec l'abondance la faim et l'angoisse de manquer. Chaque année, la bénédiction se mue en malédiction et tous les dieux s'enfuient.

Malheur alors à l'étranger qui voyage par amour et parvient chez ce genre de peuple, et trois fois malheur au mendiant de mon espèce qui, comme moi, poussé par une grande douleur, parvient chez ce genre de peuple ! –

J'arrête ! tu me connais, et prendras tout cela en bonne part, Bellarmin ! Je parlais aussi en ton nom, je parlais pour tous ceux qui sont dans ce pays et souffrent comme j'y ai souffert.

HYPÉRION À BELLARMIN

J'ai voulu alors repartir d'Allemagne. Je ne cherchais plus rien dans ce peuple, j'étais suffisamment blessé par d'impitoyables offenses, je ne voulais pas que mon âme perdît tout son sang chez ces gens-là.

Mais le printemps céleste m'a retenu. Il était l'unique joie qui me restait, car il était mon dernier amour, comment pouvais-je encore penser à d'autres choses et quitter le pays où il se trouvait lui aussi ?

Bellarmin ! Je n'avais jamais éprouvé aussi entièrement cette vieille et ferme sentence du destin qui veut qu'un nouveau bonheur monte dans le cœur qui résiste et supporte la minuit du chagrin, et pose que c'est au plus profond de la souffrance, et seulement alors, que retentit pour nous, tel un chant de rossignol dans l'obscurité, le chant de vie de l'univers. Je vivais en effet maintenant avec les arbres en fleurs, comme avec autant de génies, et les ruisseaux timides qui coulaient à leurs pieds murmuraient comme des voix divines chassant le chagrin de mon sein. Et partout, très cher, j'éprouvais le même sentiment, quand j'étais allongé dans l'herbe, tout environné de délicieuse vie verdoyante, quand je gravissais une chaude colline par un chemin pierreux noyé dans d'exubérants buissons de roses, mais aussi quand j'explorais en barque les rives, les berges venteuses du fleuve, et toutes les îles qu'il baigne de doux soins.

Et quand le matin, souvent, pareil aux malades en chemin vers les sources thermales, je montais jusqu'au sommet de la montagne, traversant les tapis de fleurs endormies, et que rassasiés des douceurs du sommeil, près de moi je voyais dans les buissons s'envoler ces chers oiseaux, titubant encore dans l'aube grise et comme tendus vers le jour, et que la brise un peu plus vive déjà faisait monter les prières des vallées et les voix des troupeaux et le clair tintement des cloches du matin, et qu'ensuite la haute lumière, la divine et sereine, s'engageait sur son habituel sentier, ensorcelant la terre d'une immortelle vie, pour que son cœur soit réchauffé, et que tous ses enfants perçoivent de nouveau leur être – alors, comme la lune qui demeurait encore quelque temps dans le ciel pour partager le plaisir du jour, alors je restais là moi aussi, solitaire, loin au-dessus des plaines, pleurant des larmes d'amour vers les berges et les eaux scintillantes, tout en bas, et longtemps ne pouvais détacher mes yeux de tout cela.

Ou le soir, quand j'arrivais au plus profond de la vallée, à la source première du ruisseau, dans le bruissement des hautes et sombres frondaisons des chênes, et que la nature m'ensevelissait dans sa paix comme un mourant sacré, puis quand la terre enfin n'était plus qu'une ombre et qu'une vie invisible frémissait à travers les branchages, à travers les cimes des arbres, tandis qu'au-dessus d'eux s'était immobilisé le nuage du soir, nuée étincelante d'où les rayons du ciel tombaient vers moi comme des torrents pour abreuver le voyageur assoiffé…

Alors je m'exclamais, ô Soleil, ô brises, mon cœur ne vit que parmi vous, comme chez des frères !

Et donc je m'abandonnais de plus en plus, et comme sans fin, à la nature. J'aurais tant voulu redevenir enfant pour être plus proche d'elle, tant voulu en savoir moins, et devenir semblable au pur rayon de lumière pour être plus proche d'elle ! ô, me sentir un instant dans sa paix, dans sa beauté, comme tout cela me semblait valoir infiniment plus que des années de pensée, que toutes les tentatives de l'homme qui tente tout ! Ce que j'avais appris fondait comme une glace ! Ce que j'avais fait dans la vie, et l'écho des projets de ma jeunesse, tout se perdait en moi à jamais ; et vous, êtres si chers qui êtes loin d'ici, vous les morts et vous, les vivants, comme nous n'étions plus alors intensément qu'un seul être !

Un jour je me trouvais loin au milieu des champs au bord d'une fontaine, dans l'ombre de falaises verdoyantes de lierre et d'arbustes qui avaient fleuri en surplomb. C'était la plus belle heure de midi que j'aie jamais connue. L'air frémissait de douces brises, la campagne resplendissait encore dans la fraîcheur du matin et la lumière souriait paisiblement du haut de son éther natal. Les hommes étaient partis se reposer du travail à la table familiale ; mon amour était seul avec le printemps, j'éprouvai alors un sentiment inouï de nostalgie. Diotime, m'écriai-je, où es-tu, ô, où es-tu ? Et c'était comme si j'entendais la voix de Diotime, la voix qui jadis, aux jours de joie, m'avait rendu heureux...

Je suis chez les miens, s'écria-t-elle, chez les tiens, auprès de ceux que l'esprit égaré des hommes méconnaît !

Une douce frayeur m'envahit, et ma pensée sortit de sa somnolence.

Ô chère parole sortie d'une bouche sacrée, m'écriai-je quand je revins à moi, chère énigme, est-ce que je te comprends ?

Alors, une dernière fois je me retournai vers la froide nuit des hommes et frissonnai. Tant de félicité me faisait pleurer de joie. Je prononçai alors, à ce qui me semble, quelques paroles, mais elles étaient comme le bruit des flammes qui montent et s'échappent et ne laissent derrière elles que des cendres. –

« Ô, Nature, pensai-je alors, toi et tes dieux ! Je l'ai rêvé d'un bout à l'autre ce rêve de choses humaines, et je dis que toi seule es vivante, ce que les non-pacifiques ont obtenu par la force et par l'invention, tout cela fond comme des perles de cire, est détruit par tes flammes !

Depuis combien de temps sont-ils privés de toi ? Depuis combien de temps se fait-il que leur foule dise du mal de toi et te traite de vulgaire, toi et tes dieux, les vivants, les bienheureux dieux silencieux !

Les hommes tombent de toi comme des fruits pourris, ah, laisse-les périr et revenir ainsi à tes racines ! quant à moi, ô arbre de vie, que je reverdisse avec toi et respire tes cimes et tous ses rameaux bourgeonnants ! paisiblement et intensément, car tous, avant de croître, nous sommes issus de la semence dorée !

Vous les sources de la terre ! Vous les fleurs ! Et vous forêts, vous les aigles et toi, fraternelle lumière ! Comme notre amour est nouveau et ancien ! – Nous sommes libres, nous ne nous ressemblons pas peureusement par la seule apparence extérieure ; comment la façon de vivre ne devrait-elle pas changer ? dès lors que nous aimons tous l'éther et qu'au plus profond de nous-mêmes nous sommes intensément semblables.

Nous non plus, Diotime, nous non plus nous ne sommes pas désunis et les larmes versées sur toi ne comprennent pas cela. Nous sommes des sonorités vivantes, nous sommes en accord dans ton harmonie, nature ! Qui la brise ? Qui pourrait désunir ceux qui s'aiment ? –

Ô Âme, Âme ! Beauté du monde ! Toi l'Indestructible ! Toi la Ravissante ! Toi et ton éternelle jeunesse ! Tu es ! Que sont la mort et toute la douleur des hommes ? – Ah ! Ils ont, les étonnants, fabriqué bien des paroles vides. Tout n'advient-il pas en effet par désir, et tout ne s'achève-t-il pas dans la paix ?

Elles sont comme la querelle des amants, les dissonances du monde. La réconciliation est au sein du conflit et tout ce qui fut séparé se retrouve.

Les veines se séparent et reviennent au cœur et tout est une seule et même vie, éternelle et brûlante [1]. »

Telles furent ces pensées. Je t'en dirai plus très bientôt.

---

1. On peut s'étonner de ces guillemets, quand tant d'autres passages comparables du roman n'en comportent pas. Outre qu'ils donnent à ces lignes un statut poétique plus circonscrit, il semble qu'ils définissent formellement un contre-chant à la lettre précédente, dont l'homélie critique à l'endroit de l'Allemagne sort, elle aussi, visiblement du cadre du roman – pour mieux en être le cœur…

ANNEXES

En souvenir de…[1]

Il vente du nord-est
Le plus cher qui d'entre les vents,
Me soit, car il prédit fougue, enthousiasme,
Et bon voyage aux mariniers.
Mais pars, maintenant, et salue
La belle Garonne
Et les jardins de Bordeaux
Là-bas, depuis la rive franche
Où court l'embarcadère et chute le ruisseau
Au plus profond du fleuve, mais tandis
Qu'au-dessus d'eux regarde au loin un couple
Altier de chênes et peupliers d'argent.

Il m'en souvient très bien encore et comme
Largement le bois d'ormes incline
Ses cimes au-dessus du moulin,
Mais il y a dans la cour un figuier.
Là même aux jours de fête
Les femmes brunes vont

1. Extrait de Friedrich Hölderlin, *« … belle Garonne et les jardins… ». Version planétaire*, précédé de *Hölderlin dans la renverse du souffle*, par Jean-Pierre Lefebvre, Bordeaux, William Blake & Co, 2002.

Fouler un sol soyeux,
À la saison de mars,
Quand la nuit et le jour durent le même temps,
Et que dessus les lents embarcadères,
Lourdes de rêves d'or
Des brises endormeuses passent.

Mais qu'on me tende, pleine
De l'obscure lumière,
La coupe parfumée
Qui me permettrait le repos ; car il serait doux
Parmi les ombres le sommeil.
Il n'est pas bon
De perdre l'âme à coup de mortelles
Pensées. Mais il est bon
De se parler et de se dire
Ce qu'on pense en son cœur, d'entendre longuement
Parler de jours d'amour et puis
De grandes choses qui se font.

Mais où sont-ils donc, les amis ? Bellarmin
Et son compagnon ? Beaucoup
Ont contrecœur de se rendre à la source ;
La richesse en effet commence
Dans la mer. Eux font
Comme les peintres une moisson
Des beautés de la terre et ne honnissent
Point la guerre des voilures, ni
D'habiter, à longueur d'an et seul, sous l'arbre
Nu des mats, où il n'est pas de jours
De fête de la ville qui transpercent la nuit
De lumière, ni chant des cordes ou danses du pays.

Mais les hommes sont maintenant
Partis chez des Indiens,
Là-bas par la pointe venteuse,
Au long des vignes, là
Où la Dordogne descend,
Où se conjugue, ample comme la mer,
À la Garonne magnifique,

Le fleuve, et part. Mais la mer
Prend et donne la mémoire,
Et l'amour aussi attache assidûment les yeux,
Mais ce qui reste est œuvre des poètes.

COLOMB [1]

Si je voulais être l'un des héros,
Et pouvais librement, avec la voix du pâtre ou d'un
homme de Hesse,
En sa langue native, l'avouer,
Ce serait un héros de la mer. L'action, en vue du gain,
en effet
Est la plus amicale chose qui
Parmi toutes

L'ordre et la demeure de chez soi, resserrés à l'extrême,
Apprendre la beauté aride et les figures
Venues dans le sable brûlées
De nuit et de feu, emplies d'images, longue-vue
Polie comme cristal, haute culture, je veux dire savoir
pour la vie
Interroger le ciel.

Mais lorsque tu les nommes
Anson et Gama, Énée

1. Traduit par Jean-Pierre Lefebvre d'après une reconstitution proposée par D.E. Sattler dans le volume de présentation de l'édition des œuvres de Hölderlin (Francfort, Probeband, 1972). Les vers en italiques sont en français dans le texte.

Et Jason les élèves
de Chiron
Dans les cavernes des rives de Mégare, et
Dans la pluie tremblante de la grotte s'est formée une
image humaine
Faite d'impressions de la forêt, et les Templiers qui sont
Partis à Jérusalem, Bouillon, Rinaldo,
Bougainville (grands voyages de découverte
Autant d'essais pour définir
L'orbe hespérique face à celui
des Anciens)

Leur nombre est imposant,
Mais plus encore eux-mêmes le sont-ils
Et privent de parole

les hommes,

Pourtant

Et vers Gênes je veux aller,
Là-bas interroger la maison de Colombo,
Là où, comme s'il avait
Été d'entre les dieux l'un d'eux et merveilleuse
Engeance humaine,
En sa douce jeunesse habité. Mais la lumière
Essentiellement on la
retourne comme
un marchand d'images arrêté
devant la Bourse aux Grains, de Sicile peut-être,
Et qui montre aussi des pays
Des grands
Et chante la splendeur du monde.

Mais si tu
me demandes

Autant que suffira

Mon cœur, il ira
Selon la coutume et l'art.

Mais embarquer
ils crient rapport, il fermes maison
Tu es un saisrien

Un murmure c'était, impatient parce
Que courroucée par quelques choses de peu
Comme par une neige
La terre se fâcha, se hâta cependant qu'ils criaient
Manne et pain du ciel,
Avec des prophéties et
De grands cris, et grâce de prière,
Pour le repas du soir.
Maintenant je trouve aigre ce
Peu de patience et bonté, mon juge et dieu protecteur,
Car nous sommes des hommes
Et eux pensaient qu'ils étaient des moines.
Et l'un d'entre eux, en orateur
Vint à nous en pasteur
Vêtu de pourpoint bleu

entiere personne content de son
ame difficultés connaoissance
rapport tire

Mais dehors pour que
Nous partions d'ici,
Ainsi s'éleva
relevant puissamment
Les compagnons la voix du dieu marin
La pure, où les héros
Reconnaissent s'ils sont ou non
Bien arrivés où il fallait –

Déversez-vous, torrents
D'amour, et de grâce de Dieu et de bonheur de ce qu'on a,
Pour vous saisir des forces, ô images

De la jeunesse, lorsque à Gênes autrefois
Le cercle de la terre, d'enfantine figure,
Sous mes yeux violemment,
M'endormant, comme un résumé de morphine,
M'apparut

Cela tu l'es tout entier dans ta beauté apocalyptica.

moments tirees
hautes sommeils

le navigateur
Colomb pourtant sur le côté hypostase de l'ordre ancien
Naïveté de la science
Et soupiraient de concert, à l'heure,
Après le jour torride.

lui a les pleures

Alors ils virent

Car il y en avait beaucoup,
Des belles îles.

afin

Avec Lisbonne

Et Gênes de partager

Car dans la solitude
Ne peut supporter la richesse du céleste
Un seul être ; il est vrai en effet qu'il peut,
le demi-dieu,
Élargir le harnais,
mais pour le très-haut

C'est presque trop peu que
L'effet où luit la lumière du jour
Et la lune

Et c'est pourquoi

ainsi

Car souvent, lorsque
Pour les célestes s'accroît par trop
La solitude, et qu'ils

ne font plus que tenir ensemble

ou la terre ; par trop pure en effet

ou bien

LES ROUTES D'HYPÉRION

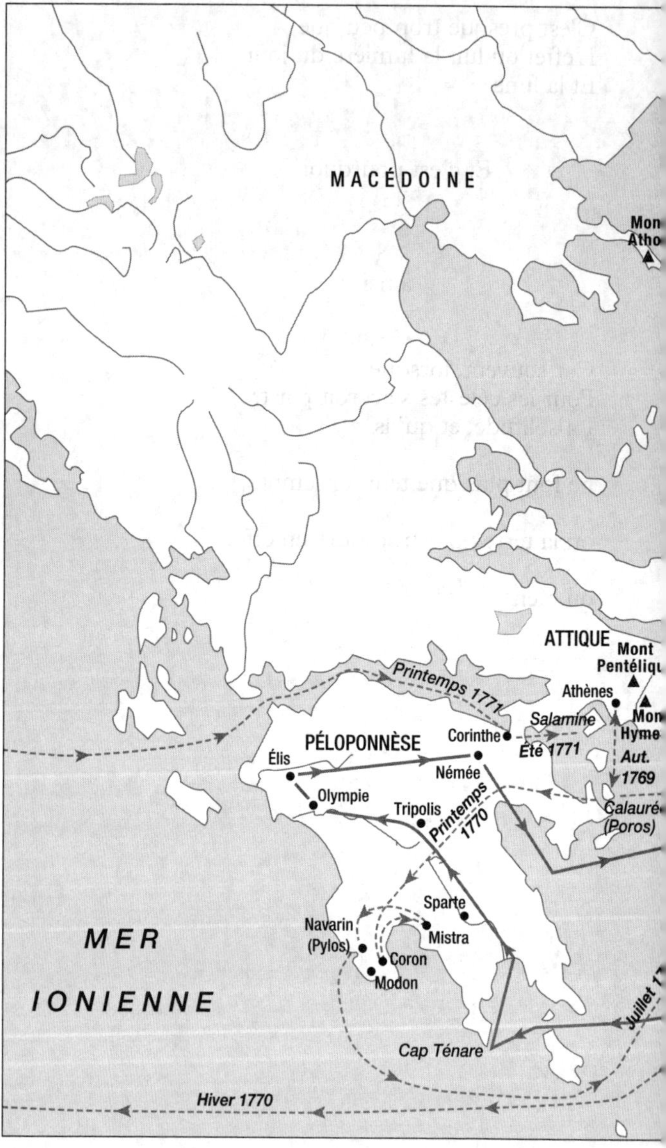

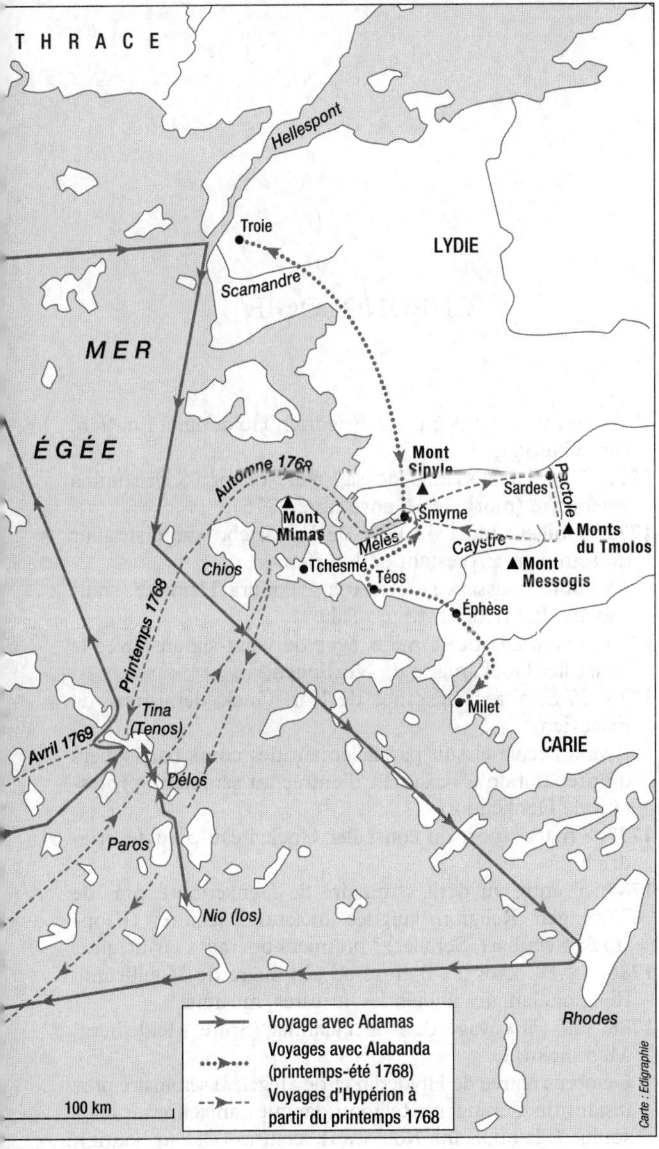
THRACE
Hellespont
Troie
LYDIE
Scamandre
MER
ÉGÉE
Automne 1768
Mont
Sipyle
Sardes
Pactole
Mont
Mimas
Smyrne
Monts
du Tmolos
Melès
Caystre
Chios
Tchesmé
Mont
Messogis
Téos
Printemps 1768
Éphèse
Milet
Tina
(Tenos)
Avril 1769
CARIE
Délos
Paros
Nio (Ios)
Rhodes
Voyage avec Adamas
Voyages avec Alabanda
(printemps-été 1768)
Voyages d'Hypérion à
partir du printemps 1768
100 km
Carte : Edigraphie

CHRONOLOGIE

1770, 20 mars : naissance de Friedrich Hölderlin à Lauffen, sur le Neckar.

1771, 7 avril : naissance de sa sœur Johanna Christianna Friederike (morte le 16 novembre 1775).

1772, 5 juillet : mort du père de Friedrich, administrateur du séminaire protestant de Lauffen.

15 août : naissance de Maria Eleonora Heinrike, sœur cadette de Friedrich (dite « Rike »).

1774 : remariage de sa mère, âgée de vingt-six ans, avec le conseiller Gock, maire de Nürtingen.

1776, 29 octobre : naissance de Karl Gock, demi-frère de Friedrich.

Il va à l'école et suit parallèlement des cours particuliers de préparation à l'examen d'entrée au séminaire protestant de Denkendorf.

1779, 8 mars : mort du conseiller Gock, beau-père de Friedrich.

1784 : il entre au petit séminaire de Denkendorf, près de Tübingen. Religion, langues anciennes, lectures (Klopstock, Schubart, Schiller) : premiers poèmes… Musique.

1786, 18-19 octobre : il entre au séminaire de Maulbronn. Religion, langues anciennes, lectures, musique.

1788, juin : il voyage dans le Palatinat (Spire, Heidelberg, Mannheim…).

Octobre : entrée de Hölderlin et de Hegel au séminaire protestant de Tübingen. Religion, langues anciennes, philosophie (Platon, Kant, Rousseau), lectures (Ossian, Young), politique, musique (il s'initie à la flûte, et a commencé le piano dès 1780).

1789 : il fait la connaissance d'Isaac von Sinclair. Les autorités, rendues soucieuses par l'agitation pro-française et pro-républicaine des élèves du Stift, prennent des mesures d'encadrement plus rigoureux.

1790 : maîtrise sur l'« Histoire des beaux-arts sous les Grecs », qui sanctionne les deux premières années de travail en philologie et philosophie. Premiers projets de publication dans l'*Almanach* de Stäudlin. Lectures de Herder, Jacobi (sur Spinoza), Heinse, Bürger, Winckelmann, Leibniz, etc.

1791, printemps : il voyage en Suisse. À Zurich, il rencontre Lavater.
Septembre : lecture de Rousseau. Travaux d'astronomie.

1792, 20 avril : la France en guerre contre l'Autriche et la Prusse.
21 septembre : début de la Convention. An I de la République.

1793, octobre : fin des études au Stift de Tübingen. Départ pour Waltershausen.
28 décembre : il est nommé précepteur du jeune Fritz von Kalb à Waltershausen (près d'Iéna).

1794, 28 juillet : exécution de Robespierre.
Novembre : il séjourne à Weimar. Parution du premier fragment du roman *Hypérion* dans la revue de Schiller, *Thalia*.
Fin 1794 : il quitte la maison von Kalb.

1795 : il étudie à Iéna. Il suit les cours de Fichte. Il se lie d'amitié avec Isaac von Sinclair. Il travaille à une *Jeunesse d'Hypérion*.
Juin : il quitte Iéna précipitamment. Reprise des relations avec Schelling.
Octobre : début du Directoire en France.
28 décembre : il prend ses fonctions de précepteur à Francfort, dans la famille du banquier Gontard.

1796, été : il voyage avec Susette Gontard et ses enfants à Bad Driburg (dans le nord de l'Allemagne).

1797, avril : parution du tome I du roman *Hypérion* chez Cotta (Tübingen).
Proclamation de la République helvétique.
Août : premier projet d'une tragédie, *Empédocle*.

1798, septembre : il quitte la maison Gontard. Il continuera, dès octobre de la même année, à rencontrer Susette

Gontard en secret, malgré l'interdiction, et ce, jusqu'au 8 mai 1800.

Séjour à Homburg von der Höhe, près de Francfort, où il retrouve Sinclair.

Novembre : il se rend au congrès de Rastatt avec Sinclair, et y rencontre des amis « républicains » de Sinclair. Travaille sur *Empédocle.*

1799 : période d'intense discussion politique et activité poétique.

Hölderlin travaille à la première version d'*Empédocle.* Il projette de fonder une revue, qui s'appellerait *Iduna.*

Avril-juin : début de l'amitié avec le républicain Casimir Ulrich von Böhlendorff.

Octobre : parution du tome II d'*Hypérion.* Il travaille aux deuxième et troisième versions d'*Empédocle.*

9 novembre : coup d'État dit « du 18 brumaire ». Bonaparte est nommé Premier consul.

1800, Pâques : il revient à Nürtingen. Il séjourne chez sa mère, puis à Stuttgart. Il travaille à l'élégie *Pain et vin*, et à de nombreuses odes.

8 mai : dernières rencontres et derniers échanges de lettres avec Susette Gontard.

De juin à l'automne : début de la traduction des *Hymnes* de Pindare.

Reinhard, ambassadeur de la République française en Suisse, procure à Hölderlin une place de précepteur chez un industriel, en Suisse.

1801, janvier : il prend ses fonctions à Hauptwyl (Suisse) chez les Gonzenbach.

9 février : paix de Lunéville entre la France et l'Autriche.

Avril : il quitte la famille Gonzenbach et la Suisse.

Démarches pour obtenir un poste de philologie classique à l'université d'Iéna. Échec.

Fin décembre : il quitte l'Allemagne pour la France, où Fr. Jakob Ströhlin lui a procuré un poste de précepteur dans une famille protestante de Bordeaux.

1802, 8 janvier : Bonaparte quitte Paris pour Lyon.

10 janvier : Hölderlin est à Lyon.

28 janvier, matin : il arrive à Bordeaux chez le consul Johann Christoph Meyer.

25 mars (4 germinal an X) : paix d'Amiens signée avec l'Angleterre.

9 mai : il se fait établir à Bordeaux un passeport pour le retour par Strasbourg.

Fin mai : passage à Paris. Visite des Antiquités au Louvre.

22 juin : mort de Susette Gontard à Francfort, des suites d'une pleurésie.

Début juillet : retour de Hölderlin à Nürtingen, dans un état de grande excitation. Séjour à Stuttgart.

1804, avril : il est nommé bibliothécaire du Landgrave de Hesse à Hombourg.

2 décembre : Sinclair se rend à Paris au sacre de Napoléon.

1805, 26 février : arrestation, puis condamnation de Sinclair pour haute trahison et conspiration contre le prince. Il passe quatre mois en prison. L'enquête semble se diriger un moment du côté de Hölderlin. L'état psychologique de Hölderlin se dégrade. En juin, un médecin constate des troubles du langage et un état de folie qui risque de dégénérer en « frénésie ».

10 juillet : remise en liberté de Sinclair, qui revient à Hombourg.

Mort de Schiller.

1806, juillet-août : dissolution du Landgrafschaft de Hesse-Homburg dans le grand-duché de Hesse-Darmstadt. Hölderlin perd, du coup, sa place de bibliothécaire.

11 septembre : il est envoyé, par subterfuge, à Tübingen où on l'interne de force (le 15 septembre) dans la clinique du « psychiatre éclairé » Johann Ferdinand Autenrieth, où travaille également Justinus Kerner. Il y reste plusieurs mois. Le transfert a été organisé par Sinclair et la mère de Hölderlin.

1807, 3 mai : il quitte la clinique, et est recueilli par le menuisier Zimmer, de deux ans son cadet et lecteur enthousiaste d'*Hypérion*, qui le loge dans sa maison, au premier étage de la tour, au bord du Neckar. Il y finira ses jours. De nombreuses personnes lui rendent visite, poètes et hommes de lettres, dont Mörike, Varnhagen von Ense, F. Th. Vischer, Uhland, Kerner et surtout le jeune poète souabe Wilhelm Waiblinger, entre 1822 et 1826.

Automne : parution des poèmes *Andenken*, *Patmos* et *Le Rhin* dans le *Musenalmanach für das Jahr 1807* de Seckendorf.

1815, 29 avril : mort de Sinclair.

1822 : première réédition d'*Hypérion*.

1826 : premier volume de poésies de Hölderlin publié chez Cotta (par les poètes souabes Uhland et Schwab).

1828, 17 février : mort de sa mère à Nürtingen, à l'âge de quatre-vingts ans.
1831 : mort de Hegel.
1832 : mort de Goethe.
1838, 18 novembre : mort du menuisier Zimmer. Sa fille Lotte continue de s'occuper de Hölderlin.
1842, automne : parution d'un deuxième recueil de poèmes de Hölderlin, suivis d'une notice biographique.
1843, 7 juin, 23 heures : mort de Friedrich Hölderlin.

BIBLIOGRAPHIE

Principales éditions des œuvres de Hölderlin

Sämtliche Werke, éd. Friedrich Beissner, Adolf Beck, Ute Oelmann, Stuttgart, Kohlhammer, 1983-1985 (dite « édition de Stuttgart »).

Sämtliche Werke, Historisch-kritische Ausgabe, éd. Dietrich E. Sattler (dite « édition de Francfort »), 1975-2003.

Sämtliche Werke und Briefe, éd. Michael Knaupp, Munich, Hanser, 1992.

Sämtliche Werke und Briefe, éd. Jochen Schmidt, Francfort-sur-le-Main, Deutscher Klassiker Verlag, 1992-1994 (dite « Klassiker-Ausgabe »).

Il existe une édition en français de la plupart des œuvres et d'une partie de la correspondance : Hölderlin, *Œuvres*, Philippe Jaccottet (dir.), Gallimard, « Bibliothèque de la Pléiade », 1967.

Ouvrages généraux sur Hölderlin

Pierre Bertaux, *Hölderlin. Essai de biographie intérieure*, Hachette, 1936.

–, *Hölderlin und die Französische Revolution*, Francfort-sur-le-Main, Suhrkamp, 1969.

–, *Hölderlin ou le Temps d'un poète*, Gallimard, 1983.

Ulrich Gaier, *Hölderlin. Eine Einführung*, Tübingen et Bâle, Francke, 1993.

Peter HÄRTLING, *Hölderlin* (roman), Darmstadt, 1978 ; trad. Philippe Jaccottet, Seuil, 1980.
Martin HEIDEGGER, *Approche de Hölderlin*, Gallimard, 1962, 1973 (2e éd. augmentée).
Hölderlin, Cahiers de l'Herne, n° 57, Jean-François Courtine (dir.), 1992.
Hölderlin Jahrbuch, bulletin de la Hölderlin Gesellschaft, qui paraît tous les ans à Tübingen. De nombreux articles y sont consacrés au roman *Hypérion*.
Hölderlin ohne Mythos, éd. Ingrid Riedel, Göttingen, 1973.
Hölderlin vu de France, études réunies par Bernhard Böschenstein et Jacques Le Rider, Tübingen, Gunter Narr, 1987.
Johann KREUZER (éd.), *Hölderlin, Handbuch. Leben-Werk-Wirkung*, Stuttgart et Weimar, J.B. Metzler, 2002.
Jean LAPLANCHE, *Hölderlin et la question du père*, PUF, 1962.
Jean-Pierre LEFEBVRE, *Hölderlin. Journal de Bordeaux*, Bordeaux, William Blake and Co, 1990.
Jürgen LINK, *Hölderlin-Rousseau. Retour inventif*, Presses universitaires de Vincennes, 1995.
Günter MARTENS, *Friedrich Hölderlin*, Reinbek/Hambourg, 1996.
Jacques TEBOUL, *Cours. Hölderlin*, Seuil, 1979.
Stephan WACKWITZ, *Friedrich Hölderlin*, Stuttgart, 1997.

SUR LE ROMAN *HYPÉRION*

Traductions françaises

Il existe, outre la présente traduction, trois versions en français d'*Hypérion* :

Hypérion, trad. Joseph Delorme, Paris, Éditions Victor Attinger, 1936.
Hypérion ou l'Ermite de Grèce, précédé du *Fragment Thalia*, trad. et préface par Philippe Jaccottet, Gallimard, 1957.
Hypérion ou l'Ermite de Grèce, suivi du *Thalia-Fragment* et de *La Jeunesse d'Hypérion*, trad. et introduction par Robert Rovini, 10/18, 1968.

Études

Christoph V. ALBRECHT, « Über neue Realien des Hyperion », dans *Hölderlin Jahrbuch*, t. XXIX, 1994-1995, p. 248-261.

Bay HANSJÖRG (éd.), *Hypérion – Terra incognita, Expeditionen in Hölderlins Roman*, Opladen et Wiesbaden, West Deutscher Verlag, 1998.

Michael KNAUPP (éd.), *Hyperion. Erläuterungen und Dokumente*, Stuttgart, Reclam, 1997.

Werner VOLKE, « "O Lacedämons heiliger Schutt !", Hölderlins Griechenland : Imaginierte Realien – Realisierte Imagination », dans *Hölderlin Jahrbuch*, t. XXIV, 1984-1985, p. 63-86.

TABLE

TABLE

Hypérion ou l'Ermite de Grèce

GF Flammarion

14/10/193485-X-2014 – Impr. MAURY Imprimeur, 45330 Malesherbes.
N° d'édition L.01EHPNFG1166.C003 – Février 2005 – Printed in France.